A segunda vida de Missy

A segunda vida de Missy

Beth Morrey

Tradução de Vera Ribeiro

intrínseca

TÍTULO ORIGINAL
Saving Missy

PREPARAÇÃO
Stella Carneiro

REVISÃO
Cristiane Pacanowski | Pipa Conteúdos Editoriais
Marcela Ramos

DIAGRAMAÇÃO
Ilustrarte Design e Produção Editorial

CIP-BRASIL. CATALOGAÇÃO NA PUBLICAÇÃO
SINDICATO NACIONAL DOS EDITORES DE LIVROS, RJ

M857s

Morrey, Beth
A segunda vida de Missy / Beth Morrey ; tradução Vera Ribeiro. - 1. ed. - Rio de Janeiro : Intrínseca, 2020.
304 p. ; 23 cm.

Tradução de: Saving Missy
ISBN 978-65-5560-083-4
978-85-510-0596-5 [ci]

1. Romance inglês. I. Ribeiro, Vera. II. Título.

20-65679 CDD: 823
CDU:82-31(410.1)

Camila Donis Hartmann - Bibliotecária - CRB-7/6472

[2020]

EDITORA INTRÍNSECA LTDA.
Rua Marquês de São Vicente, 99, 3° andar
22451-041 — Gávea
Rio de Janeiro — RJ
Tel./Fax: (21) 3206-7400
www.intrinseca.com.br

Para mamãe, papai e Ben — meu primeiro oikos

Todo coração canta uma música incompleta,
até outro coração sussurrá-la de volta.
Atribuído a Platão

Parte 1

Deixe o seu anzol sempre lançado; no riacho onde menos esperar...

— Ovídio

Capítulo 1

Fazia um frio de rachar no dia do aturdimento dos peixes. Era tanto que quase não fui ver. Deitada na cama naquela manhã, encarando as paredes desde cedo, eu nunca me sentira tão velha, nem tão apática. E por que, então, resolvi me mexer, levantando e enfiando meus pés enrugados nos chinelos novos de napa? Vaga curiosidade, talvez — é preciso se agarrar a esse último vestígio de uma mente inquisitiva, impedir que ele escape.

Ainda de camisola, arrastei os pés pela cozinha enquanto preparava o chá e dava uma olhada nos e-mails, para ver se havia algum de Alistair. Bem, meu filho andava ocupado com seu trabalho de campo, sem dúvida. Os chinelos que ele me dera de Natal eram aconchegantes no frio da manhã. Havia uma mensagem de minha filha, Melanie, mas era só para me falar de um documentário do qual ela achava que eu poderia gostar. Era comum ela confundir as preferências do pai com as minhas. Comi uma torrada sem passar nada em cima, pensei na minha última conversa com ela e, por alguns segundos, uns arrepios de vergonha me fizeram cócegas na nuca. Achei mais fácil ignorar o assunto e, em vez disso, li as notícias na internet e vi que David Bowie tinha morrido.

Na minha idade, ler obituários é um risco generativo, com as pessoas batendo as botas, uma a uma, e cada anúncio uma câmara vazia em meu revólver pessoal. Por algum tempo, tentei fingir que não via, como se, de algum modo, ignorar a morte pudesse afastá-la. Mas as pessoas continuaram morrendo e outras pessoas seguiram escrevendo sobre isso, e um diabinho perverso me obrigava a permanecer atualizada. A morte de Bowie me deixou mais abalada do que a maioria das outras, apesar de, no fundo, eu nunca ter escutado sua música. Eu lembrava de sua introdução no pequeno desenho animado *O boneco de neve*, mas, quando assistimos ao desenho com meu neto, no Natal, a introdução havia sido substituída por outra coisa. Assim, minha única lembrança de Bowie era de vê-lo segurando um cachecol com ar sombrio e, por alguma razão, era uma imagem perturbadora. A cama por fazer me chamava, mas a voz de Leo surgiu na minha cabeça, como tantas vezes: "Força e coragem, sra. Carmichael! Para o alto e avante!"

Então, subi ao quarto para vestir minha malha mais grossa e uma saia de lã, fazendo careta para as atrozes veias azuis e rangendo junto com os degraus, ao descer de novo para pegar o casaco. Depois de lutar com os botões, me sentei por um momento para recobrar o fôlego e pensei na placa do parque na semana anterior.

Meu abatimento pós-natalino tinha sido particularmente intenso nesse ano, a animação das festividades tendo ido embora junto com a de Alistair e, com ele, a de Arthur, meu neto maravilhoso, cuja voz já começava a ter um sotaque australiano. E ainda era difícil estar no parque e não me lembrar de Leo. Ele era um grande adepto das caminhadas; sentia satisfação em desdenhar dos corredores metidos a importantes e em repreender jovialmente os ciclistas. Cada ponto de referência evocava uma memória triste, mas, mesmo assim, eu voltava — a senhora grisalha que vagava a esmo. Havia um carvalho que costumávamos visitar — Leo gostava do tronco velho e nodoso e dizia que era uma versão em carvalho dele mesmo, cada vez mais encarquilhado na velhice. Eu provavelmente teria passado horas parada ali naquele dia, devaneando, mas fui distraída por uma criança cuja voz lembrou meu Arthur. Um menino da idade dele puxava ansioso a mãe, que lia um aviso preso na grade que circunda cada lago. Chegando mais perto, fingi lê-lo.

— Mãããããããnheeeeeee!

Os cachinhos eram louro-avermelhados e ele tinha nos cantos da boca farelos de biscoito que pediam para ser retirados. As crianças são tão lindas, imaculadas e brilhantes, como uma castanha recém-tirada da casca. É uma pena todas se transformarem em adultos abomináveis. Como seria bom se pudéssemos conservar essa estonteante estrutura de possibilidades, quando tudo é acolhido de braços abertos.

— Nossa, Otis, me dá um tempo! — disse a mãe, com um forte sotaque irlandês, repelindo-o. Tinha o cabelo tingido de ruivo e eu a detestei de cara. Ela me olhou de esguelha, para a velha coroca encarando seu filho, e voltei a fingir que lia o aviso.

— O que acha, Oat?

Oat? Deus do céu, essa gente hoje em dia.

— Eles vão eletrocutar os peixes! Quer ver?

O pessoal responsável por cuidar do parque precisava transpor os peixes de um lago para outro, o que exigia que eles fossem atordoados. Pesca elétrica. Eu nunca tinha visto nem ouvido falar de um troço desses, nem parecia ser algo particularmente interessante, mas, talvez, se eu pudesse rever o "Oat", o aperto na garganta que eu vinha sentindo desde que Ali e Arthur haviam entrado no avião pudesse diminuir um pouco. Seria algo para fazer, afinal...

Desde aquela tarde, uma semana antes, eu havia mudado de ideia meia dúzia de vezes, indecisa como só os mortalmente entediados e inseguros são capazes. No fim, resolvi ir, para que houvesse algo sobre o que falar com Alistair. Minha vida se tornara tão limitada que eu tinha medo de que ele me achasse banal, e só lia os jornais (inclusive os obituários) para saber do que meu filho estava falando, quando ele mencionava a gafe de um político ou perguntava quais eram as novas peças em cartaz no West End. Dera para perceber como Ali ficara impressionado com o fato de eu ter ido visitar a exposição do Turner, de modo que os três ônibus em um dia chuvoso tinham valido a pena.

Ver carpas eletrocutadas não era exatamente um passeio empolgante na metrópole, mas era melhor do que nada. Assim, lá fui eu assistir ao atordoamento dos peixes, agasalhada em meu mais potente casaco de inverno, já rascunhando o e-mail que escreveria na volta. Talvez topasse com o pequeno Otis e alimentasse os patos com ele, e entrasse numa fila de café com sua mãe e... Nesse ponto, perdi um pouco a direção e quase dei meia-volta, mas minhas pernas já estavam endurecendo com o frio, e o banco junto aos lagos era mais próximo.

Um pequeno grupo se reunira para assistir à cena. Alguém distribuía croissants e aceitei quando me ofereceram um, não porque estivesse com fome, mas apenas grata por ter sido notada. Levei-o à boca e me lembrei de uma ocasião com Leo, em Paris, em que havíamos comido *pain au chocolat* às margens do Sena e, em seguida, entrado numa livraria onde ele desapareceu em uma escada bamba, enquanto eu fazia carinho num gato enroscado num sofá caquético, tirava restinhos de massa dos dentes e me preocupava em saber qual mão estava usando para fazer o quê. Minhas mãos passaram o resto do dia com cheiro de chocolate e gato, porque não conseguimos encontrar nenhum lugar para lavá-las. Meus olhos se encheram de lágrimas: Leo e eu nunca mais voltaríamos a Paris, embora essa não fosse uma lembrança particularmente agradável, por eu ter achado a cidade suja e antipática, e também por quase não haver espaços arborizados e porque, apesar de Leo falar francês com fluência, os locais lhe torciam o nariz, pois não tinha como não perceber que ele era inglês e tão esnobe quanto os croissants franceses.

Oscilei e afundei no banco, piscando os olhos e lutando contra a falta de ar, até uma voz calorosa e aristocrática dizer:

— Ah, meu bem, não fique com essa cara: eles não são de uma loja barata nem nada. Eu mesma os fiz.

Uma mulher de meia-idade, com olhos que pareciam contas, sorria para mim e acenava com um guardanapo de modo que fingi mordiscar o croissant e agradeci em voz baixa, xingando-me por ser uma velha tão distraída. A mulher seguiu, desviando da aglomeração, distribuindo seus croissants e suas gentilezas, e então todos se projetaram para a frente e eu tornei a me levantar, com esforço, para ver dois homens de botas impermeáveis e jaquetas berrantes deslizando pelo lago numa embarcação de aspecto curioso.

A cerca de um metro da proa havia uma engenhoca circular, com umas barrinhas que mergulhavam dentro d'água, como um conjunto gigantesco de sinos de vento. A meu lado, um sujeito explicava o processo à mulher do seu outro lado. O aparelho funcionava em combinação com um condutor colocado no casco, o que criava um campo elétrico por onde o barco ia passando, enquanto uma alavanca de bordo controlava a corrente. Os homens deslizaram pelo lago em grandes círculos, um conduzindo a embarcação e operando a alavanca elétrica; o outro, ajoelhado, segurando uma rede. Por um tempo, nada aconteceu, mas então uma boia cinzenta e luzidia surgiu alegre na superfície — o primeiro peixe atordoado.

— Ooooh — disseram os espectadores, batendo palmas educadamente.

Depois disso, os peixes começaram a emergir por toda parte, reluzentes e apáticos, aguardando serem pescados. Toda vez que o segundo homem recolhia um deles, a massa de espectadores dava vivas e brindava com seus copos plásticos de vinho com canela.

À medida que o espetáculo se estendia, mais inquietante ele se tornava. O "plop" constante com que os peixes subiam à tona, vibrando, o lento sibilar da rede, "chich", o baque surdo subsequente, quando eles caíam no recipiente. Plop, chich, tum. Plop, chich, tum. Depois... plaft. O aturdimento só durava o suficiente para os peixes serem colocados no barco. Aquelas enormes carpas de aparência pré-histórica, cobertas de lama do lago, eram içadas a bordo e, de imediato, começavam a estrebuchar e se debater. Plop, chich, tum. Plaft, plaft, plaft.

Num minuto você está ali, deslizando, sem a menor preocupação, e no seguinte vem uma cutucada gigante e lhe dá um tremendo choque, e então tudo fica diferente e você perde o fôlego de susto. E não há vitória na sobrevivência, porque depois a única coisa que você faz é ficar nadando em círculos sem parar num novo lago, fazendo movimentos inúteis com a boca. Eu ia preferir que acabassem com meu sofrimento. Do pó ao pó. A falta de ar voltando. Plop, chich, tum. Eu poderia desviar o olhar e aquilo acabaria. Não pense, não pense. Plaft, plaft, plaft. Agarrei a grade, tentando ignorar os galhos que pairavam no alto, mas minha pele foi formigando, ardendo, e eu me senti cair em meio a mãos que se estendiam e a gritos distantes, enquanto a escuridão tomava conta...

Capítulo 2

Havia uma coisa áspera sendo esfregada no meu rosto, subindo pela bochecha, como se fosse uma esponja. Com um gemido, afastei a cabeça.

— Ela está voltando a si, cheguem para trás!

A esponja voltou, áspera e quente, com um hálito fétido ao fundo. Franzi o nariz quando o mau cheiro chegou até mim.

— Deixem-na respirar! Nancy, afaste-se!

Estendi as mãos sem força e encontrei um punhado de pelos. Depois, senti a esponja na minha mão. Uma língua. Afastei-a e tornei a gemer.

Talvez eu tivesse sido acometida por um leve mal-estar, porque, quando recobrei a consciência, estava deitada no banco e a mulher dos olhos brilhantes e dos croissants segurava um guardanapo úmido na minha testa, enquanto curiosos espiavam por cima dos ombros dela. Tentando me recuperar, pegajosa e perdida, ainda conseguia sentir a ligação com sei lá qual mundo inferior em que estivera, e tornei a fechar os olhos, torcendo para que todos desaparecessem.

— Nossa, você ficou mal, querida — disse a mulher, segurando meu punho. — Não faço a mínima ideia do que estou fazendo com seu pulso — prosseguiu, sacudindo de leve minha mão. — Qual é o certo, afinal: setenta? Oitenta? Sei lá. Não, não se levante ainda.

— Ah, não, estou bem, de verdade. — Baixei as pernas do banco. — Desculpe o incômodo, não sei o que deu em mim.

A escuridão foi diminuindo, substituída pelo suor igualmente frio da vergonha. Meu rosto e minha mão estavam cobertos por alguma substância pegajosa, e eu precisava lavá-los logo.

— Deve ter sido o tempo, meu bem. Está um pouco frio, não é? Vamos só ficar sentadas um instante e olhar as árvores. Não são lindas? Quer outro croissant? Vamos, trate de recuperar as forças. Meu nome é Sylvie, aliás. E estas duas são a Nancy e a Decca.

Ainda zonza, percebi que ela apontava para duas cadelinhas cinza-azuladas que saltitavam ao redor de seus pés. Quando Sylvie sentou-se no banco, perto de mim, cada uma pulou para um lado dela e tive que me afastar para abrir espaço, limpando o dorso da mão na saia. Ali ficamos, comendo croissants e contemplando as árvores, que eram mesmo lindas, de um jeito sombrio, nuas e pontiagudas contra o céu perolado, onde a tênue luz do sol penetrava as nuvens e lançava salpicos no lago. A multidão tinha se dispersado, embora os homens continuassem a circular, recolhendo os últimos peixes.

— Parece que é uma coisa tóxica na água — comentou Sylvie, apontando com a cabeça para o lago. — Espero que eles sobrevivam a essa experiência. Quem é Leo, a propósito? Seu filho? Quer que alguém vá buscá-lo?

Leo.

Nada me deixaria mais feliz. Que alguém fosse buscá-lo, que alguém o trouxesse de volta para mim. Ele viria marchando, pegaria minha mão, diria "Missy! O que você andou aprontando, minha maluquinha?". Caminharíamos juntos para casa e acenderíamos a lareira para afastar o frio. Enxuguei as lágrimas que retornaram, as gotas quentes em meus dedos brancos.

— Sinto muito — disse Sylvie, com um tapinha e um aperto em minha mão gelada. — Eu não deveria ter perguntado. Você falou o nome dele e pensei que talvez... Enfim, vamos só ficar sentadas aqui um pouco, sim? Não há pressa.

E assim permanecemos, a maior parte do tempo em silêncio, com Sylvie de vez em quando apontando uma planta, um pássaro ou um cão dignos de nota, e eu respondendo de forma adequada, sem medo de entediá-la nem de dizer algo errado. Terminei meu croissant e espanei os farelos, pronta para me levantar e me despedir dessa mulher descontraída e amável que tinha sido a primeira estranha a falar comigo em semanas. Era melhor terminar a conversa antes do que eu gostaria do que depois que ela quisesse.

— Muito obrigada — comecei, estendendo sem jeito a mão ainda pegajosa. — Você foi muito gentil, mas preciso ir andando...

— Droga, perdemos.

Nós duas nos viramos e vimos a mãe ruiva de Otis arrastando o filho emburrado pela trilha entre os lagos. Ele usava uma capa e havia prendido um escudo sobre o guidom do patinete, e o cabelo avermelhado espetava-se em direções diferentes. Tive vontade de ajeitar seus cabelos apenas para despenteá-los de novo.

— Viu só, eu falei que sem nós eles iam morrer — resmungou ela, carregando no ombro uma bolsa enorme, cheíssima, e se inclinando para afagar as cadelas.

— Angela, querida — disse Sylvie. — Atrasada como sempre. Que tal um café? Eu ia justamente perguntar... a... — virou-se para mim, questionadora.

— Millicent — murmurei, sem poder acreditar na minha sorte. Seria errado aceitar? Sem dúvida eu merecia alguma alegria, não? Mas não convinha parecer ansiosa demais.

— ... a Millicent... se ela gostaria de nos acompanhar.

Angela suspirou e tornou a levantar a bolsa.

— Faça isso, então. Eu queria ver uns peixes sendo mortos. E o Otis também, mas não conseguiu achar a roupa do Homem-Aranha, o bobinho.

— Millicent, gostaria de tomar um café conosco? Ou um chá... não quero ser ditatorial com as bebidas! — Os olhos de Sylvie se estreitaram de um jeito cativante, enquanto ela dava o braço a Angela e estendia a mão para o Otis.

Pareciam um grupinho muito alegre. Com certeza não queriam uma antiquada como eu atrás deles, atrasando-os, e por isso falei que tinha um compromisso, o que era verdade, de certo modo, e os vi seguirem pela avenida em direção ao café. O céu clareou um pouco mais quando segui meu caminho, sentindo-me contente por minha saída. Pelo menos elas tinham me convidado. Contei isso a Leo, exagerando alguns detalhes, para que soasse mais dramático. Mas é claro que não fazia diferença o jeito de eu contar, já que não havia ninguém ali para ouvir, e assim, depois de deixar umas flores e arrumar tudo, parti para minha casa deserta.

De volta à cozinha, lá estava o tique-taque do relógio, sem outro som que o abafasse, e na sala, a poltrona de Leo, vazia, e eu não tinha novos amigos — nunca mais veria Sylvie ou Angela ou Otis, e agora teria que evitar o parque, para o caso de os três acharem que eu estava tentando encontrá-los.

Arrumei a casa e me lembrei de quando tínhamos filhos pequenos e era impossível manter qualquer coisa no lugar. Agora, tudo era imaculado e permanecia assim. Enquanto almoçava um ovo cozido demais, li outras coisas sobre David Bowie e pensei no cachecol e em *O homem de neve*. Eu fizera um cachecol para Arthur no Natal, esquecida de que era verão em Sydney, e agora, as agulhas de tricô rolavam de um lado para outro na gaveta dos talheres e utensílios, lembrando-me do meu erro. Mais tarde, não quis me dar ao trabalho de preparar um jantar, resolvi apenas comer cereal e pensei em ver televisão, o tal documentário, talvez, mas, na verdade, de que adiantava? Alistair agora assistia à televisão australiana e tinha comprado para mim chinelos australianos. Fui dormir cedo, verificando os armários e tiritando ao me deitar na cama, à espera de que as cobertas esquentassem. "*A Sibyl me contou... antes de morrer. Acho que não sabia o que estava dizendo.*" Pisquei para afastar a imagem de minha filha Melanie na minha cozinha, de olhos arregalados, recuando. Fui corroída pela culpa, como ocorria desde aquele dia terrível. Toda vez que eu tentava extirpá-la, ela apenas se enraizava mais profundamente.

E assim terminou o dia, tão infeliz quanto havia começado. Mas eu ainda a sentia em algum lugar — aquela centelha. O começo de algo. Ou o fim. Quem sabe?

Capítulo 3

— Chegue mais perto, Missy.

Kensington, 1942, e, indiferente às explosões lá no alto, Fa-Fa curvou-se para acender com o papel retorcido uma das velas, as imensas mãos em concha ao redor do fornilho, e deu várias baforadas para acender o cachimbo. A cada inalação, o rosto enrugado de meu avô brilhava à luz das brasas. Um estrondo no alto fez com que eu me encolhesse, mas eu estava envolvida demais com suas histórias para prestar atenção às bombas, aconchegada no beliche, aninhada sob a lã áspera que dava coceiras, todos com sanduíches de cenoura parcialmente comidos nas mãos. Fa-Fa soprou uma coluna de fumaça e se reacomodou.

— Mesopotâmia, 1916. Moscas feito fuligem em volta do meu rosto. — Apontou para a fumaça cinzenta à sua frente e quase pude vê-las. — Aquela febre desgraçada, eu fraco demais para espantá-las... Quando me recuperei, pude voltar para casa, de licença. Foi incrível estar de volta a Londres, depois daquele calor insuportável. Sua avó e eu fomos a um restaurante na... onde foi, Jette? Na rua Swallow?... para celebrar minha volta.

Nossa avó fungava por ali, num canto escuro. Eu não podia imaginar ninguém querendo jantar com ela — que quase nunca abria a boca, fosse para comer, fosse para falar. Ela nos deu um sorriso tímido e baixou a cabeça ao ouvir outro guincho estridente no alto. Depois veio o vazio, como um trovão após um relâmpago. Quando o estrondo chegou, foi bem fraco.

— Comemos até dizer chega, e depois voltamos a pé até Piccadilly, para alugar uma charrete; não se podia assobiar para chamá-las e é claro que estava escuro nas ruas secundárias, e devo admitir que estávamos meio altos.

Deu um risinho e puxou uma baforada do cachimbo, enquanto Henry e eu ríamos, pensando em Fa-Fa e principalmente na vovó nesse estado. Nada de meias palavras; era por isso que o adorávamos.

— E aí, no escuro, Jette tropeçou e caiu, e, enquanto eu a ajudava a se levantar, um ladrão veio correndo e pegou a bolsa dela, o canalha! Fui atrás dele.

Fa-Fa se remexeu no banquinho, enquanto Henry e eu prendíamos a respiração e nos agarrávamos um no outro. Jette encolhida nas sombras, nada mais do que um rato perto daquele homem. Não pude ver a expressão dela na penumbra, apenas sua mão, segurando o lenço com força.

— Não foi difícil alcançar o ladrão, virei-o para mim e vi que era um molecote, jovem demais para combater na guerra, mas velho o bastante para roubar enquanto ela era travada. Não tinha nada de muito valor na bolsa, umas moedas, talvez, mas eu não ia voltar para Jette de mãos abanando. Dei uns tapinhas no guri, só para ele saber que eu estava falando sério. Achei que a história acabaria ali, mas ele se agarrou à bolsa desesperadamente, e, por mais que eu tentasse, não consegui tirá-la de suas mãos. Estava presa com força entre os dedos, ele não a soltava de jeito nenhum.

Fa-Fa levantou o punho cerrado, os tendões saltando, algumas partículas de tabaco caindo no chão. Inclinou-se para recolhê-las, antes de continuar.

— Terminei tendo que lhe dar uma surra e tanto, mas, não importava o que eu fizesse, a mão dele continuava a agarrar a bolsa.

Outra tragada no cachimbo — puf, puf, puf — junto com o lento luzir do fumo em brasa. Os dedos finos de Jette repuxaram o vestido.

— Murro, soco, murro! Mas ele não largava. Feito cachorro com um osso.

Bum, explodiam as bombas. Minha avó assoou o nariz. Estávamos todos envoltos na espiral abafada da fumaça do Fa-Fa. Ela fazia meus olhos arderem, mas eu não conseguia desgrudá-los do vovô.

— Comecei a chutá-lo e a pisar nos seus pés. Ele gritava, mas não largava a bolsa. Quando parei, o garoto estava encolhido diante de mim, mas as mãos *continuavam* agarradas à bolsa. Que também estava suja e coberta de sangue.

Percebi que, mesmo que a levasse de volta, Jette não ia querê-la. Assim, deixei o moleque lá, deitado na rua, choramingando feito um bebê, com a bolsa ainda presa entre as mãos ensanguentadas.

Fez-se um breve silêncio, inclusive lá no alto, enquanto Fa-Fa baixava o cachimbo e limpava os óculos, os olhos remelentos concentrados nessa tarefa. Suas mãos tremiam um pouco quando ele os repôs.

— O bandidinho ficou com a bolsa. Eu o admirei por isso. Fosse o que fosse que queria nela, conseguiu. — Inclinando-se para a frente, Fa-Fa lambeu a ponta dos dedos e apagou a vela mais próxima do nosso beliche. — E é essa a moral da história de hoje. Se você quer mesmo uma coisa, tem que se agarrar a ela. Não desista. Agarra-se como se sua vida dependesse disso.

— Mesmo que alguém lhe dê uma surra até você ficar roxo? — perguntou Henry.

— Mesmo assim! — retrucou Fa-Fa, despenteando o cabelo dele. — Mesmo que lhe deem uns tapas — e torceu a orelha de meu irmão. — Mesmo que *batam* em você — fingiu que dava um soco na barriga de Henry, repetindo em seguida o golpe com um pouco mais de força. — Mesmo que *acabem* com você, tem que segurar firme!

Ele e Henry começaram a brincar de lutar, mas as bombas tornaram a explodir e a brincadeira virou outra coisa. Fa-Fa prendeu Henry em uma gravata e o rosto de meu irmão ganhou um tom vermelho vivo, os olhos brilhando, não sei se de empolgação ou de lágrimas. Jette se levantou, segurando seu lenço branco.

— Pai! O que você está fazendo?

Minha mãe tinha entrado de mansinho pela porta do porão, despercebida. Estava tirando uma echarpe vermelha do pescoço, pálida de frio e irritada como sempre. Jette correu para abraçá-la, mas mamãe a ignorou, ainda olhando feio para meu avô. Fa-Fa levantou a cabeça e soltou Henry, que caiu de costas no beliche, com as mãos no pescoço.

— Quando é que você vai aprender a ser delicado com as crianças? Elas não são seus recrutas. Imagino que você estava lhes contando aquelas histórias horrorosas, mais uma vez. Agora, Milly, Henry, vamos já para a cama, já é muito tarde para vocês estarem acordados.

Ela deu início à rotina maternal de nos colocar embaixo das cobertas e recolher nossos pedaços de pão parcialmente comidos e guardá-los para o dia seguinte.

Fa-Fa recolheu-se a outra cadeira no canto, para encher outro cachimbo, de cara amarrada, e mamãe se deitou em seu catre. Minha última lembrança foi dela apagando a última vela e do calor lento e reconfortante das brasas, enquanto Fa-Fa fumava noite adentro. Então os borrões de sombra nas paredes me fizeram mergulhar num sono profundo, no qual nem as explosões do lado de fora conseguiam penetrar.

Na noite seguinte, uma SC250 caiu na rua em frente a nossa casa, reduzindo o muro do jardim a destroços. Ninguém ficou ferido, embora os óculos de Fa-Fa tivessem caído e se quebrado na hora da explosão. Depois disso, minha mãe decidiu que era mais seguro irmos para o interior e nos despachou para a casa da minha tia Sibyl, em Yorkshire. Mas a decisão parecia ter sido tomada menos por conta da bomba do que da história da bolsa, que Henry contou a mamãe na manhã seguinte, provocando outra discussão. Fa-Fa não valia nada, contando histórias terríveis que nem sequer deviam ser verdadeiras (Jette não as confirmava nem desmentia, quando lhe perguntávamos), era mais do que hora de respirarmos um pouco de ar do campo etc. E assim, lá fomos nós para Kirkheaton, para um velho presbitério cheio de correntes de ar, onde dormíamos no sótão, procurávamos esconderijos de padres em busca de fantasmas, fazíamos tocas nos bosques e, principalmente, nos esquecíamos da guerra e dos hábitos estranhos de Fa-Fa.

Mas não nos esquecemos daquela história e costumávamos recontá-la um para o outro, deitados nas camas estreitas e duras sob os beirais. E a cada vez acrescentávamos um detalhe a mais — um floreio dramático, alguma particularidade sórdida, até que, no fim, já não sabíamos direito onde terminava a história de Fa-Fa e onde começava a nossa. Teria sido ele a inventá-la ou nós? Teria alguma parte daquilo acontecido ou nenhuma? Com o passar dos anos, inclinei-me a acreditar na segunda hipótese.

Ainda assim, não deixa de ser verdade, não é? Se você deseja mesmo alguma coisa, tem de se agarrar a ela.

Capítulo 4

Passou-se uma semana sem que acontecesse nada que valesse a pena estar em um e-mail para Alistair. Mal saí de casa, exceto para providenciar umas coisinhas — um corte barato de pescoço de cordeiro, um remédio na farmácia. Achei que Sylvie estava à minha frente na fila e baixei a cabeça, para não ser notada por ela, mas era outra pessoa, apenas uma mulher qualquer de meia-idade, comprando comprimidos para azia.

No caminho para casa, fiz uma extravagância ao comprar uma garrafa de vinho, embora beber sozinha parecesse ser um caminho sem volta. Mas as noites eram longas e uma taça de alguma coisa dava uma beliscadinha nas sinapses e trazia um pouco de "*entheos*" — a pitada grega de entusiasmo. Só uma taça, talvez duas das pequenas, distraindo-me da tentação do resto da garrafa fazendo uma ronda pelos vários cômodos da casa, a maioria já quase sem ser usada. Para que eu precisava de uma sala de jantar? Para todos aqueles jantares que eu não oferecia?

A poeira no estúdio de Leo me deu um acesso de tosse. Eu realmente deveria empacotar os livros e me livrar deles, mas Leo ficaria horrorizado; quase todos eram primeiras edições, ou edições raras, e eu não tinha conhecimento suficiente sobre elas para garantir que cobraria um preço decente.

Assim, em vez disso, tirei o pó e li as dedicatórias: "Querido Leo, Natal de 1986, com amor"; "Leo, leia isto e seja gentil, por favor — Asa"; "Papai, mais um tomo antigo para você — Mel". "*Tómos*" quer dizer "fatia". Cada livro era uma fatia do homem. Nenhum era meu. Parei de ler depois que as crianças nasceram.

Passadas uma noite e mais uma visita à loja de vinhos, me peguei no quarto de Alistair, ainda igualzinho ao que era em sua época de garoto. Os pôsteres do Arsenal, seus modelos de Lego, seus fósseis. Meu filho arqueólogo! O quarto parecia uma de suas escavações: artefatos e restos mortais de algum faraó reverenciado. E agora, o próximo na linhagem dormia ali — alisei o travesseiro em que estivera deitada a cabeça dourada de Arthur. Que saudade eu sentia dele! Uma lacuna na prateleira onde deveria estar a primeira edição.

No dia em que Ali saiu de casa, nós o levamos de carro para seu dormitório na faculdade, Leo tagarelando sobre as grandes universidades britânicas, enquanto eu permanecia muda, tentando não chorar, sorrindo ao descarregarmos as malas dele e o instalarmos naquele quartinho sem graça, como se fosse maravilhoso pensar nele partindo para o mundo, a fim de criar a própria história. Que aventura! Bem no fim, no entanto, quando nos despedimos e ele me abraçou, descobri que não conseguia largá-lo. Com delicadeza, Leo acabou soltando meus dedos do suéter de Alistair e lhes dando um aperto tranquilizador. "Ele volta no Natal", disse, com entusiasmo. Natal, sempre o Natal — lançando suas luzes de contos de fadas na banalidade de todos os outros dias.

Voltei à geladeira, depois ao quarto de Mel, para embalar alguns de seus livros. Ela morava em seu apartamento em Cambridge, e não era como se ainda aparecesse para me visitar — não desde aquela tarde terrível. Depois de verificar as portas do armário a caminho da cama, lembrei-me de que as luzes ainda estavam acesas na sala de estar e, me arrastando, tornei a descer. Quando um clique mergulhou a sala na escuridão, a rua lá fora se iluminou, revelando um jovem casal que caminhava abraçado para casa, após uma saída noturna. Os dentes da moça cintilaram à luz do poste quando ela sorriu para o rapaz, prendendo a mão dele com mais firmeza sob seu braço, e ele deu-lhe um beijo na testa. Tranquilos e despreocupados, com a maioria de seus erros ainda por cometer. Poderíamos ser Leo e eu, meio século antes. Fechei as cortinas, verifiquei tudo novamente e cambaleei para a cama.

★ ★ ★

No dia seguinte, tentando curar uma dor de cabeça, voltei à farmácia e tornei a ver uma mulher parecida com Sylvie, só que, dessa vez, *era* Sylvie. Baixei a cabeça, mas era tarde demais.

— Olha quem apareceu! — exclamou, como se eu só tivesse me afastado por cinco minutos. —Você saiu correndo, outro dia. Como tem estado?

— Bem, obrigada.

Fui me encaminhando para a fila, na esperança de que ela não notasse o paracetamol, que sempre escondi de Leo. Ressaca era uma admissão de culpa. Se ela não surgisse, seria por não ter bebido o suficiente na noite anterior.

— Empatamos — disse Sylvie, cutucando minha caixa com a dela. — Estou com uma martelada atrás dos olhos. Tudo autoinfligido, é claro. Angela sabe entornar para valer. É uma jornalista que sabe beber. E você?

Sylvie tinha esse jeito de quem acha que tudo na vida é uma tremenda piada, uma irreverência que me dava vontade de colocar os pés para o alto e ficar de conversa fiada — de estar num mundo em que as coisas não fossem tão sérias. Mas tudo que consegui oferecer foi um leve dar de ombros.

— Quer tomar um café?

Ela indicou com a cabeça a cafeteria em frente, que parecia tão calorosa e convidativa quanto a própria Sylvie, decorada com luminárias baixas, azulejos e madeira natural. Lá estavam a clássica fileira de trabalhadores com seus laptops, digitando furiosamente; duas mães com carrinhos de bebê, as cabeças unidas, brincando de cadê-cadê com os filhos; um casal absorto na conversa, mãos entrelaçadas. Ali não era meu lugar, em meio a todo aquele companheirismo e diligência, e não entendi por que Sylvie teria vontade de me oferecer algo assim.

— Ah, obrigada, mas preciso mesmo ir andando. — Entreguei minhas moedas e estendi a mão para pegar meu saquinho com o analgésico.

— Tudo bem, espero que nos vejamos novamente logo, Millicent. — Ela se lembrou.

— Na verdade, é Missy — deixei escapar, enquanto ela abria a porta.

A sineta tilintou, alegre, e Sylvie virou-se para trás, com uma das sobrancelhas arqueadas.

— Como?

— Bem, meu nome é Millicent, mas todos me chamam de Missy — atrapalhei-me, deixando o troco cair e sentindo o rubor se espalhar por meu rosto.

— Ah, está certo, pois então, é Missy! Tenho certeza de que vamos nos esbarrar de novo, eu estou sempre por aqui.

Sylvie acenou e foi embora, empunhando sua cesta de vime como uma dona de casa dos anos 1950.

Saí da farmácia alvoroçada e confusa. Ninguém me chamava assim. Não desde Leo e, antes dele, Fa-Fa. Sylvie devia ter achado que eu era completamente biruta, ruim da cabeça. Ainda com as bochechas ardendo, me vi atravessando a rua em direção à cafeteria. Se ela estivesse lá, eu certamente iria acompanhá-la em um café, não tinha motivo para ser tão boba.

Os trabalhadores continuavam digitando, as mães, fazendo festinha nos filhos e fofocando, mas o casal se fora. Não havia nem sinal de Sylvie, porém, assim mesmo, pedi um café e me sentei a uma mesa, sentindo-me tensa e sem jeito, certa de que todos me observavam e se perguntavam por que uma velha tinha resolvido entrar lá sozinha. Mas ninguém pareceu notar e, aos poucos, a atmosfera cálida e o som ambiente começaram a fazer efeito. Alguém tinha deixado um jornal na mesa ao lado. Peguei-o e li sobre Jeremy Corbyn, que morava nas imediações, e sobre o astronauta Tim Peake, que vivia muito mais longe, e sobre Alan Rickman, que já não vivia em lugar nenhum. Ele havia trabalhado em um dos meus filmes favoritos, e de Leo também, sobre um fantasma que tenta animar sua viúva enlutada. Eu era meio parecida com Nina, a esposa, vagando pela casa vazia na esperança de uma ressurreição milagrosa. Sempre achei que ela tinha errado ao não ficar com o marido, Jamie, apesar de ele estar morto.

Fiquei ali por um tempo, tomando meu café e lendo o jornal e, quando terminei, a garçonete sorridente recolheu minha xícara, as mães viraram seus carrinhos para dar passagem e um homem largou seu laptop para abrir a porta para mim. Voltei para casa andando devagar, notando as agulhas de pinheiro que ainda sujavam as calçadas, mas, de vez em quando, erguendo o rosto para o débil sol de inverno.

Ao chegar, em vez de embarcar em minha ronda habitual de limpeza, subi ao quarto de hóspedes e desci com uma velha manta e a estendi no sofá para ver como ficaria. Tornei então a subir e procurei por um abajur, que coloquei numa banqueta baixa num dos lados. Passei um tempo contemplando o resultado e, em seguida, me sentindo um pouco tola, fui à cozinha preparar uma xícara de chá.

Mais tarde, porém, quando a luz esmaeceu, o abajur e a manta pareceram bem aconchegantes. Dispensei o cereal, para variar, preparei uma massa e comi em uma bandeja no sofá, enquanto assistia a um novo seriado de época.

Leo teria zombado dos anacronismos, mas foi um alívio ser distraída com pequenas questões domésticas. Pensei em terminar minha noite com uma taça de vinho, mas lembrei que havia acabado a garrafa na véspera. Ah, bom, poderia comprar outra no dia seguinte. Quem sabe com quem toparia?

Eu continuava sem ter muito sobre que escrever a Alistair, porém ao menos tinha sido convidada para um café e aceitado, de certa maneira. Um passinho de cada vez. Passos de velha. Mesmo que eu não soubesse muito bem para onde estava indo.

Capítulo 5

Voltando, voltando, voltando, o ano é 1956 e estou em Cambridge, ajoelhada no chão, tentando acender a lareira.

Lá estava eu, Milly Jameson, no meu segundo ano na Newnham College, infelicíssima em um quarto gelado, fingindo que gostava de ler Homero. As outras alunas eram tão glamorosas, dando gritinhos pelos corredores compridos e levando homens furtivamente para seus quartos. A garota do dormitório ao lado era tagarela e cativante, meu exato oposto. Miúda e curvilínea, com o cabelo tingido de louro e penteado em ondas perfeitas, ela guardava uma garrafa de gim embaixo da cama para os coquetéis da "Hora Mágica", servidos a seus numerosos convidados. Alicia Stewart e suas *soirées* lendárias — toda noite eu ouvia seu gramofone e socava a parede, enquanto ela cantava uma paródia com a melodia de "Mr. Sandman": "Sr. Barman, traga-me um drinque do bar... Faça-o tão forte que eu pare de pensar." Eu não fazia ideia de como ela pretendia se formar — talvez seduzindo o papel da prova.

No entanto, os coquetéis impressionantes de Alicia eram uma das poucas coisas que me permitiam relaxar, e por isso tínhamos feito certa amizade, ou, pelo menos, ela me ajudava a beber. Meu quarto tinha uma janela que, convenientemente, dava para um alpendre que servia de rota de fuga para quem ficasse trancado na faculdade depois da hora, de modo que, em troca de uma birita ocasional, eu permitia que ela oferecesse a seus amigos do sexo masculino uma saída clandestina. Ela jurava que não acontecia nada além de uns amassos, como se eu fosse capaz de opinar nesses assuntos, justo eu, que estava tão longe dos beijos quanto de cantar com The Chordettes.

No segundo ano da faculdade, foi ficando evidente que eu não era a dádiva que havia imaginado para o mundo acadêmico. O supervisor me descreveu como "uma poça de água", o que era justo — quem queria contemplar as profundezas? Nos onze anos passados desde a morte de meu pai, eu me tornara grande especialista em ignorar águas mais profundas.

Em vez de enfrentar "Catullus 85", "Odi et amo", eu estava sentada no tapete puído, naquela noite gelada de fevereiro, tentando fazer surgir alguma centelha na lareira. Morávamos no Peile Hall, um prédio antigo e cheio de correntes de ar em que ainda não haviam instalado aquecimento a gás. Em vez disso, tínhamos umas placas de metal — chamadas de Sydneys — que colocávamos diante da lareira para puxar o ar, mas só havia duas delas para circular entre todas nós. Tínhamos que andar pelos corredores, batendo nas portas, para caçar uma das placas, e por isso, ao ouvir uma batida em minha porta, presumi que era alguém atrás da Sydney. Mas era Alicia, já bastante bêbada, encostando-se no batente da porta:

— Milish... Mishilent. Que cheiro é esse?

— Fumaça. Estou tentando acender o fogo.

— Por quê?

— Porque está frio.

— É mesmo? Deixe isso para lá. Tem uma festa. Para uma nova revista de poesia.

— Ah, ótimo. Divirta-se.

— Não. Você tem que ir comigo.

— Por quê?

— Porque não consigo achá-la.

— Não tenho nada para vestir.

— Você pode pegar uma roupa emprestada.

— Não estou com vontade.

— Vai ter vinho. E vai estar quente.

E foi assim que me encontrei, usando um dos vestidos pretos de Alicia, curto demais e folgado no busto, vagando pelas ruas de Cambridge à procura da Associação das Mulheres, na Falcon Yard. Quando finalmente chegamos, desejei ter ficado no quarto. Era muito barulhento e escuro, com focos de luz iluminando a banda de jazz e pessoas recitando poemas constrangedores. Sempre achei a poesia — sobretudo lida em voz alta — excruciante. Tal como a religião e a acrobacia, é melhor praticar na intimidade.

Alicia saiu zanzando por entre as pessoas e sumiu, de modo que fui em busca do vinho que ela havia prometido. Ao menos *estava* quentinho, com toda aquela gente e todo aquele calor. Um poeta parado em um canto, com a cabeça inclinada para trás, declamava para um grupinho ávido — alguma coisa sobre bunda e cristais. Deus do céu, era um horror.

Fiquei encostada numa parede, bebendo o vinho, examinando meus seios pequenos e me perguntando em quanto tempo poderia fugir. E então, do outro lado da sala, lá estava ele. Bêbado, como todo mundo. Mas era o único homem de terno, em vez de suéter de gola rulê, e isso, somado à sua altura, o distinguia. Ele me viu e sorriu como se me conhecesse, e esse momento foi como um reencontro. Aproximou-se a passos lentos, ainda sorridente. E então, ao chegar mais perto:

— Ah, nossa, desculpe! Pensei que você fosse outra pessoa!

De perto, vi que estava ainda mais bêbado do que eu havia pensado, balançando feito um enorme carvalho numa ventania. Mas era muito bonito, grande e louro, um verdadeiro labrador humano, e o vinho me deixara atrevida:

— Que outra pessoa você quer que eu seja?

Sempre fui uma negação em matéria de flertes. Era simplesmente incapaz disso, nem mesmo depois de uns drinques. Por sorte, o barulho era tanto, com o jazz e a poesia e gente quebrando copos, que isso não pareceu ter importância.

— Bem, já que a garota que eu pensei que fosse você não está aqui, vamos beber mais alguma coisa?

Levou-me até a mesa comprida, abarrotada de garrafas, e me serviu uma taça, enquanto eu tentava pensar em algo inteligente para dizer.

— É um nome horroroso para uma revista, *St. Botolph*. Parece coisa de igreja — falei. Ai, droga, ele talvez fosse um dos editores. Mas ele se limitou a rir.

— Eu sei, mas esta festa acaba rapidinho com essa possibilidade. Definitivamente, ela não tem nada de santa. — Desviou-se de uma garrafa de vinho que ia passando. — Você gosta de poesia?

— Não muito. Para mim, é uma coisa meio autoindulgente. — Não entendia o motivo de estar sendo tão direta, assim, do nada. Devia ser o álcool, mas havia também uma sensação peculiar de que eu tinha que me abrir: uma flor desabrochando ao sol.

— É mesmo? O que você estuda?

— Literatura clássica. Mas, em geral, sou mais chegada à prosa.

— Diga-me uma coisa de que você gosta.

Corri os olhos pela sala e disse:

— Metade do mundo não compreende os prazeres da outra metade. — Senti-me muito erudita.

— O que é uma pena — retrucou ele, reduzindo-me de novo à condição de uma mera colegial.

Do outro lado da sala, um casal se beijava intensamente, ou se atracava, eu não sabia ao certo. Eu precisava fazer alguma coisa espetacular, ser espetacular, para que ele se lembrasse dessa ocasião e, quando nos perguntassem como nos conhecemos, pudéssemos dizer: "Ah, *essa* é uma história ótima..."

Em vez disso, Alicia Stewart escolheu esse momento para tornar a entrar na sala, acenando com uma taça de vinho, tropeçando em uma garrafa descartada, agarrando uma toalha de mesa para se equilibrar e vomitando sonoramente em seu vestido preto, comigo dentro. O poeta parou de recitar por um segundo, olhando-nos com curiosidade, e retomou seu discurso sobre canalhas esnobes.

— Merda. — Ela ficou caída no chão, com gotas de vinho tinto presas nos cílios, feito gotinhas de sangue.

Às gargalhadas, meu cavaleiro andante abaixou-se para ajudá-la a se levantar. Aninhada em seus braços, Alicia o olhou com admiração.

— Aaah, como você é gentil! — exclamou. Desviou os olhos para mim. — Milly, você está coberta de vômito, com uma aparência pavorosa. Melhor ir para casa, antes que passe vergonha.

Fuzilei-a com o olhar e usei a toalha de mesa para me limpar.

— Seria uma honra poder acompanhar as duas — disse nosso herói, oferecendo-nos os braços.

— Esplêndido — respondeu Alicia, com a fala arrastada, agarrando o braço oferecido a ela como uma náufraga.

— Meu nome é Alishia e essa é a Milish... Milish... Misha.

— Olá, Misha. Eu sou o Leo.

— Ooooh, Leo, o leão! — grasnou Alicia. — Leve-nos para sua toca, Leo!

Fomos pisando com cuidado em meio aos cacos de vidro e no caminho pegamos uma garrafa de vinho pela metade. No corredor da área externa, uma garota soluçava e era consolada por um rapaz magro, que lhe dava tapinhas nos ombros e dizia: "Não fique assim, ele era um babaca." Esse seria eternamente apenas um ombro amigo que reúne os caquinhos.

Do lado de fora, podíamos ver as baforadas de nossa respiração no ar gelado, enquanto percorríamos ruas de paralelepípedos. O céu se desanuviara e, quando emergimos na King's Parade, ele estava envolto em uma imensidão de estrelas, que cintilavam acima da capela. Até elas zombavam de mim.

Assim que senti ter passado tempo suficiente, soltei o braço do Leo e me deixei ficar mais atrás, para que eles pudessem caminhar juntos. Mas fiquei com o vinho. A luz dos postes captava os reflexos dourados do cabelo de Alicia quando ela erguia os olhos para Leo, soltando aquelas risadinhas melodiosas que usava com os homens — sua verdadeira risada estava mais para um cacarejo.

Atravessamos a ponte da Silver Street e olhei para as águas lentas do rio Cam, lembrando como achara que Cambridge seria: passeando de barco até Grantchester e pedalando pelas quadras com meu vestido esvoaçando na brisa — desviando de poças impressionantemente rasas. Em vez disso, levei um fora na festa da *St. Botolph*, voltando para casa atrás da minha vizinha para lá de bêbada, de madrugada, coberta por seu vômito, enquanto ela seduzia alguém que eu tinha visto primeiro. "*Odi et amo*". Entornando o que restava da garrafa, atirei-a no rio e a vi afundar lentamente nas profundezas. Imagino que ainda esteja lá, em algum lugar.

Capítulo 6

Na terça-feira seguinte, houve uma briga na minha nova cafeteria.

Depois de esbarrar com Sylvie na farmácia, passei a rondar aquela região de lojas, em especial a cafeteria, até que a garçonete simpática começou a me reconhecer e a servir meu café com leite frio puro, nada daquela frescura cheia de espuma. Eles me deram um cartãozinho que era carimbado toda vez que eu comprava uma xícara, o que acabava resultando em uma xícara grátis. O pão da loja turca vizinha era barato e fresco, e eu folheava a ficção infantil na livraria beneficente, onde comprei por cinquenta centavos um livro da série *Thomas, a locomotiva a vapor, e seus amigos.*

Nunca havia prestado muita atenção nessas lojas locais — estava sempre ocupada com as crianças e os afazeres domésticos e, mais tarde, quando Leo adoeceu, cuidando dele. Na época, também não tinha que me preocupar com dinheiro, ao passo que agora fico atrás de pechinchas magras, como se fosse fazer a menor diferença. Enquanto rondava gastava as horas e os centavos, mas ainda não havia sinal de Sylvie.

Nessa terça-feira, quando eu saboreava meu café americano habitual, quem havia de entrar senão a Angela, dessa vez sem Otis. Estava desleixada como sempre, com muitas mechas do cabelo vermelho escapando do coque alto, delineador borrado, jaqueta de couro e botas surradas, com fivelas que tilintavam quando andava. No começo, não reparei na mulher que estava com ela, mas, quando as duas se sentaram juntas num canto, vi que ela chorava e que Angela parecia consolá-la. Falava depressa, de forma persuasiva, mas a mulher continuava a balançar a cabeça, enxugando o rosto. Era magra demais e tinha um ar emaciado que me fez pensar que provavelmente era usuária de drogas.

Então, de repente, Angela recostou-se na cadeira, deu um tapa na mesa, como se estivesse exausta, e a outra mulher levantou-se e disparou em direção à saída. Angela ergueu metade do corpo e gritou alguma coisa que soou como "Filmes!", mas podia ser apenas um xingamento. A mulher parou no vão da porta e se virou, com riscos de rímel escorrendo pela face encovada e a boca retorcida.

— Você não entende — rebateu. — Nunca vai entender.

As duas pareciam alheias aos outros fregueses, que haviam ficado calados diante do espetáculo, assistindo por cima das xícaras a essa pequena novela.

— Quero ajudar você — disse Angela. — Por favor. — E estendeu a mão.

Como numa partida de tênis, todos os olhos se voltaram para a outra mulher, à porta.

— Então, pare de se meter. Me deixe em paz — retrucou, ríspida, e estendeu a mão para a maçaneta.

O que aconteceu em seguida foi extraordinário.

Angela deu um salto à frente e fechou a porta com um tranco, bloqueando a passagem; a mulher tentou empurrá-la e as duas passaram a trocar puxões e empurrões na entrada, para cá e para lá. De vez em quando, uma dizia "não!", ou "não faça isso!", e continuaram naquela dança arrastada e deselegante, alheias às expressões atônitas dos curiosos. Então, de repente, a outra mulher levantou a mão e deu uma bofetada no rosto de Angela, que recuou dando um grito, enquanto os fregueses soltaram um arquejo coletivo; um homem da fileira dos que trabalhavam nos laptops levantou-se, como se tivesse a intenção de protestar, mas mudou de ideia quando Hanna, a garçonete, precipitou-se e puxou Angela, fazendo-a dar um passo para trás. A outra mulher as observou por um segundo, peito arfando, cabelo desgrenhado, torceu a maçaneta e saiu trôpega para a rua.

Houve um suspiro de decepção quase imperceptível quando ela se retirou — acabando com a diversão, justo quando ela se tornava promissora —, mas sempre achei degradantes essas exibições públicas. Certa vez, Leo e eu brigamos em uma festa, *sotto voce*, falando pelos cantos da boca, levantando as taças e cumprimentando com a cabeça os convidados que passavam. Hoje em dia, as pessoas não têm critério, simplesmente não se controlam, dão escândalos sem a menor cerimônia.

Angela, com uma marca vermelha em uma das bochechas, afundou em sua cadeira, tirou um maço de cigarros do bolso e acendeu um deles ali mesmo. Hanna voltou para repreendê-la. Com uma careta, Angela apagou o cigarro em um pires. Passou um tempo sentada com a cabeça entre as mãos, depois pegou a bolsa e se dirigiu à porta. Ao passar por minha mesa, me viu e arqueou as sobrancelhas, com ar cansado:

— Ah, oi, hmm... — Ao contrário de Sylvie, ela havia esquecido.

— Millicent.

— Oi, Millicent. Tudo bem?

— Bem, obrigada. E... você?

Para meu desalento, ela de repente pôs a bolsa no chão, ao meu lado, e se sentou na cadeira em frente, fazendo sinal para Hanna vir anotar seu pedido.

— Estou mal para cacete, como você pode ver. Só vou me sentar aqui por uns cinco minutos, se não tiver problema, para evitar fazer uma besteira.

Ela puxou para si o pote de cubos de açúcar e triturou um deles entre os dentes amarelados. Estava muito pálida, com olheiras escuras. Deviam ser todas aquelas bebedeiras com Sylvie.

— É claro — retruquei, torcendo para isso não significar que eu teria de pagar seu café.

Passamos alguns segundos em silêncio, enquanto ela cutucava a pele ao redor das unhas, que estavam roídas até o sabugo e com esmalte lascado. Hanna trouxe seu café e ela o sorveu ruidosamente, enxugando a boca na manga.

Por fim, olhou-me de esguelha.

— Você é casada?

Prendi a respiração.

— Sim. Mas ele não... ele não está...

Ela descartou a pergunta com um gesto.

— Eu não sou — disse, desanimada. — E, às vezes, sinto um puta alívio, sabe? É mais encrenca do que vale a pena.

Fiquei suficientemente intrigada para arriscar uma pergunta:

— E o seu filho? O pai dele... é presente?

Angela bufou.

— Nem se interessou. É melhor assim, pode acreditar. Enfim, não estou falando de mim. Você tem filhos? Netos?

— Sim, dois filhos. E um neto.

— Menino ou menina?

— Menino. Arthur.

Ela sorriu.

— Aposto que ele é um terror.

— É, sim — respondi. — Um terror.

Mas ela já estava longe, os olhos fixos no horizonte, tamborilando na mesa ao ritmo do jazz que tocava ao fundo.

— Ela tem que tirar as crianças de lá. E Bob. O problema é esse — resmungou, falando mais consigo do que comigo.

Permaneci em silêncio, esperando que ela esclarecesse. Mulheres como Angela sempre pareciam estar envolvidas em algum tipo de drama. Justo quando eu me perguntava se seria grosseiro acenar para que Hanna trouxesse minha conta, Angela recostou-se na cadeira, esfregou o rosto e deu um grande suspiro.

— Você tem razão, não posso me envolver — disse.

Inclinei a cabeça e atraí o olhar de Hanna.

Angela beliscou a ponta do nariz e deu outro suspiro.

— Porra.

Os palavrões que atualmente permeiam as conversas das pessoas são particularmente desagradáveis, tão feios e sem imaginação, embora sua repetição me incomode mais do que as palavras em si. Os xingamentos de Angela eram tão frequentes que pareciam vírgulas, cada um provocando uma fisgada de desagrado, um azedume na minha boca e na dela. Sua fala era tão desleixada quanto seus sapatos surrados. Peguei minha bolsa e a pus no colo, já pronta.

Hanna trouxe a conta. Quando pôs o pratinho diante de nós, deu um breve aperto no ombro de Angela, mas, antes que eu pudesse concluir o que significava aquele gesto, Angela amassou o papel entre os dedos.

— Eu cuido disso — disse ela.

Neguei com a cabeça.

— Ah, não, por favor — respondi, enquanto tirava moedas da bolsa, atrapalhada.

Angela as descartou com um gesto:

— Deixe comigo. Eu invadi sua mesa sem pedir licença, é o mínimo que posso fazer. — Colocou uma nota de cinco libras na mesa e ergueu o polegar para Hanna, que aguardava, indecisa.

— Bem, não precisava. De modo algum. Mas obrigada. — Levantei-me, sentindo-me sem graça, como sempre, nos extremos das conversas. Começos e términos, eu nunca soube ao certo como lidar com eles. — Hmm, então, até logo. Espero que você consiga... resolver tudo.

Mas, quando dei um passo para trás, ela pegou sua bolsa e se levantou.

— Vou andando com você, o ar puro vai me fazer bem.

Murmurei meu próprio xingamento.

Angela voltou a se animar, assim que chegamos do lado de fora, inspirando o "ar puro", a cabeça inclinada para trás e os olhos fechados, o machucado no rosto já começando a escurecer. Virou-se para mim, com a fumaça saindo de suas narinas largas.

— Onde está o Arthur?

Quase tropecei, tão desconcertada — e ofendida — com a pergunta que, por um tempo, não respondi. Havia em Angela algo de perturbadoramente direto e intenso.

— Ele mora com o pai, meu filho, na Austrália. Mudaram-se para lá há três anos. — As palavras saíram engasgadas, tudo em mim rebelando-se contra elas.

Angela me encarou por um segundo, depois desviou o olhar e chutou uma folha caída.

— Que merda — comentou. — Como ele é?

Voltei a sentir o nó na garganta.

— Tem quatro anos. Gosta de Lego e futebol e Batman, e de todas as coisas de que costumam gostar os meninos da idade dele, suponho. — Parei, mas descobri que não conseguia. — Não os vejo com frequência, mas, quando nos encontramos... Ele é agitado. Sempre brincando, correndo, lutando. Mal para quieto, sempre transbordando de energia, e quando ele para dá vontade de... de prendê-lo, de ancorá-lo, de algum jeito. É muito difícil acompanhá-lo. Mas eu quero. Quero guardar uma versão dele em todas as idades. Ele só fica cada vez melhor. Mas sinto falta de todos os bebês e meninos que ele já foi e quero todos de volta. — Parei de falar, sem graça.

Angela balançou a cabeça devagar.

— É, é assim mesmo, não é? — disse ela.

— E como é o Otis?

— Uma doçura de menino — respondeu. — Nada parecido comigo. Nem com o pai, graças a Deus. Ele não é arrogante, nunca se irrita. Às vezes me assusto, juro. Eu era muito tensa... tinha que ser, fazendo o que faço, mas ele me fez mudar, me amoleceu. Como quando a gente soca um bife.

— Amaciada — comentei.

— Isso. Ele me amaciou, o rapazinho. Não presto para mais nada no meu trabalho.

Continuei não gostando muito dela, mas Angela tinha o Otis e eu tinha o Arthur.

— Sylvie me disse que você é jornalista.

— Sim, mas freelancer, então a gente vive correndo atrás da próxima coisa. — Em seguida, voltou ao modo interrogatório. — Você é aposentada, certo? O que fazia?

— Fui bibliotecária. Antes de ter filhos.

— Agora todas as bibliotecas estão fechando — disse ela, sombria.

— Bem, eu fico aqui — anunciei, com a mão no portão.

Angela olhou para cima e exclamou:

— Puta merda, a casa toda é sua? Eu moro logo ali adiante, mas no apartamento do segundo andar. Do tamanho de um alfinete. Você tem *a casa toda*?

— Compramos nos anos 1960. Na época o bairro ainda não estava tão gentrificado.

Pensei nos tumultos, nas greves, nos assaltos às casas. No lixo acumulado na rua. Tínhamos sido pioneiros.

Resignada com o fato de que Angela queria entrar, ainda assim tentei um último ato de resistência:

— Onde está Otis? — perguntei, na esperança de que ela se lembrasse de que tinha que ir buscá-lo.

— Na casa da babá — murmurou, ainda encarando. — A casa toda. Minha nossa.

Ao destrancar a porta da entrada, pude senti-la atrás de mim, saltitando de um pé para outro, de tanta expectativa. Entramos.

A primeira vez que eu entrara naquele saguão tinha sido em 1964. Com um barrigão de grávida e intimidada pela curva da escadaria, eu havia bamboleado para a esquerda e descoberto a mais encantadora sala de visitas. Uma enorme janela de três faces projetada para fora deixava a luz do sol inundar o cômodo, lançando raios sobre as tábuas envernizadas do piso — escuros e claros, com partículas de poeira rolando nos feixes de luz, enquanto eu circulava entre eles. Sem móveis — a proprietária anterior havia falecido e era óbvio que os parentes tinham baixado ali e feito a limpa em tudo —, a sala era uma tela em branco. Enquanto Leo discutia com o corretor sobre a umidade, a casa disse a mim que era minha.

Hoje em dia, é claro, as pessoas se mudariam e a destruiriam, jogando as coisas fora, para poderem encher tudo de novo. Os novos proprietários fazem muita questão de "deixar sua marca" — uma expressão muito agressiva, como se fosse possível marcar uma casa com a própria personalidade. Nós dois preferimos deixar o caráter da própria construção brilhar e não modificamos nada, exceto pela pintura de um dos quartos para o bebê. Na verdade, afora a manutenção geral, a casa ainda era a mesma de pouco depois de a srta. Edith Crawshay falecer lá dentro.

— Vou ter um troço — disse Angela, ao ver a cozinha. — Isso é uma puta volta no tempo!

Era uma cozinha bem ultrapassada, imagino — os armários datavam da década de 1950. Havia um fogão Aga, que parecia incongruente numa residência urbana, mas funcionava perfeitamente e, para demonstrar, pus a chaleira na chapa de fervura. Angela já saíra para espreitar tudo. Corri atrás dela, para detê-la antes que encontrasse...

O estúdio de Leo. A porta já estava entreaberta. Como ela se atrevia a invadir minha casa e ficar fuxicando desse jeito? No entanto, quando abri a boca para lhe repreender, ela se virou, e tinha o rosto tão maravilhado que fechei a boca.

— Ah, Millicent — suspirou. — Isso é *fantástico*! — Afagava com reverência o John Milton de Leo. — É um tesouro. *Olhe*!

— É do meu marido — afirmei, tirando-o dela e repondo-o na prateleira.

— Que colecionador! — exclamou, sem pudor nenhum, vagando até a coleção ainda empoeirada de Dickens. — Esse é ele? — indagou, parando junto à escrivaninha para pegar uma foto nossa, tirada logo depois de nos casarmos.

— É.

— Muito atraente — comentou, e em seguida me avaliou com o olhar. — Vocês dois. — Pegou outra fotografia. — São seus filhos? O filho, que está na Austrália. E a menina?

— Melanie. Ela mora em Cambridge. — Resisti à ânsia de pegar de volta o porta-retratos.

— Você a vê com frequência? — continuou, já se deslocando pela seção de história.

— Não muito. Ela está sempre ocupada. Dá aulas na universidade.

Mais uma vez, revi Melanie recuando em minha cozinha: *O que você fez... não foi errado... Você não deve se culpar...*

— Quem é Leonard Carmichael? — Apontou para a prateleira carregada de livros dele, cujo nome se repetia sem parar nas lombadas.

— Meu marido — respondi, apenas com um ligeiro tremor na voz. — Ele escrevia biografias históricas. Políticas, na maioria.

Ela continuou a se arriscar e me encarou em silêncio, e então a chaleira começou a apitar e saí correndo para cuidar disso. Quando levei o chá para a sala de estar, Angela já estava lá, inquieta e correndo os olhos pela sala, espantada.

— Você é daquelas que dá tudo para o brechó? — indagou, abarcando a sala com um gesto.

— O que quer dizer?

— Bem... É meio vazia, não acha?

Exceto pela manta e pelo abajur que eu havia recuperado fazia algumas noites, não havia quase nada na sala além de um sofá, uma banqueta que servia de mesa de centro e a TV em um suporte. Nem tapetes nem quadros nas paredes, nem nenhum tipo de quinquilharia. Eu detestava bagunça. Quando as crianças eram pequenas, tinha a sensação de me afogar na confusão e, aos poucos, fui banindo tudo e descobrindo que, quanto menos *tralhas* eu tinha a meu redor, mais calmas ficavam as coisas. Leo não se importava — desde que tivesse seus livros, ele estava feliz.

— Há um bocado de coisas no sótão.

Os olhos de Angela brilharam ante a ideia de um tesouro incalculável, mas não abriríamos esse balaio de gatos, com certeza. Assim, ela tomou seu chá e resmungou sobre um prazo. Depois, disse ter que fazer uma matéria sobre "as casas esquecidas pelo tempo" e usou a minha como exemplo, como se eu fosse aceitar algo tão vulgar. Mas, ao sair, deslizando um dos dedos pelo corrimão e lançando uma última olhadela para o lustre encardido sobre o patamar da escada, ela apertou meu braço de repente, como uma cúmplice.

— Escute, me dê seu telefone. Sexta-feira é meu dia de folga e vou levar Otis ao parque. Você deveria vir. Ele gostaria de vê-la. Ele não tem avó, ou, pelo menos, nenhuma neste país.

Era um absurdo, é claro. Otis mal havia reparado em mim. Mas meu rosto enrubesceu de satisfação e digitei meu número no celular dela.

— Pode ser — respondi. — Se o tempo estiver bom.

Fechei a porta atrás dela, permitindo-me um raro momento de triunfo. Finalmente, teria alguma coisa sobre a qual escrever num e-mail para Alistair.

Capítulo 7

Angela queria uma babá. É claro que sim.

Na noite de quinta-feira, fiquei insone de expectativa, havendo passado o dia inteiro verificando a previsão do tempo na internet, para ter certeza de que não ia chover, planejando minha roupa — calças compridas, caso eu precisasse me agachar no parquinho — e pensando se deveria levar um lanche para Otis, para o caso de ele sentir fome. Mas eu não sabia o que a sua mãe pensava em relação a lanches, e assim, em vez disso, pus um dos carrinhos do Arthur no bolso do casaco, pronto para ser usado, se fosse o caso.

Quando era mais nova, Mel ficou interessada pelo teatro amador e se candidatara a papéis nas peças da escola. Ficava num nervosismo incorrigível e andava pela casa em uma agitação tempestuosa, dizendo que não conseguia se lembrar das falas, não entendia o texto, não tivera tempo para se preparar. Eu não tinha saco para esses dramas, mas Leo era mais paciente e a levava para seu estúdio para ensaiar o texto. Pois nessa noite, emaranhada nos cobertores, tive a sensação de estar prestes a estragar um teste.

Na manhã seguinte, com os olhos arranhando e irritadiça, arriei na cadeira à mesa da cozinha e fiquei tomando um chá forte, para absorver a cafeína, e me atualizando no noticiário. A morte do dia foi a de Harper Lee. Dez anos mais velha que eu. Será que eu duraria mais dez anos? Eu estava em boa forma, com saúde, *compos mentis*. Mas, à medida que todos iam batendo as botas, cada vez mais eu tinha a impressão de estar abusando da hospitalidade da vida. Havia momentos em que a solidão era esmagadora. Não apenas a solidão óbvia de morar sozinha em uma casa enorme, longe dos entes queridos, mas também um isolamento mais abstrato, galáctico, como um barco com o casco furado boiando em mar aberto, sem âncora nem terra à vista. Eu poderia afundar ou flutuar para mais e mais longe, e não sabia ao certo qual dos dois era pior.

Estava justamente me perguntando se deveria telefonar para Angela e dizer que não estava me sentindo muito bem, quando houve uma batida sonora na porta. Ao seguir pelo corredor até o saguão, pude ouvir Angela do lado de fora:

— Caramba, Otis, desse jeito você vai arrebentar a porta.

Estavam nos degraus da entrada, Otis vestido de Incrível Hulk, com um chapéu de feiticeira pousado incongruentemente sobre a máscara. Impossibilitada de ver seu rosto, senti uma pontada de alegria. Poderia ser Arthur embaixo daquilo.

— Olá, Hulk — eu o cumprimentei, dando um puxãozinho em seu chapéu.

Uma voz resmungou por baixo da máscara:

— Eu sou o Bruce Banner.

— Olá, Bruce.

Levei os dois para a cozinha, me perguntando se haveria algum biscoito na cesta de pão.

— Desculpe por termos aparecido na sua porta — disse Angela, apressando-o a entrar. A marca em sua face tinha esmaecido, assumindo um aspecto azulado. — Ele está de pé desde as cinco e meia e me deixando maluca. Aaaah, Otis, diga obrigado! — acrescentou, quando entreguei ao menino um biscoito integral meio seco.

— Aceita uma xícara de chá?

— Não, obrigada, eu vou tomar minha dose diária no parque.

Vesti o casaco, verificando os bolsos à procura do carrinho, e saímos juntos sob o sol frio de inverno. Otis foi cambaleando, chutando folhas e de vez em quando levantando a máscara, enquanto a mãe falava mal do governo. Notei que os pés da fantasia de Hulk que ele usava arrastavam no chão, e a sujeira se acumulava ali. No parquinho, deveríamos dobrá-la para cima para evitar que continuasse arrastando. Conforme a voz de Angela ia atingindo um tom mais alto, fingi que Otis era Arthur, apesar de os dois serem bem diferentes. Meu neto tinha uma personalidade bem enérgica, enquanto Otis parecia mais pensativo. Mas ambos tinham o supremo encanto divertido de meninos pequenos.

— Enfim, vai dar tudo certo — concluiu Angela, depois de desabafar o que quer que trouxesse no peito.

Já havíamos chegado à avenida arborizada que levava à cafeteria, onde as poucas folhas ainda presas aos galhos agitavam-se como as mais delicadas castanholas. O ar era frio e o dia tinha um frescor agradável, como se tudo fosse novo em folha.

Angela acenou com a cabeça para os lagos.

— Ouvi um boato de que todos os peixes morreram. O choque foi demais para eles.

— O choque elétrico?

— Não, o choque de estarem em um lago diferente.

Afastou-se para buscar seu café, enquanto eu ficava com o pequeno, vendo as cabras do parque circularem por seu cercado. Após um ou dois minutos de silêncio, ele disse:

— As cabras têm retângulos nos olhos.

Olhei para a máscara impassível, de dentro da qual dois círculos escuros me encaravam com expressão solene.

— Têm? Eu não sabia.

— Sim. — Ele me puxou para a cerca. — Olhe!

Quando a cabra mais escura passou por nós e encostou o focinho no arame, Otis apontou para um dos olhos que reviravam. Abaixando-me para espiar, vi que a pupila tinha formato retangular, como um talho horizontal. Pareceu-me um tanto alarmante.

— Que coisa extraordinária — comentei, apertando sua mão. — Por que você acha que é assim?

— Isso significa — ele tinha um jeito muito original de falar —, significa que ele é caçado. Os bichos caçados têm olhos quadrados. Aqueles que são caçadores têm olhos redondos.

— Os nossos são redondos — comentei.

— Sim — concordou Otis. — Significa que nós somos caçadores.

E saiu correndo em direção a Angela, que se aproximava com um copo de papel cheio de café fumegante e tragava um cigarro.

— Vão indo, tenho que acabar de fumar isto antes de poder entrar. Porra de mães pentelhas — grunhiu.

Nesse horário, o parquinho estava praticamente vazio, apenas algumas mães conversando enquanto os filhos corriam para lá e para cá. Otis subiu imediatamente na cama elástica, tropeçando nos pés de Hulk e entortando o chapéu de bruxa. Quando Angela tornou a se juntar a nós, eu segurava a fantasia e Otis pulava com sua roupa comum, o carrinho de Arthur em uma das mãos.

Angela postou-se a meu lado, tiritando em sua jaqueta de couro.

— Nossa, isso é um horror, não é? Metade do tempo eu fico em pânico, com medo de que ele quebre alguma coisa ou seja sequestrado por um pedófilo, e na outra metade, enlouqueço de tédio. Seria mais fácil com uma bebida, deveriam pôr um bar aqui, ou algo do tipo.

Eu achava que era perfeitamente agradável ver as crianças brincarem e desfrutar o ar puro, mas Angela já digitava furiosamente no celular. De tempos em tempos, saía correndo do parquinho para cumprimentar conhecidos, embora parecesse mais interessada nos cães deles. Para falar a verdade, ela não vigiava Otis tão bem quanto deveria, mas suponho que fosse essa a sua intenção ao me convidar. Um par adicional de olhos caçadores.

A cada vez que ela voltava, havia uma nova reclamação. Os vigias do parque eram uns nerds, os ciclistas estavam rápidos demais, os corredores eram uns babacas e quem envenenava o lago e os peixes merecia beber água tóxica também. Enquanto ela discursava sobre assuntos diversos, com mais um cigarro pousado entre dois dedos, apesar dos olhares de reprovação, Otis largou o trepa-trepa para perseguir pombos e pegar bolachas de arroz da bolsa da mãe. Eu ainda não gostava muito de Angela, mas, fazendo justiça a sua profissão, ela era ótima contadora de histórias, e comecei a gostar da sequência de provocações, armazenando boas fofocas para Alistair. Um famoso correspondente tivera sua corrida matinal interrompida por um cão de uma mistura de cocker spaniel e poodle e havia tido uma briga furiosa com o dono do cachorro: "Como se considerasse sua corrida de merda tão importante quanto a Síria." Um setter irlândes entrara no parquinho e o rebuliço subsequente havia deixado os pais em pé de guerra: "Então, eles deveriam fechar a porra dos portões, não é?" Um retriever saíra correndo com a peruca de uma senhora: "Ela ficou possessa, mas a culpa não foi da droga do cachorro, foi? O culpado foi o inútil do dono dele, que não reparou porque estava batendo papo com uma piranha dona de um chihuahua."

Fez uma pausa para respirar:

— Otis, aí não! — berrou. — Aí os vagabundos fazem xixi e outras coisas. — Tornou a se virar para mim. — Escute, por falar em cachorros... Preciso lhe perguntar uma coisa sobre a minha amiga. Aquela que você viu, outro dia. Ela está num aperto e eu tive uma ideia...

— Angela, querida, por que você não está usando um casaco adequado? — Viramos e vimos Sylvie caminhando devagar na nossa direção, com os olhos estreitos, enquanto abria caminho em meio à correria das crianças. — Eu me sinto uma aventureira e tanto aqui, sem filhos pequenos. Millicent! Não... Missy! Que ótimo. Vim convidar vocês para almoçar. Acabei de comprar umas panelas Le Creuset e quero uma oportunidade de exibi-las.

— Está bem — disse Angela. — Mas é melhor irmos agora. Você deixou o portão aberto e a Decca e a Nancy entraram.

— Minha nossa! — Sylvie se virou e viu suas cadelas escavando freneticamente a caixa de areia, jogando tudo nas crianças próximas, que davam guinchos de tanto rir e atiravam areia no rosto umas das outras, enquanto suas mães avançavam para nós de dedo em riste.

— Xi! — Pelo suéter, Angela agarrou Otis, que ia passando, e o empurrou para os portões. — Vamos sair daqui antes que uma delas faça cocô na gangorra.

Almoço na casa de Sylvie: minha fantasia de velha biruta virando realidade... Pensei em como recusar, mas elas pareceram simplesmente presumir que eu iria, e por isso peguei o carrinho abandonado de Arthur e as segui, sentindo-me um pouco atordoada.

— Por que Sylvie a chamou de Missy? — perguntou Angela, enquanto Sylvie segurava as cadelas e, distribuindo pedidos de desculpa, deixávamos o parquinho.

— É só um apelido bobo — disfarcei, ainda envergonhada.

— Combina com você — disse ela, e eu não consegui decidir se ficava satisfeita ou não.

Sylvie morava em uma elegante casa georgiana à esquerda do parque, com um reluzente portão de ferro batido e um sofisticado canteirinho de flores ornamentais no jardim da entrada. Conduziu-nos pela passagem lajeada e, virando-se para nós ao abrir a porta da frente, piscou para mim:

— Minha morada — disse, e a abriu.

Fomos imediatamente saudados pelo cheiro de canela e por um gato preto e branco muito imponente, que passou por entre nossas pernas ao entrarmos. As paredes eram revestidas de papel com a mesma estampa William Morris que adornava os corredores de minha antiga faculdade, e me senti nostálgica ao seguirmos para a cozinha e circularmos por entre a artística profusão de peças de louça, panelas de cobre e arranjos de poinsétia, em um cômodo caseiro e brilhante como a própria Sylvie. Pensando em meu espaço esparso e antiquado, resolvi que ela não deveria vê-lo jamais.

Tivemos um almoço delicioso, sentadas (de maneira bastante precária, no meu caso) em banquetas de bar em volta da ilha central. Homus caseiro e azeitonas graúdas, uma quiche quentinha, saída do forno, queijo azul pungente, pães árabes para mergulhar num creme salgado e apetitoso de favas e queijo feta, tudo disposto num serviço de louça verde-azulado. Eu nunca tinha prestado muita atenção em comida, mas havia um quê no prazer de Sylvie com aquilo tudo, um prazer sem afetação que era contagiante e que me incentivou a me deleitar com cada mordida. Otis deitou-se no sofá da sala, concentrado no gato e nas cadelas e com a boca toda suja de homus, para assistir aos programas do canal CBeebies. Angela folheava a revista *Country Living*, ocasionalmente batendo o dedo em uma página ou outra, para reclamar do tamanho das casas das pessoas, e Sylvie atarefou-se arrumando seus elegantes novos pratos e panelas.

— Como vocês se conheceram? — perguntei, espetando uma azeitona.

— Sequestrei a cachorra dela — murmurou Angela, com a boca cheia de pão.

Sylvie riu.

— É verdade. Ela roubou a Nancy no parque. Despachei um grupo de busca e encontramos um passeador de cães que a tinha visto com uma irlandesa meio louca e um bebê que gritava. Depois, outra pessoa indicou o caminho para o sótão da Angie. Encontrei as duas no sofá, comendo biscoitos Hobnobs e assistindo a *Bargain Hunt*.

— Foi um engano — protestou Angela. — Achei que era uma vira-lata. — Estendeu a mão e afagou uma das cadelas, que presumi ser Nancy, embora continuasse sem saber qual era a diferença entre as duas. — Eu *estava* meio louca, havia acabado de ter Otis. Achei que a família ficaria completa com um cachorro.

Quando as sombras se alongaram nas paredes, acenderam-se velas e — muito cedo, na verdade — abriu-se uma garrafa de vinho tinto. Declinei, mas fui pressionada a aceitar uma tacinha. Depois disso, com o acompanhamento de Frank Sinatra, Angela foi ficando mais espalhafatosa, entornando a bebida e voltando aos discursos incendiários. Sylvie fez uma porção de perguntas a meu respeito, o que foi gentil, embora eu evitasse entediá-la com detalhes. Falei um pouco de Arthur e percebi quando olhou de relance para Otis no sofá.

Divagando, enquanto bebericava meu vinho e admirava as chamas saltitantes na lareira, apanhei-me pensando em famílias e no *oikos*, conceito importante na Grécia antiga. Não é um conceito fácil de descrever, pois pode significar coisas diferentes. Como uma casa ou residência, mas também seus habitantes. Lar e lareira. A parte da lareira sempre me interessou, quando eu pensava no *oikos* como uma espécie de rocha — a rocha sobre a qual se erguia a família. Mas de que tamanho precisava ser a família para alcançá-lo? Não percebi nenhuma carência em Sylvie, ao passo que minha solidão, meu vazio, era um balão que se inflava e me arrastava para longe. No entanto, na época em que a casa estivera cheia, com meu marido e meus filhos, eu não tinha notado, não havia apreciado meu *oikos*. Ou talvez nunca o tivesse possuído. Talvez os fios da minha vida tivessem estado sempre soltos, sempre fora de controle, apenas esperando para escapar.

— Millicent. Missy — trovejou Angela, fazendo-me despertar. — No que está pensando? Você estava a milhões de quilômetros daqui.

Apenas na metade do caminho dali, na verdade, descendo a rua. A garrafa estava quase vazia e, de repente, tive a sensação de que não deveria ficar para a segunda. Havia um local em que eu precisava estar.

— Preciso ir — declarei. Segurando o tampo de mármore da mesa, deslizei com cuidado para fora do banco. — Muito obrigada, foi esplêndido.

— A gente se fala na semana que vem — disse Angela, pegando um saca-rolhas. — Quero conversar com você sobre a minha ideia. E quem sabe você possa levar o Otis ao parque de novo? — Fixou em mim os olhos redondos, com ar inocente.

Como eu disse, ela queria uma babá. Mas, quando se tratava de coisas desse tipo, eu era presa fácil. Fui até a sala de estar e afaguei o cabelo de Otis, que assistia, sonolento, a um desenho do Pedro Coelho.

Sylvie me levou de volta ao saguão, acendendo as luzes no caminho.

— Você tem uma casa encantadora — comentei, pegando minha bolsa.

— Obrigada, querida — respondeu ela, ajudando-me a pôr o casaco. — Angie disse que a sua também é deslumbrante. Que maravilha ter uma casa grande por aqui.

Não se não houvesse ninguém nela.

— Você precisa ir lá — me vi dizendo. — Eu gostaria que ela fosse mais parecida com esta.

— Querida, eu sou designer, adoro esse tipo de coisa. — Deu-me um beijo no rosto e senti que as lágrimas iam chegando, por isso baixei a cabeça e cruzei a porta depressa, cantarolando uma música do Sinatra para me distrair.

Do lado de fora, à luz do fim de tarde, deparei com a hora do rush: pessoas voltando do trabalho, de cabeça baixa como eu, preparadas para enfrentar o frio, apressavam-se em direção à lareira e ao lar. Fui devagar na direção do meu destino, dilacerada entre a esperança e a melancolia. Havia passado um dia ótimo, porém o calor humano e a animação tinham servido apenas para acentuar a perspectiva desoladora de minha caminhada solitária para um lugar ainda mais solitário, tentando me agarrar aos fios de uma vida anterior.

Após minha triste peregrinação, para levar flores ao lugar vazio que um dia fora Leo, tomei o rumo de casa, tentando me animar. Talvez Sylvie aparecesse *mesmo* na semana seguinte. Talvez eu levasse Otis ao parque. Entrei e acendi as luzes, a claridade ofuscante me incomodando um pouco. Passei pela cozinha, pus a chaleira no fogo, abri meu laptop, o laptop de última geração que me fora dado por meu filho antropólogo, e entrei no meu e-mail.

"Querido Ali", comecei.

Capítulo 8

Eu era virgem, é claro. Era 1956 — como poderia não ser? Uma garota reprimida de dezenove anos, criada com todos os cuidados em Kensington e Kirkheaton? Havia passado semanas ouvindo-o caminhar para cima e para baixo pelo corredor, a caminho do quarto de Alicia, e o som alto do gramofone, embora sem abafar inteiramente o som daquela risadinha irritante. Uma vez, esbarrei nele a caminho do banheiro, de robe, e o cumprimentei com um aceno de cabeça, sem jeito, as bochechas ardendo pela vergonha da rejeição, embora as coisas nunca tivessem chegado nem mesmo a esse estágio. Felizmente, Alicia teve a decência de não pedir que eu o deixasse sair por minha janela, depois de seus encontros no meio da madrugada. Mas, enfim, isso servia apenas para mostrar que *ela* sabia, não é? Eu não bebia mais com ela, mas encontrei outras maneiras de adquirir bebidas alcoólicas.

Apesar de minhas limitações sociais e de sedução, eu não era uma completa solitária. Fazendo zelosamente a ronda costumeira de festas e reuniões, arrumei algumas amizades e até cheguei a ser convidada por um rapaz da St. Catharine's para assistir a uma peça teatral. Pus meu melhor vestido verde, com decote de coração, o cabelo bem penteado em ondas, para variar, e fui de bicicleta encontrá-lo no teatro. O rapaz se chamava Percy, mas eu não tinha certeza se esse era seu nome ou sobrenome. Ele me encontrou do lado de fora e, à luz do poste, percebi que um dia ficaria careca. A peça não era na verdade uma peça, mas uma série de pequenas esquetes, nenhuma das quais achei muito engraçada, embora todos a meu redor tenham gargalhado sem parar.

Depois de uma parada excruciante para uma bebida na cafeteria da esquina, Percy me acompanhou até em casa, o que era desnecessário, já que eu estava de bicicleta, de modo que ele a empurrou, enquanto eu me embrulhava no xale e desejava ter escolhido uma roupa mais quente. Em frente à guarita do porteiro, Percy deu o bote, e, em seu entusiasmo, deixou a bicicleta cair no chão. A sensação daquela língua forçando a passagem até minha garganta, enquanto as mãos procuravam meus ombros e rasgavam meu vestido, me deu ânsias de vômito. Depois, ele pediu desculpas. Acho que a experiência foi tão ruim para ele quanto para mim. Assim, desculpei-me também, e ele levantou minha bicicleta, como um cavalheiro. Partiu então para sua faculdade, prometendo me telefonar na semana seguinte, embora ambos soubéssemos que ele não me ligaria.

De volta ao quarto, chorei um pouco e tentei pendurar o vestido, que ficou escorregando do cabide, por causa do rasgão. Em seguida, tirei da escrivaninha uma garrafa de xerez e servi um copo, depois outro e mais outro, e assim, quando Leo bateu à minha porta, pouco depois da meia-noite, eu já estava mais bêbada do que sóbria.

— Posso entrar? Desculpe, tive uma noite meio ruim — disse, apoiado no batente, com uma expressão solene e balançando uma garrafa de vinho meio vazia.

Apertei minha camisola mais forte ao corpo, dando graças por ainda estar penteada. É claro que o deixei entrar; eu o deixei entrar no momento em que o vira pela primeira vez, do outro lado de um aposento abarrotado.

Dividimos o resto da garrafa enquanto Leo me contava que Alicia havia terminado com ele, que conhecera outra pessoa, um visconde que estudava no St. John's. Foi tão calmo a respeito de tudo — "é óbvio que não tenho como competir, ele tem um castelo na Nortúmbria" — que, quando me beijou, não me importei. Leo era tão diferente de Percy ou de qualquer dos outros garotos desajeitados e egocêntricos que eu tinha conhecido. Ele simplesmente parecia ser a minha casa.

Por isso, quando me levou para aquela cama estreita e rangente, não resisti; na verdade, fui eu que o puxei para cima de mim, para sentir seu peso.

Depois, veio o momento em que ele me olhou nos olhos e perguntou "posso?", e fiz que sim, com convicção, porque, naquele exato instante, não havia bifurcação no caminho, nenhuma alternativa senão ir atrás dele, de nós dois. Depois, ficamos deitados juntos, totalmente entrelaçados, ele enrolando meu cabelo em caracóis em um dos dedos, eu me sentindo repleta, plena. Minha canção correspondida.

Mais tarde, porém, quando a luz da manhã penetrou nas cortinas finas, vi o sangue nos lençóis, senti o latejar da cabeça e do coração e me dei conta da burrice que tinha feito. Por que não podia ser sofisticada, experiente e misteriosa como Alicia e todas as outras garotas que circulavam por Cambridge e agiam como se fossem donas do lugar?

Enquanto Leo dormia, saí da cama sem fazer barulho, para me limpar e colocar alguma maquiagem. Por sorte, as ondas do cabelo estavam intactas. Quando ele acordou, eu já tinha voltado, com uma aparência bastante decente e no controle, apesar da dor de cabeça. Com um sorriso luminoso, fui conversando enquanto ele se vestia às pressas. Era evidente que estava aflito para sair dali, e não tinha problema nenhum; estava tudo absolutamente bem.

Quando ele saiu, fechei a porta, ainda sorridente, enquanto ele dizia que telefonaria para mim na semana seguinte e seguia pelo corredor cabisbaixo, e as lágrimas silenciosas me tiraram o ar, quando pensei no sangue nos lençóis e no vestido rasgado. A bolsa da Jette e os óculos espatifados do Fa-Fa. Coisas quebradas, destruídas, que não tinham conserto.

Passado algum tempo, recompus-me, fui até a escrivaninha e abri meu dicionário de latim para me preparar para minha aula. *Luó*; Gr *λύω* — *perder, desatar, soltar, destruir.* A mensagem não poderia ser mais clara. Leo, *Luó.* Eu havia soltado quando deveria ter segurado. Mas então, mesmo naquele momento, tive um retalho minúsculo de otimismo, uma esperança desesperançada de que *talvez* ele telefonasse. Talvez.

Leo formou-se e saiu de Cambridge naquele verão, e se passaram dois anos antes que eu tornasse a vê-lo.

Capítulo 9

Fiquei tão animada com meu almoço na casa de Sylvie que sua lembrança reconfortante me sustentou nos dias que se seguiram, rememorando o calor de sua cozinha, a camaradagem de nos sentarmos juntas naqueles bancos. Talvez eu não fosse a pária social que havia imaginado; talvez fosse possível construir um pequeno círculo de amigos para me proteger da perda de Leo, e de Ali e de Arthur.

Dando prosseguimento a minhas explorações, arrisquei-me a entrar em lojas locais, passei na biblioteca e visitei uma igrejinha de tijolos vermelhos na esquina da cafeteria. Nunca fui grande frequentadora de igrejas — a religião passava despercebida na nossa família, na qual qualquer referência a ela era recebida com olhares perplexos. Até minha tia Sibby, que era casada com um vigário, quase nunca a mencionava. Mas, assim mesmo, acendi uma vela para Leo e pensei no mundo crepuscular em que ele estava, fosse qual fosse, e se era feliz, se tinha alguma lembrança de mim.

Muito absorta em minhas perambulações, passou-se mais de uma semana antes de eu me dar conta de que Angela não viera me visitar. Embora eu nem gostasse tanto assim dela, era uma decepção, já que eu desejava rever Otis. Com o passar dos dias, sem nenhum novo contato, fiquei deprimida. Será que eu tinha dito algo no almoço que ela não havia gostado? Angela tinha um pensamento de esquerda. Ou teria sido, quem sabe, alguma coisa que eu *não* dissera? Eu não tinha histórias espirituosas, não sabia quem era nenhum dos conhecidos mútuos de quem elas haviam falado e, acima de tudo, era muito velha, muito cética — quem gostaria de fazer amizade comigo? Ela não precisava gostar de mim para me deixar de babá de seu filho. Mas talvez achasse que nem à altura disso eu estava.

Mais uma vez, recolhi-me a minha casa cavernosa, vagando por ela de camisola, desencavando velhos álbuns de fotografias e passando horas mergulhada neles. Eu de beca nos jardins da Newnham, depois da formatura, mamãe me envolvendo com um dos braços, orgulhosa e exultante. Eu parecia perplexa. Estávamos paradas junto à pequena estátua de pedra de um menino segurando um golfinho. Era parecido com Arthur — nu, como volta e meia meu neto agitado fica.

Depois, uma fotografia de Leo e eu no dia do casamento, ele sorrindo para a câmera, eu de olhos erguidos para ele, o véu obscurecendo parcialmente meu rosto. Fitei aquele rosto, meu eu mais jovem; os olhos grandes, resolutamente fixos no meu prêmio, o cabelo preto caindo em cachos sob o *voile*, o corpo esguio sob o vestido de seda emprestado, sem rugas, mas não sem cicatrizes, já naquela época.

Casamos na capela do King's College e, depois de aquela foto ter sido tirada por Tristan, um de seus colegas historiadores, Leo tinha arrastado nossos convidados para o pub The Anchor, onde todos se divertiram muito. Mal bebi meu vinho, bêbada apenas com a perspectiva de estar casada com aquele deus muito louro, que fazia todos que o cercavam parecerem pequenos. Mais tarde, minha mãe puxou-me de lado e perguntou "Tem certeza, querida?", como se fosse possível fazer alguma coisa àquela altura. Tudo ficara decidido para mim no momento em que eu o vira na Falcon Yard. *Alea iacta est.*

Eu tinha então vinte e um anos e, quando cheguei aos vinte e dois, já estava aninhada em nossa casinha próxima do parque Jesus Green, grávida de Melanie. Fiz um bolo, o que ainda era um luxo, e nós o comemos no chão, diante da lareira, porque não tínhamos dinheiro para um sofá. Acabamos comprando um, depois do adiantamento pelo primeiro livro do Leo, que continua até hoje em minha sala de estar. E aqui estava eu, com outro aniversário se aproximando e ninguém com quem passá-lo.

O que era esse medo, esse pavor de ficar só, quando eu nunca fora um ser particularmente sociável e, na verdade, costumava fazer o impossível para evitar compromissos? Sempre me parecera uma trabalheira tremenda ir a um ou outro jantar, no qual, inevitavelmente, eu teria que beber para relaxar, ou me preocupar com a ideia de ficar acordada até tarde, quando teria que me levantar no dia seguinte para cuidar dos filhos. Leo era mais extrovertido, mas tinha seu clube, seu golfe e seus livros, e era quase totalmente indiferente aos convites que eu declinava em seu nome. Teria havido outras razões para eu dizer não? Quanto mais gente — quanto mais *mulheres* — ele conhecesse, mais provável seria que se desse conta do que lhe faltava em casa. Eu o atava a mim, mas tinha um medo constante de que ele afrouxasse os laços.

Quando Alistair nasceu, cópia fiel de Leo, achei que talvez a completude de nossa família e a nossa nova casa — o *oikos* — pudessem segurá-lo, e também me tranquilizar. Mas, durante anos depois disso, fiquei exausta. A cansativa demanda do cuidado com os filhos me esgotava, e os fios começaram a se esgarçar. Enquanto eu batalhava, ele ascendia em disparada — Dr. Leonard Carmichael, historiador respeitado, biógrafo consagrado, conferencista; viajando pelo mundo em aviões a jato, discursando no rádio, escrevendo para os jornais. Quando saíamos, eu tinha a sensação de que ele sempre olhava por cima do meu ombro, à procura da outra pessoa conhecida, como acontecera quando nos conhecemos.

Não sei por que me deixei ficar tão sentimental. O vinho, provavelmente. Duas taças, o que soava melhor do que meia garrafa. Nós *tínhamos* nos amado. Leo não era de declarações apaixonadas, mas sabíamos ser o lar um do outro — sabíamos disso em seu jeito de sempre pôr minha xícara de chá na mesa de véspera, pronta para a manhã seguinte; sabíamos pelos ternos poemas e citações em latim que ele deixava pela casa para eu traduzir; por seu jeito de me chamar de Missy, tal como fizera Fa-Fa, e era o único a saber *por que* o fazia. Ele não precisava dizê-lo. Não precisava mesmo. Amor gera amor, e eu tinha tanto que era o bastante para refletir de volta para mim.

Agora, porém, só havia seu eco nessa casa velha e decrépita, na qual faltavam confusão e luz e juventude e riso. Terminando a taça e fechando o álbum sobre meu rosto obscurecido, fui me deitar, deixando as cortinas abertas e vendo as luzes da rua lançarem sombras sobre as paredes, até mergulhar num sono inquieto.

* * *

Na manhã seguinte, meu temido aniversário, tentei me recompor. Iria às lojas e compraria os ingredientes para um bolo. Apenas um pão de ló básico, para marcar a data. Talvez topasse com alguém no caminho e pudesse, como quem não quer nada, introduzir o assunto na conversa. Pouco depois das dez, chegou a correspondência. Ignorei as contas, fazendo uma triagem ansiosa do lixo formado pela mala direta e pelos folhetos de propaganda, para ver se havia algum cartão de Alistair. Talvez chegasse no dia seguinte. Era muito difícil avaliar os horários do correio da Austrália — o último cartão de aniversário que eu tinha mandado para ele havia chegado com uma semana de antecedência. Havia um cartão-postal de Cambridge mandado por Mel, um cumprimento sucinto, rabiscado de qualquer jeito, que era mais do que eu merecia, depois do que acontecera no ano anterior.

Havia no ar uma levíssima sugestão de primavera quando me dirigi às lojas da avenida principal. Comprei os ingredientes necessários e resolvi que merecia um café. Hanna sorriu ao me ver e disse "hoje é de graça para a senhora". Por um momento, achei que de algum modo ela adivinhara, mas percebi que ela examinava meu cartão, que já tinha oito carimbos. Fui para minha mesa habitual e me sentei, à espreita de Sylvie ou de qualquer figura vagamente familiar. Passei uma hora sentada lá, depois subi e desci a rua, sem encontrar ninguém senão estranhos desatentos.

Admitindo a derrota, fui para casa com as compras e, depois do almoço, me encarreguei de fazer o bolo, juntando os ingredientes de modo meio aleatório. Eu nunca fora uma grande cozinheira, e além do mais seria apenas eu comendo. Nenhuma possibilidade de que Angela aparecesse e eu pudesse oferecer uma fatia a Otis. O bolo saiu um pouco queimado nas bordas, já que a temperatura do Aga era meio difícil de avaliar, mas parti uma fatia para mim e a comi com o chá da tarde, e estava perfeitamente decente. Depois de arrumar a cozinha, peguei um dos livros de Nancy Mitford que pertencera a Mel e li por um tempo, até ficar muito escuro. Ia começando a fazer a ronda das luzes quando houve uma barulheira na entrada.

Angela oscilava no vão da porta, visivelmente embriagada. Ao passar por mim, notei que segurava uma guia, com a qual puxava um cachorro. Ele a seguiu para dentro de casa e, ao chegarmos à sala de estar, sentou-se diante da lareira, arfando um pouco. Apesar de tudo, fiquei contente com a intromissão.

— Também sequestrou esse aí? — perguntei.

Ela não sorriu, mas afastou da testa o cabelo lambido e apertou a ponte do nariz.

— Não. Bem, sim, mais ou menos. Essa é a Bob. Ela está passando uns dias comigo.

— Ela?

— Sim, ela.

— Bob não é nome de menina.

Angela deu de ombros:

— Tem a ver com a série *Blackadder*. Bob é uma garota disfarçada de rapaz. Você viu esse programa?

— Não.

Mel era fã e, um dia, fizera Leo assistir a um episódio com ela. A visão dos dois gargalhando juntos me deixara com uma vaga sensação de isolamento e tristeza. Eu nunca ria daquele jeito com a Melanie.

— Deveria. Enfim, essa não é a questão. Preciso que você me faça um favor gigantesco e cuide da Bob por um tempinho.

— De que diabos você está falando? Eu não quero um cachorro. — Olhei para Bob, ainda sentada junto à lareira. Era uma vira-lata, com a cor parecida com a de um pastor-alemão, só que menor, como um collie. Não era feia, em matéria de cachorros, mas eu nunca gostara muito deles. Muito obtusos e carentes.

— Tentei falar com você sobre isto, outro dia. A minha amiga Fix, Felicity, está passando por uns problemas no momento e tem que ficar um tempo longe, mas precisa de alguém que cuide da sua cadela.

— Ela não pode ir para um canil?

Angela deu um suspiro.

— Não. A Bob precisa ser cuidada por uns meses, talvez um pouquinho mais, não sei direito...

— Alguns *meses*? — Segurei o encosto da poltrona de Leo.

— Como eu disse, ela está passando por uns problemas neste momento.

— Então ela deveria encontrar uma nova casa para a Bob.

— Você não entende! — gritou Angela, sentando-se no sofá sem ser convidada. — Ela ama a Bob, não quer dá-la, mas precisa. Está deixando o marido.

— Bem, o marido não pode levar a cachorra?

— Não. Ele... não presta. É por isso que ela está indo embora. Ela tem filhos. Eles precisam sair de lá. Ela precisa reorganizar a vida. Mas não pode levar a cadela. Por enquanto. Então, pensei... — Ela parou de falar e me olhou, cheia de expectativa.

— Lamento muito por sua amiga, mas eu não teria a menor possibilidade de cuidar da cachorra dela.

— Por que não?

— O quê?

— Por que você não pode cuidar de um cachorro? — Angela exigiu saber. — Você tem uma casa grande, tem jardim, vive passeando no parque. E mais, é *solitária*. Sylvie percebeu isso de cara. Achamos que um cachorro poderia ser justamente aquilo de que você precisa.

— Como você se atreve?

Era insuportável a ideia de elas haverem discutido a minha situação — a velha triste e solitária, um caso de caridade pelo qual elas se responsabilizariam. Seria a minha carência tão óbvia assim? Como as duas deviam me achar patética, vagando pelo parque na esperança de esbarrar com alguém. Fui atingida por uma onda de constrangimento e vergonha, que inundou meu rosto, e baixei os olhos para o chão, querendo esconder minhas faces coradas.

Mas Angela insistiu, alheia a isso:

— Posso ajudá-la a passear com ela. Otis adora cachorros, poderia vir visitar vocês. E é só até a Fix se estabilizar. Por favor. *Por favor*.

Eu havia desejado muito que alguém me visitasse nesse dia e me trouxesse alguma coisa, mas não era isso que tinha imaginado. Justamente hoje, invadir minha casa para me insultar e sugerir que a solução dos meus problemas era uma vira-lata sem-teto? Mantive os olhos baixos, sem saber ao certo se era raiva ou humilhação que os deixava marejados.

— Por que você não fica com ela, se está tão desesperada? Você adora cachorros, e Otis também.

Angela suspirou.

— Porque o meu senhorio não deixa. Já pedi a ele. Peço toda vez que renovo meu contrato. Ele não cede nem por um decreto. Mas eu vou ajudar, prometo. Posso comprar a ração, pagar as contas do veterinário, o que você quiser.

Mordisquei o lábio e, com esforço, enfrentei o olhar dela:

— Sinto muito, mas a resposta é não. Eu não quero um cachorro.

Bob deu um enorme bocejo, trotou até onde estava Angela, pulou no sofá e se enroscou ao lado dela, passando em seguida a lamber serenamente a própria genitália.

Angela deu uma risada chorosa.

— Para você ver como são os cachorros, sempre inconvenientes, iguaizinhos a mim. Desculpe, foi uma ideia idiota. — Voltou a prender a guia na coleira da Bob e a tirou do sofá.

— O que você vai fazer? — perguntei, ao conduzi-la à porta da entrada.

Tinha me isentado da responsabilidade, mas não me absolvido da culpa, que começava a me incomodar.

— Não sei. Perguntar lá pelo parque, eu acho; talvez alguém possa ficar com ela. Caso contrário, terá que ser o abrigo para cães. — Curvou-se e beijou o focinho da cadela. — Ela pode passar mais uns dias comigo, pelo menos. O babaca do meu senhorio não vai descobrir.

Angela saiu para a rua escura, com Bob a seus pés; fechei a porta e voltei para minha casa vazia e repleta de ecos, para concluir meu dia especial.

Passei o fim da noite entornando o resto de uma garrafa de vinho. O que eu haveria de querer com um cachorro, pelo amor de Deus? Não gostava deles, estava velha demais, não fazia sentido me envolver em um drama familiar daqueles. Não fazia sentido. Os cachorros eram bichos fedidos, sempre correndo para farejar coisas nojentas. Não havia nada a favor deles. Lembrei-me da análise brutal de Angela e Sylvie: *solitária*. Uma velha triste e patética, que deveria dar graças pela companhia de uma vira-lata sarnenta. Que coisa mais mortificante! Terminei minha taça e a depositei com força na mesa da cozinha, depois tratei de limpar as manchas redondas e pegajosas. Solitária. Esfreguei com um empenho febril, até que tudo ficasse limpo.

Depois, percorri a casa, verificando as luzes e as portas, ainda pensando em Fix e seus filhos. Perguntei-me onde estariam, o que exatamente o marido teria feito, se sentiam saudade da Bob. Arthur queria um cachorro. Falava nisso com frequência, e Alistair sempre dizia "ano que vem". Estava certo: cachorro era uma responsabilidade enorme, não era algo para se tratar com leviandade.

Tivemos um cachorro, uma vez, quando eu era bem pequena. Um labrador preto chamado Jonas. Minha mãe o adorava e dava risadas quando Henry o vestia. Uma de minhas lembranças mais antigas era a de colocarmos o véu de noiva da mamãe no cachorro e das gargalhadas dela. Jonas simplesmente aceitava tudo. Quando começou a guerra, ele teve de ser sacrificado. Só fiquei sabendo disso muito tempo depois, mas tenho uma vaga lembrança de minha mãe soluçando quando ele foi levado. Ele não teria sabido de nada, é claro — apenas aceitara, como tinha feito com o véu. Eu era pequena demais para me chatear, mas me lembro do rosto abatido de mamãe durante meses. Um dia ela me disse que nunca superou essa experiência, que nem a morte do seu pai tinha sido tão ruim quanto aquele dia.

— É melhor assim — eu disse a mim mesma com firmeza, olhando o interior dos armários e embaixo da cama. E depois, já instalada nela, encolhida para me proteger do frio, na escuridão e no silêncio: — Feliz aniversário, Missy.

Capítulo 10

Nessa noite, sonhei com Jonas, dessa vez como um cordeiro relutante destinado ao abatedouro. Estava amarrado feito uma trouxa em uma caminhonete, arranhando e uivando por minha mãe, cujos gritos se misturavam a seus latidos, seguidos por um arranhar incessante de suas unhas raspando a porta. Eu tinha que tirá-lo de lá. Esmurrei a porta, com as mãos todas ensanguentadas, de tanto dar tapas e socos. E então desisti, deslizando apoiada nela, escorregando com as costas no metal frio, enquanto ouvia Jonas lá dentro, ainda raspando. Arranhar, arranhar. Arranhar, arranhar. Depois, um clique e um baque surdo. E então acordei e minha casa estava sendo assaltada.

Demorei um pouco a compreender o que eram os barulhos, entre as brumas do sono e o resíduo do sonho. Foi difícil discernir o que era real e ainda mais difícil reconhecer do que se tratava. O arranhar quase silencioso, as pancadas e os tropeços surdos; cada som fazia meu corpo inteiro latejar de pavor. O que eu podia fazer senão deixar que acontecesse? Uma mulher indefesa de setenta e oito — não, setenta e *nove* anos —, sozinha numa casa enorme, às duas horas da manhã? Permaneci deitada, presa à cama em meu pavor, ouvindo os movimentos furtivos dos ladrões pelos cômodos do primeiro andar, e comecei a rezar para um Deus em que não acreditava, pedindo que eles não subissem. O que eu faria se o fizessem? Teria que deixá-los continuar, porque a alternativa era impensável.

Ouvi-os subirem furtivamente a escada — havia pelo menos dois — e fechei os olhos com força, dando graças por as cortinas estarem fechadas e pela escuridão ser densa demais para que eles vissem minha respiração irregular. Quando entraram em meu quarto, fiquei muito quieta, não me mexendo nem mesmo quando a lanterna dançou sobre meu rosto. Tive medo de que fossem capazes de ouvir as batidas do meu coração, mas eles não se importavam, na verdade, se eu dormia ou não — eu não os deteria. Foram até minha penteadeira e vasculharam minha caixa de joias. Coisas que Leo havia comprado para mim, lembranças deixadas por minha mãe. O anel de Afeição que Leo me dera após o nascimento da Mel. Os brincos de rubi que ele me dera em nosso quadragésimo aniversário de casamento. Não o quê, mas o quem e o porquê.

Muito concentrada em permanecer imóvel, a princípio não notei que um deles chegara mais perto e estava parado junto à cama, olhando para baixo. Eu não podia vê-lo, é claro, mas podia ouvi-lo, sentir seu olhar. Quieta como estava, enrijeci, mal conseguindo respirar, e então... o farfalhar do tecido quando ele estendeu a mão. Senti-a acima do meu cabelo, quase a tocá-lo, mas não exatamente. Justo eu, que tanto ansiava pelo conforto do contato humano — o abraço de um amigo, a mão de uma criança —, ter que suportar aquilo. Permaneci tão imóvel quanto um cadáver, enojada a ponto de a bile me subir à garganta, mas, de repente, seu colega deu um sibilo, a mão foi retirada e ele se afastou.

Tornaram então a sair e, muito devagar e com enorme cuidado, soltei um suspiro de alívio, porque poderia ter sido muito pior.

Eles saíram de um jeito bem menos silencioso do que quando haviam entrado, porque o trabalho já estava feito. Não tive coragem de descer para inspecionar os danos e, assim, esperei até as lágrimas cessarem, levantei-me e abri as cortinas, deixando entrar a luz da rua, para poder observar as sombras na parede. Quando o dia amanheceu, desci à cozinha e vi que meu laptop novo tinha sumido, e tornei a chorar, porque nele estavam todas as minhas fotos de Arthur.

Quando a polícia chegou, disseram que eles deviam ter aberto a fechadura da porta dos fundos, e que eram bons nesse tipo de coisa hoje em dia, como se fosse uma habilidade aprendida na escola. Os policiais falaram para eu não me preocupar, pois não era provável que os ladrões voltassem, agora que a casa tinha sido "feita", mas me aconselharam a trocar as fechaduras e considerar algumas medidas de segurança adicionais. Assim, chamei o chaveiro de emergência, mesmo não podendo me dar a esse luxo, e ele colocou uns trincos adicionais e recomendou um sistema de alarme. Mas o preço que mencionou foi tão extorsivo que eu o rejeitei e o coloquei para fora depressa. Nada de homens na minha casa, não agora.

Passei o resto da tarde na cozinha, tamborilando na mesa para abafar o silêncio (os ladrões tinham levado o rádio). Pensei em Leo e em Percy, o da investida, e no marido da Fix, e na mão do ladrão... Quando eu era pequena, sempre vi os homens como protetores — em particular Fa-Fa, o guardião gigantesco da nossa família —, mas em Cambridge percebi que eles tinham pouca noção do dano que eram capazes de causar. Imaginei que os guardiões eram implacáveis por natureza, em alguns aspectos. Um verso referente aos doze trabalhos de Hércules me veio à cabeça: *Um monstro que não se pode superar (...) O sanguinário Cérbero, que devora carne crua, o cão de voz brônzea do Hades.*

Quando a luz começou a esmaecer de novo, não aguentei mais, não consegui mais pensar, vesti o casaco e saí, marchando apressada pela rua até o casarão que Angela havia indicado. Espiando as muitas campainhas, espremi os olhos até ver "7C. A. Brennan", e apertei com firmeza. Pouco tempo depois, ouvi uma voz conhecida, uma voz rouca de fumante.

— Sou eu, Missy — anunciei.

A porta fez um barulho de campainha e eu entrei e subi, fazendo uma parada para recuperar o fôlego a cada patamar.

Angela me recebeu à porta com as sobrancelhas arqueadas. Otis pôs a cabeça para fora por trás dela, seguido por Bob, do outro lado, abanando a cauda em cumprimento.

— Eu fico com a cachorra — informei. — Só até sua amiga resolver a situação dela.

Por um segundo, Angela se manteve impassível, e então seu rosto se abriu num sorriso de orelha a orelha, desaparecidos o cansaço e a preocupação. Ela deu um pulo e me abraçou, com força demais. Porém descobri que não me importava.

— Você não vai se arrepender — jurou. — Ela é a melhor cadela que existe.

— Sinto muito por ontem. Era meu aniversário. Eu estava meio deprimida.

Fiquei constrangida por admitir aquilo e desviei o olhar, antes que Angela pudesse avistar as lágrimas, curvando-me para fazer um carinho desajeitado na orelha de Bob. Ela arfou e se aproximou, pedindo mais.

Angela levou uma das mãos à boca.

— Desculpe-me! Sinceramente, sinto muito mesmo, eu não fazia ideia. Nossa, que cretina mais burra, invadindo sua casa daquele jeito.

— Não tem problema — retruquei, sorrindo e endireitando o corpo. — Imagino que você tenha me dado um presente, de certo modo.

Ela deu uma risada e propôs:

— Que tal uma bebida, para comemorar?

Entrei em seu apartamento e, quando tornei a me curvar para afagar tanto Bob quanto Otis, já pude ouvir o som de uma rolha espocando. Angela reapareceu, segurando duas taças enormes. Ali havia pelo menos meia garrafa.

— Feliz aniversário, Missy — disse ela.

Capítulo 11

Com Otis apagado no sofá, tomamos Prosecco e comemos uma sobra de macarrão com molho de queijo, aquecida no micro-ondas. O apartamento dela era muito pequeno — sala com cozinha em uma extremidade, um banheiro minúsculo no corredor e um quarto com duas camas de solteiro unidas, uma para ela, uma para o Otis. Fiquei meio chocada, mas Angela me garantiu que aquilo estava de ótimo tamanho para Londres. Enquanto comíamos a massa, ela me contou de sua amiga Felicity e do pavoroso marido dela.

— Ela o conheceu no trabalho: é jornalista como eu, só que com muito mais princípios. Escreve sobre mudança climática, resgate de baleias, esse tipo de coisa. Estava entrevistando um comerciante local sobre uma campanha que vinha sendo feita, algo sobre a derrubada de árvores. Ele a convidou para sair, e você sabe como é. Seis meses depois, estavam casados e ela, grávida.

Raspou uma colherada de molho de queijo da travessa e continuou:

— Ele mudou depois que se casaram. Começou devagar, só uns comentários sobre a aparência dela, coisas assim. Fix já era só carne e osso quando o sujeito começou a espancá-la. Ele é muito cuidadoso e ninguém suspeitaria de nada conversando com ele: tudo muito plausível. Mas eu vi os hematomas.

— Por que ela não foi embora antes?

— Imagino que por causa dos filhos. Embora seja de se supor que eles seriam uma razão para ir também. Mas, principalmente, por ela não ter para onde ir. Ele faz ameaças, diz que ela vai perder os filhos, e ela acredita, porque passou anos sendo oprimida por esse homem. Faz séculos que ela não trabalha, não tem dinheiro. Mas há meses eu venho tentando convencê-la, e, na semana passada, ela finalmente concordou. E só depois de ela quase parar no hospital por causa dele. Canalha.

Tomei um gole de vinho.

— Onde eles estão agora? — perguntei, sem ter certeza de que queria saber.

— Em um abrigo para mulheres. Estamos tentando fazer com que ela preste queixa contra ele. Mas, pelo menos, ela saiu. E, graças a você, quando ela tiver reorganizado a vida, poderá ter a Bob de volta e seguir em frente. Ela realmente ama essa cadela.

Angela estendeu a mão e afagou Bob, que estava à espera de sobras. Ela me instruiu a não dar nada da mesa, porque isso a estimularia a pedir. Bob precisava passear duas vezes por dia, comer duas vezes por dia e ser escovada com regularidade, para o pelo não embaraçar. Havia também a vermifugação e o tratamento contra carrapatos e a limpeza dos dentes e sabe Deus o que mais. Eu já estava arrependida da minha decisão, mas pensei nos hematomas de Felicity e na minha porta dos fundos, e resolvi tentar.

Quando peguei minhas coisas e vesti o casaco, Bob levantou as orelhas e começou a saltitar, animada. Seu entusiasmo repentino era irritante.

— Viu, ela quer ir com você — observou Angela do sofá, onde estava terminando seu vinho e fazendo carinho em Otis, adormecido.

— Bem, não vou levá-la para passear nem nada, apenas de volta lá para casa — declarei, prendendo a guia na coleira.

— Talvez ela precise de um pipi no caminho — alertou Angela. — Ah, lembrei! — Levantou-se de um salto e foi até a cozinha minúscula, vasculhou uma gaveta e, com ar triunfante, pegou um pacote. — Saquinhos para o cocô! Você vai precisar de uma porção.

Este, no que me dizia respeito, era o aspecto mais apavorante de ter um cachorro. Eu não conseguia imaginar como lidaria com essa parte, mas peguei o embrulho e o pus no bolso do casaco.

— Bem, tenho que ir andando. Hmm... obrigada — falei, bastante tensa, ao chegar à porta.

Angela aproximou-se e pôs a mão no meu ombro.

— Não. Eu que devo agradecer. Você fez uma coisa incrível. Juro que vai acabar gostando. Há uma porção de gente passeando com cachorros no parque, várias pessoas, e elas são muito divertidas. Vou apresentar todas a você.

Segurando a guia da Bob com cautela, a caminho de casa, repassei minha lista mental de preocupações: e se a cachorra disparasse? Eu seria arrastada atrás dela? Como faria para contê-la? Em seguida, veio a lista de alimentos venenosos para os cães e que deveriam ser mantidos longe dela — chocolate, uvas, cebola, o que mais? Tóxicos como o lago do parque. Lembrando a promessa de Angela, estava bastante insegura sobre querer me misturar com a turma que passeava com cachorros por lá, solitária como eu era. Eu os tinha visto e eles me pareciam um pouco excêntricos, sempre brigando com ciclistas e pais e praticamente qualquer um que não gostasse tanto dos seus bichos de estimação quanto eles mesmos. Mas agora estava feito, de modo que teríamos de encarar a situação. Com sorte, a Bob seria mais barata que um sistema de alarme. E talvez uma companhia melhor.

Chegamos em casa e abri a porta, procurando ouvir se havia intrusos ao entrarmos. No mesmo instante, Bob pôs-se a farejar a casa, o rabo abanando, explorando tudo. Fui à cozinha e preparei um chá, e depois fui para a sala de estar, onde a encontrei enroscada no sofá. Angela tinha dito que nunca a deixava subir nos móveis e eu certamente não tinha intenção de permitir que adquirisse maus hábitos.

— Desce! — ordenei em tom severo, com um dos dedos em riste e me sentindo a própria adestradora Barbara Woodhouse.

Bob me encarou e usou uma pata traseira para se coçar atrás da orelha.

Ela provavelmente estava com pulgas. Fui até o sofá e a empurrei. Ela resistiu por um segundo, depois desceu, em um alvoroço repentino de membros. Esperneou para recuperar o equilíbrio e a dignidade, recuou para uma posição ao lado da poltrona de Leo e me olhou, desconfiada. Ela precisava ter ao menos um lugar para dormir. Corri os olhos pela sala, mas não havia nenhum tipo de tapete, de modo que sacrifiquei minha manta do sofá, dispondo-a em forma de cama perto da lareira. Bob pisou nela e girou várias vezes, até se acomodar com um grande suspiro. Era uma pena não haver fogo na lareira, talvez eu a acendesse no dia seguinte.

Pegando o livro de Mel, li um pouco, erguendo os olhos de vez em quando para dar uma espiada na Bob, que estava esparramada de lado, com as patas dianteiras e traseiras estendidas, como em posição de corrida, roncando, com o focinho e as pernas tremelicando de vez em quando. Estranhamente a cena dava vontade de dormir e, pouco a pouco, o livro deslizou no meu colo enquanto eu cochilava.

Acordada por um bocejo alto e prolongado que vinha de perto da lareira, consultei o relógio e vi que passava de meia-noite. Bob me observava, com a cabeça inclinada de lado. Tornou a bocejar.

Com os ossos rangendo, levantei, arrastei os pés até a porta e virei para trás, olhando-a em sua cama improvisada.

— Bem. Então, boa noite. Fique aqui.

A cauda dela deu batidas no chão.

Fui até o segundo andar, para me aprontar e deitar na minha própria cama, porém, justo quando me preparava para apagar as luzes, escutei o arranhar de patas, e, passado um segundo, a cara dela surgiu na porta.

Isso não fazia parte do plano, de modo algum. Era preciso que ela ficasse no primeiro andar, para deter os intrusos, não de preguiça no meu quarto.

— Não! — exclamei com firmeza, levando-a de volta para baixo.

Ela me seguiu, abanando a cauda, e se sentou com ar ansioso na sala, enquanto eu me perguntava o que fazer. No fim, arrastei um par de cadeiras da sala de jantar e fiz uma barricada na base da escada. Talvez pudesse comprar um daqueles portõezinhos que as pessoas usam quando têm filhos pequenos. Mais despesas.

Voltei para o quarto e fechei a porta, atenta a gemidos ou arranhões, mas não ouvi nada. Angela tinha dito que ela era uma cadela ótima. Bastava a pessoa ser firme. Fui dormir pensando em onde andaríamos na manhã seguinte e se encontraríamos Otis. Ele poderia jogar gravetos para a Bob, e ela poderia esperar do lado de fora do parquinho, enquanto brincássemos nos balanços.

Dormi um sono profundo, e, ao acordar de manhã, duas coisas me chamaram prontamente a atenção. Uma: Bob estava enroscada no pé da cama, roncando alto, os pelos espalhados pelas cobertas e a porta do quarto ainda fechada. E duas: pela primeira vez na vida, desde que Fa-Fa nos contara a história do estripador que entoava cantigas de ninar dentro do guarda-roupa antes de esfaquear suas vítimas, eu não tinha verificado os armários antes de dormir.

Cave canem. Cuidado com o cachorro.

Parte 2

"Acima da nuvem, com sua sombra,
fica a estrela, com sua luz."

— Pitágoras

Capítulo 12

Era o verão de 1958 e eu estava olhando para o telhado da Casa do Senado, pensando em como teriam conseguido pôr o carro lá em cima. Era uma proeza típica dos alunos de Cambridge. Ele já tinha sido retirado, é claro, mas levara quase uma semana e, no fim, tiveram que despedaçá-lo para se livrar dele. Uma pena, na verdade — eu tinha gostado dele empoleirado no ápice, com uma incongruência tranquilizadora, de certo modo. Tudo era possível.

Eu era uma graduada orgulhosa, trabalhava como arquivista na Biblioteca da Faculdade de Letras Clássicas e me perguntava o que faria a seguir. Ao contrário de minhas colegas, não sofria pressão familiar para me casar, agora que já tinha um diploma. Henry andava ocupado tentando ingressar na política, e a probabilidade de mamãe me mandar arranjar um marido era a mesma de sugerir que eu conseguisse um tigre como animal de estimação. Quando jovem, minha mãe — então conhecida como Lena Schorel — fugira de casa para ouvir um discurso de Sylvia Pankhurst, e ficara muito aborrecida com a eclosão da Primeira Guerra Mundial, porque esta tinha interrompido antes da hora a sua iniciante carreira de sufragista. Mamãe também ficara um tanto decepcionada quando as mulheres haviam enfim obtido o direito ao voto, porque era muito afeita a lutar pelos seus direitos.

Nem meu irmão nem minha mãe tinham o menor interesse em meu estado civil e, sem outros familiares a serem considerados, eu ficava por minha própria conta. Talvez meu pai pudesse ter tido alguma opinião, mas William Jameson fora uma das baixas da Segunda Guerra Mundial, e raramente falávamos dele, porque sua perda era algo difícil demais para ser discutido. Fa-Fa havia morrido logo após o fim da guerra, saindo certa manhã para comprar tabaco e desabando feito uma pedra na rua. Ele teria gostado dessa história — precisa e limpa, sem embromação. Jette se encolhera ainda mais em sua concha após a morte dele e, quando faleceu serenamente, pouco depois de minha ida para Cambridge, sua partida mal foi notada. É possível que estivéssemos acostumados com a morte naquela época. Tia Sibby só se importava com seus animais, então mamãe assumiu o controle da casa de Lancaster Villas, que se tornou uma espécie de base para vários ativistas. Se tivesse voltado para lá, sem dúvida eu teria sido forçada a aderir a uma das causas dela.

Mas o que eu *queria* fazer? Eu não tinha certeza, ao caminhar pela King's Parade naquela noite de agosto, segurando uma pilha de livros junto ao peito, refletindo sobre a questão. E então vi Leo Carmichael vindo na minha direção, com o cabelo dourado flamejando ao sol, e me lembrei de que ele era tudo que um dia eu desejara. Por um segundo, a enxurrada de lembranças praticamente me deixou prostrada e, zonza, quase tropecei. Sussurrando com minha mãe na sala; a luz fria e clara; deitada na cama, olhos cravados no teto, ignorando os sanduíches velhos. Ele não podia saber, nunca poderia imaginar quanto aquilo significou. Abracei os livros com mais força, preparando-me para assumir um ar despreocupado e desinteressado. Quando ele chegou perto, achei por um segundo que não tinha me reconhecido, mas então seu rosto se iluminou e ele sorriu, com o que me pareceu ser um prazer genuíno.

— Milly! — exclamou, apertando minha mão e balançando-a com entusiasmo.

É claro que deixei os livros caírem e passamos o minuto seguinte catando-os na calçada. Quando voltaram para meus braços, eu estava despenteada e sem ar, por causa do esforço e do constrangimento.

— Você gostaria de beber alguma coisa? — perguntou ele, apontando para o rio.

Eu não podia parecer ansiosa demais — deveria deixá-lo pensar que tinha outros compromissos, festas interessantes e pessoas interessadas.

— Sim, por favor.

Ele pegou meus livros e fomos juntos para o bar The Anchor, um ponto de encontro popular entre os estudantes. Ao nos aproximarmos do rio Cam, tive dolorosa e extasiada consciência de tudo naquele momento — a fisgada no dedo mindinho do meu pé direito, a gota de suor na nuca, meus livros enfiados embaixo do grande braço de Leo enquanto ele andava, minha respiração ainda irregular. Na direção do Queen's College, olhei para os barqueiros que manejavam as embarcações com cuidado sob a Ponte da Matemática. Havia um mito de que ela fora projetada por Sir Isaac Newton e construída, originalmente, sem nenhum tipo de conexão nas articulações. Dizia-se que um grupo de estudantes tinha desmontado a ponte e, depois, não conseguira remontá-la, e por isso ela tivera que ser reconstruída com as porcas e os parafusos do presente. Não era verdade, é claro, mas ainda assim eu gostava de pensar nessa hipótese. Eu teria que construir minha relação com Leo com algumas porcas e parafusos, para torná-la segura. E, acima de tudo, ele nunca deveria saber quanta água correra embaixo da ponte.

Naquele verão, com um supremo esforço de autocontrole, canalizei minha repressão natural e me apresentei como misteriosa e casta, a ser perseguida. Quando saímos para beber alguma coisa, informei que precisava ir embora cedo, dizendo-lhe que havia um boato de que alguns estudantes tinham rebocado um Spitfire para o Grande Pátio do Trinity. Quando ele me convidou para assistir ao filme *A Sombra da Guilhotina*, falei que não gostava de Dirk Bogarde. Quando me chamou para assistir a uma palestra, eu fui, mas me certifiquei de esbarrar, no caminho, em vários conhecidos com quem era absolutamente indispensável que eu falasse. E o deixei esperando.

Por que era tão necessário todo esse teatro? Eu tinha a sensação instintiva de que Leo, muito direto, não admirava essa mesma qualidade em outras pessoas. Gostava da astúcia, do capricho, da incerteza. Gostava de pessoas ariscas. E foi isso que me tornei. Pouco antes do Natal, ele me pediu em casamento, deixando um anel em meu exemplar da *Odisseia*, com um bilhetinho dizendo que meu rosto lançava mil embarcações, embora eu sempre houvesse me achado menos Helena e mais cavalo de Troia. Leo demorou-se no vão da porta, vendo-me abrir o livro, com um sorriso maroto e uma garrafa de champanhe. "Que tal?", perguntou, exibindo a garrafa, enquanto eu fazia um grande esforço para conter as lágrimas. Nos casamos em um dia seco e gelado de janeiro — embora ainda não soubesse, eu já estava grávida na foto que Tristan tirou, nós dois do lado de fora da capela do King's College. *Alea iacta est.*

E qual o problema disso tudo? Qual a falha do meu plano? Depois da aliança no dedo, do bebê na barriga e da casinha no parque Jesus Green... quando eu poderia finalmente relaxar, tirar os parafusos e ver se a ligação aguentava firme?

Nunca. Depois de agarrá-lo com força, eu não poderia soltá-lo; tinha que segurar firme.

Capítulo 13

Ao levar a Bob ao parque na manhã seguinte, senti-me sem jeito e constrangida, como se fosse uma impostora. A cadela parecia incongruente, trotando nos meus calcanhares, e temi que os transeuntes pudessem nos ver e achar que eu a havia roubado, ou, simplesmente, que ficávamos ridículas juntas, como um velho e sua namorada muito mais jovem.

Bob era uma presença muito animada e sem afetação, olhando alegre para mim e saindo zanzando constantemente, para cheirar postes de luz, urinar em folhas ou se coçar em momentos inconvenientes. Dizem que as pessoas se parecem com seus cães, e eu imaginava que, se um dia tivesse um cachorro, ele seria uma espécie de cão de caça — alto, cinzento e arredio. E não essa coisa espevitada e saltitante, com suas cores outonais e olhadelas de esguelha. Ela era o tipo de cachorra que pertenceria a Alicia Stewart. Alicia, o radiante e vivaz primeiro amor de Leo, que desfilava pela vida, esperando que todos lhe abrissem caminho.

Mesmo assim, chegamos ao parque e iniciamos zelosamente uma volta, lembrando o que Angela dissera sobre a importância do exercício. Agora o ar estava mais cálido, com os narcisos forçando a passagem pela lama ressecada e fria do início da primavera. Olhando para cima, pude ver a erupção delicada dos botões — uma breve mas linda fase da estação. No Japão, a *sakura* — o botão de cerejeira — representa a transitoriedade da vida, e há festivais dedicados a observar o seu desabrochar; o botão é frágil e tem vida curta, e, portanto, todos temos de lidar com a inevitabilidade da morte. Mas que estranho sentar embaixo de uma árvore para contemplar ativamente nosso próprio fim.

Minhas ruminações foram interrompidas pela Bob, que gania e puxava a guia, me arrastando para direções diferentes. Enquanto fazíamos nosso progresso em zigue-zagues pelo parque, encontramos outro passeador de cachorros que vinha na direção oposta. Não gostei da aparência de seus cães e, sendo assim, discretamente, cuidei para me distanciar bem deles. Eram boxers; não se tratava de uma raça que algum dia eu tivesse admirado (se é que algum dia admirei qualquer raça), e o dono tinha, ele próprio, certos traços de boxeador — cabeça raspada, nariz bulboso, gola da jaqueta militar levantada, fumaça de cigarro em uma nuvem a seu redor. Mas é claro que Bob, só para contrariar, tomou-se de inexplicável afeição pelos cachorros do homem, puxando-me para lá e dando cambalhotas, rolando de costas no chão, com ar de súplica. Puxei sua guia, irritada:

— Vamos!

— Ela quer ficar solta.

— Perdão, como disse?

Não consegui ver sua boca se mexer, por causa da gola e do cigarro. Claro que, no meu primeiro dia caminhando com a cadela, eu iria deparar com um estranho de aparência truculenta, que ia puxar conversa comigo.

— Ela quer se soltar. Da guia. — O homem tirou o cigarro da boca, com seus dedos grossos, de unhas com a ponta preta, e apontou para Bob: — Ela quer brincar. — Tinha um sotaque carregado, de Newcastle ou algum lugar para aqueles lados.

Olhei para Bob, que continuava a saltitar e latir.

— Ela pode fugir.

— Não foge, não — disse ele, recolocando o cigarro na boca. — E, se fugir, ela volta.

Relutante, soltei a guia da Bob, ao que ela prontamente entrou em uma farra de brincadeiras com os boxers. Houve muitos dentes arreganhados, mas todos pareciam se divertir; pelo menos, ela estava fazendo algum exercício.

Apreciando o espetáculo, meu companheiro deu outras tragadas no cigarro e depois virou-se para mim:

— Como é o nome dela?

— É... Bob — respondi. Parece que era esperado termos uma conversa educada, em uma tímida imitação da interação de nossos cachorros. — E os seus?

— Aquele ali é o Badger e o de lá é o Barker — respondeu, apontando para os dois, embora, como no caso das cadelas de Sylvie, eu não fizesse ideia de como ele podia saber a diferença. — Bob é nome de menino — continuou, batendo a cinza na tampa de uma lixeira próxima.

— É de *Blackadder* — arrisquei, torcendo para não haver necessidade de me estender.

Ele franziu o cenho por um segundo, depois deu um risinho.

— Certo. Bom nome para um cachorro.

Senti-me satisfeita, por um breve momento, como se eu tivesse feito aquela escolha.

Os cachorros fizeram uma pausa para respirar e, pegando a deixa, aproximei-me para voltar a prender Bob na guia, dizendo "bem, foi um prazer conhecê-lo...", mas as palavras morreram na minha boca, quando Bob escolheu esse momento para curvar o tronco e se agachar, deselegantemente, para atender ao chamado da natureza. Era o momento que eu temia e, agora, teria de vivê-lo na presença desse homem, que observaria eu me ajoelhar na lama.

Procurando os saquinhos de coleta de fezes, tirei um do bolso, respirei fundo e me curvei para executar a tarefa. O cheiro era asfixiante, com um leve vapor quente no frio primaveril. Como é que se usava o saquinho? Eu poderia deslizá-lo pelo chão e jogar a porcaria para dentro com um graveto? Nervosa, inalei sem querer e tive uma imediata ânsia de vômito. Aquilo era um horror. Eu teria que devolver Bob a Angela; ela teria que ir para o abrigo de cães. Eu voltaria a examinar os armários. Talvez pudesse economizar para instalar o sistema de alarme. O saquinho caiu das minhas mãos trêmulas no chão.

— Quer ajuda?

Ele se agachou a meu lado, pegando o saquinho fino e o calçando na mão como um fantoche de plástico. Inclinou-se e recolheu as fezes com destreza, em um gesto gracioso, o que me causou outra ânsia de vômito. Dando um nozinho no alto, apresentou-me o saquinho com um floreio cavalheiresco, como se fosse um presente. Peguei-o com a ponta dos dedos, enojada e terrivelmente sem graça.

— Imagino que seja a sua primeira vez, certo?

— Sim — respondi, depositando a trouxa tenebrosa em uma lixeira próxima. — Ela é... Não é minha. Estou cuidando para uma pessoa. Obrigada... por...

— Sem problemas — disse ele. Estalou os dedos e os cães vieram imediatamente para o seu lado. Foi impressionante. — A propósito, meu nome é Denzil. Talvez eu a veja por aí, se a senhora tornar a precisar de ajuda. Mas com o tempo vai ficar mais fácil.

Cumprimentou-me com um aceno, ainda segurando o cigarro, e seguiu a passos lentos, com os boxers brincando em volta de suas pernas. Por um segundo, observei enquanto se afastava, lutando contra a vontade de chamá-lo de volta, para o caso de Bob resolver evacuar de novo.

Virei-me e a encontrei parada diante de mim, abanando o rabo com entusiasmo, como se dissesse "*e agora?*".

Mas para mim era o suficiente. Ela dera seu passeio e fizera suas necessidades nojentas e, no processo, me humilhara. Podíamos ir para casa, sem culpas, e dormir até o dia seguinte, quando eu teria que fazer tudo de novo. E de novo e de novo, até Fix voltar, ou eu morrer.

Com o tempo vai ficar mais fácil, ele tinha dito. As coisas ficam, não é? A maioria delas, pelo menos.

Capítulo 14

E assim teve início um tipo de rotina estranho e em grande parte indesejado para mim e para Bobby. Ouvi demasiadas vezes a frase "Bob é nome de homem" e, não estando familiarizada com sua xará, não me sentia habilitada a explicar o raciocínio para a escolha. Bobby soava bem mais feminino e ela não pareceu se incomodar. Angela me dera um livro da biblioteca sobre comportamento canino e, em um dos capítulos, o autor sugeria que os cães respondiam melhor a nomes com duas sílabas. Rebatizá-la, ainda que não oficialmente, estabeleceu um pouco mais de autoridade e posse, apesar de eu ainda ser uma dona muito relutante. Estava mais para cuidadora, talvez.

Aos trancos e barrancos, fazíamos nossas duas caminhadas diárias, sendo barranco a palavra-chave da expressão, por lembrar o barro de que ela sempre parecia estar coberta ao voltarmos para casa. Eu tomava coragem, tampava o nariz e conseguia recolher todos os "restos", como dizia Sylvie. Ainda não conseguia executar a tarefa sem ânsias de vômito, mas fui ficando mais rápida e mais hábil, o que limitou os danos a meu esôfago. Víamos Denzil quase todas as manhãs, e ele me cumprimentava, enquanto seus cães (Bodger? Barker?) desfrutavam de uma breve saudação brincalhona com Bobby. Eu havia conhecido algumas outras pessoas que passeavam com seus cachorros, eram simpáticas e repletas de conselhos, e se contradiziam loucamente em suas sábias recomendações. Um grupo se reunia no mesmo horário, todos os dias, a uma mesa perto das quadras de tênis, e eu era tímida demais para me juntar a eles, porém, certa manhã, topamos com Sylvie, passeando com Decca e Nancy, e ela foi até o grupo com tanta naturalidade que me senti obrigada a segui-la.

Enquanto Sylvie perambulava entre eles, dirigindo-se a cães e seres humanos pelos nomes, me esforcei para acompanhá-la, cumprimentando com acenos de cabeça e sorrindo enquanto todos batiam papo, descontraidamente desatentos a seus animais, enquanto eles faziam bagunça e causavam um grande alvoroço. O que mais notei sobre os donos de cachorros era que eles não se importavam muito. Os cães metiam-se na frente de corredores e ciclistas, derrubavam crianças, defecavam diante das pessoas que faziam sua caminhada, levantavam as pernas nas rodas de carrinhos de bebê, roubavam sanduíches e cometiam sabe-se lá que outras infrações, e os donos pareciam alheios, ou apenas lamentavam vagamente. Já eu tinha vontade de circular com um cartaz que proclamasse um pedido de desculpas profuso e generalizado. *Mea culpa*, ou melhor, *canis culpa*. Mencionei isso a Angela, em um dia em que ela veio me visitar, e ela zombou de mim.

— Os cachorros têm tanto direito de frequentar o parque quanto qualquer um! — disse, afagando o pelo de Bobby. —Você se preocupa demais.

Já a única coisa que parecia interessar a Bobby era se eu a alimentava, exatamente às oito da manhã e às oito da noite, e se a levava para passear, exatamente às nove da manhã e às quatro da tarde. Ela tinha um extraordinário relógio interno e se apresentava com precisão nos horários determinados, sentando-se com o tronco ereto e me olhando de lado, depois emitindo um latidinho esganiçado, até eu satisfazer suas exigências. Que tranquilizador ter prioridades tão simples e poder expressá-las com tamanha eficácia!

Agora, por exemplo, eram três da tarde e eu só dispunha de uma hora da companhia de Angela e Otis antes que Bobby me forçasse a sair de casa. Otis estava vendo um desenho no meu computador novo, que havia chegado naquela manhã, encomendado por Alistair de seu escritório em Sydney. Ele ficara horrorizado com o assalto e havia insistido em substituir imediatamente o laptop. Tinha até prometido mandar um "pen drive" com uma porção de fotos de Arthur, para substituir as que eu perdera. Aparentemente, era só conectar essa coisa ao computador. Como seria bom se as lembranças fossem assim tão fáceis de acessar e guardar.

Angela estava tomando chá e palestrando como sempre, enquanto eu fazia biscoitos para Otis. Eles esfriavam, com Bobby sentada logo abaixo, babando. Embora eu nunca lhe desse nenhum alimento da mesa, nem de outro lugar senão de sua tigela, isso não a impedia de pedir ou roubar coisas em qualquer oportunidade que surgisse — Sylvie disse que ela devia ter alma de labrador, tamanho era o seu apetite. Ela havia devorado um osso de galinha de uma lata de lixo na nossa caminhada daquela manhã, essa criatura vil. A manta do sofá que eu tinha sacrificado, transformando-a em cama de cachorro, estava coberta por uma infinidade de pelos e cheirava a uma meia velha e azeda.

— E eles dizem que vão investir no Serviço Nacional de Saúde, mas todos sabemos que é conversa fiada — bufou Angela, enquanto eu passava os biscoitos para um prato e os colocava na mesa.

De olhos grudados no desenho, Otis estendeu a mão. Angela pegou um biscoito e abriu a boca para continuar, mas foi interrompida por uma batida na porta. Bobby começou a latir de imediato, como uma tola.

— Fique quieta, pelo amor de Deus!

Quando concordei em ficar com ela, era exatamente isso que havia desejado, mas ela se revelara menos um cão de guarda e mais uma campainha altíssima, que dava uivos frenéticos ao ouvir alguém do lado de fora, mas recuava para baixo da mesa quando a pessoa efetivamente entrava na casa. Mesmo assim, eu imaginava que o estranho pudesse ser espantado pelo barulho. Ou quem sabe pelo cheiro.

Quando me levantei, Angela disse, com a boca cheia de biscoito:

— É Sylvie.

Sylvie me cumprimentou, na escadinha da entrada, entregando-me um enorme saco de lixo:

— Para você — disse, passando por mim e estancando no saguão. — Nossa! — murmurou. — Nossa!

Dei meia-volta, com os braços cheios de plástico preto, e deparei com ela contemplando meu lustre e a curva da escada.

— Angela tinha razão — observou. — Isto é um tesouro. Ah, eu vou gostar disso.

Sylvie era uma decoradora de interiores bem-sucedida e também lecionava design na Faculdade de Artes de Chelsea. Sugerira algumas vezes no parque um dia passar na minha casa e me dar algumas dicas, mas eu já havia descartado a ideia, porque, sabendo agora que ela vivia disso, pareceu-me uma afronta esperar que ela fizesse algo para mim de graça. Mas, como Angela ainda estava na porta da cozinha, com a boca cheia de biscoito, Sylvie voltou-se para ela e exclamou:

— Minha querida, você tinha toda razão. Isto é maravilhoso. O que eu *poderia fazer* com este espaço!

— Eu falei — disse Angela, com sua fala arrastada. — O que é isso aí no saco?

— Ah, é um presente para Missy; mais para Bobby, na verdade. — Deslizou um dos dedos pelo corrimão. — Veio dos donos de cachorros. Eles fizeram uma vaquinha.

Abri o saco e olhei para dentro. Achei de cara que era um enorme travesseiro, macio e de um luxuoso tecido lanudo, mas, quando caiu no chão, vi que era uma cama de cachorro.

— Legal — disse Otis, passando pela mãe para estar conosco.

— Muito gentil — concordou Angela.

Não querendo perder nada, Bobby veio correndo e começou a cheirar a cama. Contornou-a uma ou duas vezes, depois pulou no centro dela e se acomodou com uma bufada.

— Os donos dos cachorros compraram isso para mim? — perguntei, com a voz meio rouca. — Por quê?

— Bem, eles souberam que você não tinha nada e que estava cuidando de Bobby como um favor para Angela e a amiga dela, e acharam que você gostaria. Um deles tem descontos em uma pet shop chiquérrima em Highgate.

Sylvie parecia absolutamente despreocupada, como se fosse corriqueiro estranhos comprarem presentes caros uns para os outros. Para esconder minha confusão, levantei Bobby e levei a caminha para a sala de estar. Peguei a manta fedida, meti-a no saco de lixo vazio e pus a cama nova em seu lugar. Imediatamente, Bobby tornou a se deitar nela, soltando um enorme suspiro. Segundos depois, roncava com um olho aberto.

— Ela gostou — disse Angela.

Olhei para Bobby e a caminha.

— Você pode... agradecer a eles por mim? — perguntei à Sylvie, com a voz abafada. — É incrível.

— Você mesma pode agradecer — respondeu Sylvie, então perambulando pela sala de estar. — Santo Deus, isso é incrível.

— Precisa de uma levantada — disse Angela. — É quase um mausoléu.

Ainda perplexa, me vi dizendo:

— Tem umas coisas. Lá em cima, no sótão.

Os três se viraram para mim, com expectativa. Comecei a me arrepender, mas eles tinham comprado um presente para mim e estavam comendo meus biscoitos e enchendo minha casa vazia, então...

— Há uma porção de coisas lá no sótão — repeti. — Talvez sejam úteis. Posso mostrar a vocês.

— Legal — tornou a dizer Otis. — Vamos lá.

Capítulo 15

Sim, Leo e eu queríamos, *sim*, arrumar um pouco a casa, fazer dela um lar. Mas, quando a compra foi concluída e nos mudamos para lá, eu estava tão grávida que, afora mudar alguns móveis de lugar e pintar um quarto a tempo da chegada de Alistair, a casa da srta. Crawshay permaneceu a mesma. Leo tinha seu novo emprego na University College de Londres e eu tinha filhos para cuidar e uma casa para manter — era o que se fazia, naquela época. Todo o resto foi deixado de lado.

Compramos a casa em 1964, com o dinheiro da venda da casa em Cambridge, perto do Jesus Green, e com o que minha mãe tinha me deixado. No ano anterior, Henry, meu irmão, morrera de repente — infarto, assim como Fa-Fa. Nós duas sentimos muito a sua morte, mas em mamãe uma luz se apagou. E então, ela me escreveu uma carta: "Querida, não há maneira fácil de lhe dizer isto, mas tenho a forte impressão de estar com câncer." Sempre muito segura de suas opiniões, ela não se deu ao trabalho de buscar um diagnóstico oficial, e acho que nem se importou tanto assim. Com a morte de Henry, todo o espírito de luta desapareceu dela. Quando mamãe me contou sobre a doença, o câncer já estava muito avançado, e ela, muito mal e não queria que eu a visse, mas fui lá, assim mesmo. Tia Sibby e eu cuidamos dela, enquanto sua luz se apagava.

Mais tarde, fizemos uma triagem das coisas de mamãe e encontrei uma de suas faixas, com os dizeres "Votos para as Mulheres", bordados em violeta, branco e verde, e chorei com o rosto afundado nela, com saudade dos dias em que mamãe chegava em casa, voltando de uma passeata ou de uma reunião, agitada e triunfante. Ela jamais abandonaria uma carreira para cuidar da casa. Dançava ao som de outra música, ao passo que eu parecia escutar a de todas as demais pessoas. Principalmente a de Leo. Ele sugeriu que nos mudássemos para Lancaster Villas, mas havia lembranças demais, e eu não tinha um pen drive capaz de guardar todas. Meu pai, Fa-Fa, Jette, Henry e, em seguida, minha mãe. Cabos que iam se soltando, um a um, deixando-me sem amarras.

Precisávamos de um novo começo. Leo havia concluído seu doutorado, e, quando veio a oferta de emprego em Londres, pareceu um acaso fortuito, se é que se podia dar esse nome a alguma coisa naquela época. Sibby e eu concordamos em vender a casa de Kensington, e, com minha parte do valor, somada ao dinheiro da venda de nossa casa em Cambridge, ficamos com uma boa quantia para comprar a nova moradia em Londres. Apesar de querermos uma casa grande, eu estava decidida a encontrar uma pechincha. Assim, procuramos em áreas que não estavam na moda e acabamos achando o que buscávamos em Stoke Newington. Na época, era um bairro decadente e insalubre, cheio do que Fa-Fa chamaria de "figuras suspeitas", mas visitamos a casa em um dia ensolarado e nos sentimos tranquilos quanto a nossa capacidade de nos integrarmos à comunidade de moradores. Na realidade, é claro, Leo se perdeu em seu trabalho, eu me perdi no cuidado das crianças, já que tinha aberto mão do meu emprego na biblioteca ao sairmos de Cambridge, e nenhum de nós se importou de fato com a vizinhança, apenas deixamos que promovessem a desordem fora da nossa casa enorme.

Do lado de dentro, eram as crianças que promoviam a desordem, e tudo que eu fazia era arrumar a bagunça, passando os dias no trabalho monótono de limpar narizes e bumbuns e mesas e pisos, me perguntando por que havia desejado tantos cômodos para limpar. À medida que Mel e Ali foram crescendo, tudo que pareciam fazer era criar caos por onde passavam — brinquedos e roupas e livros e sabe Deus o que mais, para eu pegar do chão. Vez por outra, eu comprava algum objeto para a casa, ou ganhávamos algo, mas, depois de algumas semanas com as crianças o derrubando, ou derramando alguma bebida ou comida nele, ou simplesmente porque eu me irritava com o fato de ter de limpar mais uma *coisa*, eu o acabava jogando inevitavelmente no sótão, para tirá-lo do caminho.

Todos os pertences de minha mãe foram direto lá para cima, para quando eu me sentisse apta a lidar com eles. Mas, quando esse momento chegou, eu simplesmente *não tinha* tempo, por estar ocupada demais limpando, catando e gritando e, no fim do dia, desabando e me servindo uma bebida.

Eu continha a maré no primeiro andar, pelo menos superficialmente, mas, lá em cima, as coisas foram fugindo do controle. Ainda assim, descobri que era possível ignorar isso, fingir que não existia. Quando Melanie e Alistair saíram de casa e a oportunidade enfim surgiu, não consegui ter ânimo para subir e destrinchar tudo. E depois, quando Leo adoeceu, ocupei-me cuidando dele, limpando e catando e gritando de novo, até que, quando ele foi embora, o silêncio me envolveu e me tomou de vez. Um silêncio esmagador. Era como se minha vida inteira tivesse sido uma cacofonia, um constante zumbido e ruído de fundo, e então Leo já não estava mais ali e, de repente, fez-se uma total e absoluta quietude. Quietude, silêncio e espaço. Em teoria, era aquilo por que eu havia ansiado durante todos aqueles anos, mas no fim foi a pior coisa, a mais nauseante que eu já tinha experimentado. Achei que ia enlouquecer, e foi então que tive de sair de casa. Voltar a frequentar o parque, ouvir as árvores balançarem na brisa, o canto dos pássaros, um latido de cachorro — qualquer coisa para evitar o silêncio de minha casa deserta.

Quando subi ao sótão com Sylvie, Angela, Otis e Bobby, nesse dia, foi a primeira vez em anos, e me senti ao mesmo tempo reconfortada e perturbada pela companhia. Subimos juntos, Sylvie soltando exclamações por todo o caminho, Angela e Otis menos interessados, porque já haviam explorado essa parte, e Bobby nos acompanhando apenas para ficar junto. Ao chegarmos ao patamar da escada, Angela olhou para o teto.

— Onde é? — quis saber.

— Onde é o quê? — perguntei, seguindo a direção de seu olhar.

— A abertura do sótão.

— Não há abertura, é por uma escada.

Levei-as até o que parecia ser um armário, em uma das extremidades do patamar. Abrindo a porta com uma chave que guardava na cozinha, puxei uma cordinha e uma luz se acendeu, revelando uma escada de madeira em espiral.

— Uau! — exclamou Otis, disparando escada acima.

— Cuidado! — gritei, mas ele já havia sumido, seguido por Bobby, arranhando os degraus.

Angela e Sylvie os acompanharam e eu fui atrás, segurando-me no pequeno corrimão de corda.

No alto da escada, encontrei Sylvie e Angela paradas lado a lado, encarando o lugar. Fazia tanto tempo que eu não ia lá que tornei a me deslumbrar com o tamanho do local. Havia duas áreas enormes, ambas com o teto inclinado dos dois lados, separadas por um vão de porta. Cada cômodo tinha uma janela que dava para a rua, com vista por cima do telhado, e na extremidade mais distante havia outra janelinha redonda, encardida por anos de sujeira. Cada pedaço do piso estava coberto por mobília e caixas; caixas e mais caixas atochadas com quinquilharias, miudezas, livros, brinquedos, roupas e, é claro, todas as coisas de mamãe.

— Caramba! — exclamou Angela, com as mãos na cintura.

— Nossa — murmurou Sylvie, estendendo a mão para apertar a minha.

Otis apareceu com o cabelo coberto de poeira, segurando um trenzinho de brinquedo.

— Que maneiro! — disse, e voltou para o fundo do cômodo, para continuar suas explorações.

Bobby veio trotando, com um surrado ursinho de pelúcia na boca.

— Não, isso não é para você. — Retirei o brinquedo, dando-lhe um tapinha no focinho.

Sylvie tirou-o da minha mão.

— É um Steiff — disse, girando o ursinho entre as mãos.

— É — confirmei, batendo a poeira e resistindo à ânsia de apertá-lo contra o peito. Arbuthnot. O Urso Arbuthnot. — Era meu, quando eu era pequena.

Angela achou um velho baú e começou a verificar o que havia dentro. Pegou um vestido e o segurou junto ao corpo, girando diante de nós. Era uma seda verde delicada, com contas e plumas — um vestido de melindrosa.

— Isto é original? — perguntou.

— É — respondi. — Era da minha avó.

— Pelo amor de Deus! — exclamou Sylvie. — Acho que morri e fui para o céu.

De repente, senti vontade de descer de novo.

— Acho que vou levar Bobby para passear — disse, segurando-a pela coleira.

Ela levantou as orelhas ao ouvir a palavra.

— Vou com você — disse Angela, colocando o vestido no baú com um último afago em suas plumas suaves. — Quero comprar um vinho. Posso deixar Otis com você, Sylvie?

— Sim, sem problemas — respondeu Sylvie, distraída, acomodando-se ao lado de uma caixa.

Na cozinha, peguei uns saquinhos de coleta de fezes, enquanto Angela procurava sua bolsa. O passeio vespertino de Bobby era mais curto, e em geral dávamos apenas uma volta no quarteirão, até uma área de terra em que ela pudesse farejar e fazer suas necessidades, se tivesse vontade. Havia uma loja de bebidas na esquina, e Angela desapareceu lá dentro, emergindo minutos depois, com uma garrafa embrulhada em papel.

— Escute — disse, ao voltar. — Sei que você não gosta muito que a gente vá lá em cima. — Comecei a protestar, mas ela balançou a garrafa para mim, sem dar importância. — Não, eu sei que não gosta, mas precisa deixar que a ajudemos. Aquilo precisa ser arrumado e podemos fazer isso juntas, e Sylvie pode deixar sua casa bonita, e aí você vai se sentir melhor. Em relação ao seu marido e tudo o mais. — Entrelaçou o braço no meu ao voltarmos. — Quando Sean foi embora, o pai do Otis, passei meses sentada no apartamento. E aí, roubei Nancy e fiquei com ela e Otis no sofá, enquanto Sylvie esmurrava a porta. Achei que conseguiria bloquear tudo lá fora. Mas acabei tendo que deixá-la entrar.

Não respondi, porque Bobby estava agachada no bueiro da rua, em frente a minha casa. Recolhi tudo e joguei numa lixeira próxima.

— Você já está ficando boa nisso — disse Angela, observando do portão. — Uma verdadeira expert.

Soltei uma bufadela e lhe tirei a garrafa ao passar.

— Pois então, vamos — disse, abrindo a porta.

Passamos o resto da noite bebendo e revirando coisas. Otis descobriu um baú de brinquedos e o explorou, encantado, empurrando trens pela poeira e enfileirando carrinhos; Angela experimentou os vestidos, chapéus e sapatos velhos da minha avó, desfilando nos trajes finos, de taça na mão. Era surpreendentemente bonita, quando não usava aquelas suas roupas desajeitadas. Sylvie desencavou móveis e tecidos, soltando exclamações e tomando notas. Fiquei sentada em uma velha poltrona de couro, lendo cartas de minha mãe para meu pai, enviadas durante a guerra e devolvidas com os pertences dele, quando ele foi morto. Bobby ficou ao meu lado, arfando baixinho. Eu lia com uma das mãos em suas costas, para sentir a subida e a descida de sua respiração. Toda vez que um detalhe me aborrecia ou me inquietava, minha mão deslizava para trás; para cima e para baixo, para cima e para baixo. O pelo dela era quentinho e fofo como a cama de cachorro.

— Certo, está resolvido, vou pedir comida — disse Angela, depois que terminamos o vinho e ela esgotou o conteúdo do baú de Jette.

Abri mão de minhas cartas e as recoloquei em sua pastinha. Sylvie ergueu os olhos, pondo no chão um vaso que estivera examinando.

— Talvez eu tenha que me mudar para cá — disse ela. — É tudo maravilhoso.

Descemos em bando, e Angela pegou o celular para pedir a comida. Pelo jeito familiar com que falou com a pessoa do outro lado e pela natureza específica de seus pedidos, deduzi que não era a primeira vez. Eu não sabia ao certo se gostava de verdade de *curry*.

— Missy — chamou Sylvie, puxando uma cadeira para se sentar comigo à mesa da cozinha. — Você precisa me fazer um enorme favor. Deixe que eu examine tudo que está lá em cima. Eu faço uma triagem completa. Falo para você o que tem valor, trago coisas aqui para baixo, para alegrar os seus cômodos, e jogo fora o que não prestar. Você precisa entender que, para mim, isto é um sonho, é como descobrir os sótãos do castelo Knole... Deixe para lá — prosseguiu, registrando minha expressão intrigada. — A questão é: deixe-me ajudá-la com isto. Por favor.

Levantei-me para pôr a chaleira na chapa de aquecer e refleti. Eu não queria arrumar as coisas lá em cima; não tinha a energia física nem emocional — mas isso seria feito com um esforço mínimo da minha parte. Ademais, ao dar à Sylvie acesso a minha casa, eu me concederia acesso à Sylvie — a sua *joie de vivre*, seu encanto sereno e seu alegre consumo de comidas, livros e pessoas. De muitas maneiras, ela me lembrava Leo. Os dois possuíam uma característica ensolarada que estimulava as pessoas a girarem, e com ambos eu queria estar no periélio, o ponto da órbita em que se fica mais perto. Era um puxão que eu não podia ignorar.

— Tudo bem — respondi.

Ela bateu palmas, extasiada, enquanto eu me ocupava fazendo o chá. Pensar que essas duas mulheres vibrantes e divertidas quisessem passar tempo comigo era algo tão gratificante quanto ganhar de presente a cama de cachorro. Eu nunca tivera amigas de verdade. Disse a mim mesma para não ser ingênua, pois Sylvie tinha um interesse profissional nas minhas coisas e Angela tinha um interesse profissional em que eu cuidasse do seu filho. Mesmo assim, persistia o fato de estarmos ali, comendo *curry* juntas na minha cozinha, com a mesa cheia de pratos descartáveis, enquanto Bobby babava embaixo. Otis e eu dividimos um frango ao creme, de tempero suave, do qual gostei muito, passando o pão indiano no molho e rindo quando ele nos pingava do queixo.

Mesmo quando eles foram embora, com Otis, sonolento, pendurado na mãe feito um coala, e Sylvie prometendo dar uma passada durante a semana, para começar a auditoria, a casa não voltou a seu habitual silêncio esmagador. Depois de limpar as sobras de nosso jantar, enquanto Bobby fazia uma lambança, bebendo água na sua tigela, tornei a subir para dar uma última olhada no sótão, antes que ele passasse a ser domínio de Sylvie. Ao correr os olhos pelas caixas, roupeiros e baús — restos de vidas perdidas: Fa-Fa, Jette, mamãe e papai, Leo e até Alistair e Mel, depois que os dois tinham começado vidas novas em outros lugares —, imaginei poder ouvir o eco de todos em suas coisas: as histórias de Fa-Fa, as pedaladas da Singer de Jette, mamãe entoando suas palavras de ordem, Leo dando risadas na Rádio 4, Ali fazendo vrum-vrumm, na algazarra de seus carrinhos pelo corredor, e Mel tocando violão. Pude ouvir tudo, e isso compôs uma lembrança agridoce, mas que era melhor que nada.

Apaguei a luz e tornei a descer, com Bobby ao lado, trancando a porta ao sair. Quando cheguei a meu quarto, ela se sentou no patamar, me olhando com expectativa. Todas as noites, até então, eu tinha feito uma barricada para retê-la no primeiro andar, e todas as manhãs a havia encontrado, inexplicavelmente, no pé da minha cama. Parecia irascível — e inútil — continuar a barrá-la, diante desse mistério e, bem, dessa determinação inflexível. Assim, abri a porta e falei:

— Entre, então! — E observei sua cauda plumosa entrar balançando no meu quarto.

Como dissera Angela, eu sabia que acabaria tendo que deixá-la entrar.

Capítulo 16

— Não até você se sentar direito. Senta!

Ergui o braço e segurei a tigela no alto, acima da cabeça, enquanto Bobby dava pulos em volta, soltando ganidos e me cutucando com o focinho molhado. Os cachorros são criaturas particularmente efusivas, o que talvez fosse a razão por sempre terem me deixado constrangida. Exibir francamente as próprias emoções, revelar a própria dedicação de maneira tão óbvia, tudo isso me parecia imprudente, como que um convite à rejeição. As expressões e a linguagem corporal de Bobby eram tão vívidas e explícitas que eu havia começado a responder a seus pedidos silenciosos, quase sempre negando. Mas, no correr dos dias, passei a ansiar por nossas "conversas", agradecendo-lhe por me lembrar de trancar a porta dos fundos, dando-lhe uma bronca por não me dizer que sua tigela de água estava quase vazia e rindo dos seus resmungos quando eu a empurrava para fora do sofá. Pensávamos em como estaria o tempo no dia seguinte, decidíamos ir ao parque ou nos dávamos um biscoito. Ela interrompia minha tristeza diante das fotografias e eu lhe falava de Leo. Não podia conversar com mais ninguém sobre ele, mas descobri que com ela podia falar.

Bobby estava fazendo sua rotina do café da manhã quando Sylvie bateu à porta, alguns dias depois. Ao apanhar no capacho um envelope grosso, de cor creme, dei com ela do lado de fora, caderno de notas em punho, vestindo um macacão e com o cabelo preso sob um lenço estilo anos 1940, como uma estudante ansiosa por embarcar em uma experiência científica. Enquanto a cadela comia ruidosamente seus biscoitos, fiz um café para Sylvie e achei que ela gostaria de se acomodar para um papo antes de sairmos para nosso passeio, mas ficou claro que ela estava ansiosa para começar, por isso lhe entreguei as chaves e a deixei por conta própria. Ela passou o dia inteiro lá em cima — de vez em quando, ouvia-se um estrondo, seguido por um "tudo bem!" que descia pela escada. Reapareceu pouco depois de eu voltar do segundo passeio com Bobby, coberta por camadas de sujeira de décadas e com o lenço torto, mas com os olhos brilhando.

— É mesmo maravilhoso! — disse, arriando à mesa da cozinha e pegando uma xícara de chá. — Posso? A sua mãe, sua avó, ou quem quer que fosse, tinha um gosto excelente. Há verdadeiras joias lá em cima. Aquele vaso lindinho que encontrei é de Murano, e há uma escrivaninha divina da Maple & Co. Que aliás vai ficar uma beleza na sua sala de estar. E o que deu em você para deixar um tapete Aubusson lá em cima? É sorte sua ele não ter sido completamente devorado pelas traças.

Aquele tapete tinha sido presente de casamento de uma das tias de Leo, mas eu vivia tropeçando nele e, um dia, tropecei *e* Alistair vomitou nele, e então o enrolei, furiosa, e o escondi. Presente de casamento... Corri o dedo pela correspondência, que continuava na mesa, e Sylvie a espiou, curiosa.

— O que é isso: um convite?

Hesitei. Tinha passado o dia inteiro pensando naquele envelope.

— Melanie, minha filha, vai se casar.

Sylvie agitou-se na cadeira.

— Que legal! Você nem comentou.

— Eu não sabia. Ela e a namorada estão juntas há anos. Na verdade, não sei por que estão se dando ao trabalho.

— Quando é o casamento?

— Daqui a duas semanas. Não sei se eu vou.

Sylvie fixou os olhos em mim.

— Mas não vai... ao casamento da sua filha?

Guardei o leite na geladeira, para fugir do seu olhar.

— Não sei se ela realmente quer que eu vá. Por isso o convite chegou tão em cima da hora. Nós não nos damos muito bem. — O choque da acusação de

Mel, "*você nunca me quis*", ainda reverberava. Era minha litania particular, sempre presente, por mais que eu tentasse ignorá-la. Como poderia ir ao casamento?

— Ela mandou um convite para você.

— Deve ter sido por educação, para eu saber que o evento vai acontecer.

Eu não queria mais falar naquilo, tinha a sensação de que o envelope expunha meus defeitos como mãe. Sylvie intuiu meu mal-estar e mudou de assunto.

— Ando meio preocupada com Angela — disse, tomando um gole de chá.

— Por quê? — perguntei.

Eu não a via desde a noite em que tínhamos pedido comida.

— Na verdade, não sei, é só que ela me parece andar meio desanimada. É difícil para ela criar Otis sozinha.

— Ele costuma ver o pai? — Eu lamentava que Otis não tivesse uma presença masculina em sua vida.

Mel e Ali adoravam Leo, apesar de ele não ter passado tanto tempo por perto, depois que começaram todas as conferências e turnês para divulgação de livros. Mas os dois viviam para os dias em que ele voltava, ele era como um herói, que largava a mala no saguão e se jogava nos abraços dos filhos. As crianças precisam de um pai.

— Não, nunca. Acho que ele voltou uma vez, depois que Otis nasceu, para conhecer o filho. Otis não deve se lembrar, é claro, e talvez seja melhor assim. Mas Angela... Ela sente que falhou, por não ter dado ao menino um pai decente. Acha que deveria ter agido melhor, tido mais juízo. — Sylvie mexeu o chá devagar e lambeu a colher. — Homens, não é? Eles nunca limpam a sujeira.

Pensei no Denzil, com o saquinho de coleta de fezes calçado na mão como um fantoche. Talvez ele fosse a exceção. Era verdade que, durante toda a fase de limpar, catar e gritar, Leo tinha corrido para se esconder no escritório, absorto em sua grande obra. Nem uma única vez saiu para me oferecer ajuda, nem mesmo quando torci o tornozelo no Aubusson, naquele dia, e Ali vomitou. Tive que segurá-lo com um dos braços, chorando de dor, e usar a outra mão para limpar o tapete, e depois capengar até o sótão e largar o desgraçado lá em cima, enquanto as duas crianças gritavam aos prantos no primeiro andar.

Não costumo ser inquisitiva, mas algo em Sylvie inspirava confidências e, assim, atrevi-me a perguntar:

— Você já quis se casar?

Ela riu.

— Não é minha praia. Sou muito feliz como sou, agradando a mim mesma.

Assenti. Sylvie era uma Atalanta moderna, a virgem caçadora, e não precisava de nenhum pomo de ouro para retardá-la.

— Então, conte-me da sua Melanie. Com quem ela vai se casar? Uma moça muito elegante e acadêmica?

— Mais ou menos. — Tornei a pegar o envelope, tirei o convite e o virei nas mãos. Com alguma displicência, Mel havia rabiscado no verso "traga quem você quiser". — Eu não gosto muito de ir sozinha a essas coisas.

Sylvie pôs a xícara na mesa.

— Por que não chama a Angie para ir com você? Ela é ótima em festas. Impossível ficar deslocada com ela por perto.

Empertiguei-me na cadeira, interessada pela ideia.

— Otis poderia ir também, faríamos como um dia de passeio. Cambridge é muito agradável na primavera.

— É uma ótima ideia — disse Sylvie, em tom de aprovação. — Faça isso. — Levantou-se. — Bem, tenho que ir. Foi um dia maravilhoso, que presente! Obrigada.

Quando a acompanhei até a porta de entrada para lhe dar um adeusinho, Bobby postou-se imediatamente entre nós, arfando de animação, como se não tivéssemos acabado de voltar do seu passeio. Era uma oportunista implacável.

— Calma, nós não vamos a lugar nenhum, sua doida.

Fiquei pensando no que faríamos com ela no dia do casamento. Eu poderia pedir à Sylvie que tomasse conta, mas a cachorra tinha um horror arraigado e quase cômico aos gatos. Toda vez que esbarrávamos em um na rua, os pelos dela se eriçavam e ela emitia uma espécie de rosnado estrangulado, como se a simples presença do felino lhe roesse as entranhas. Era uma estranha mescla de agressão e medo, porque, se o gato chiasse de volta, ela se acovardava, encostada em mim, ainda rosnando, mas também tremendo. Era mesmo um bicho patético. Mas, enfim, isso significava que a casa de Sylvie era uma zona proibida para ela, já que sua gata, Aphra, era realmente quem dava as ordens.

Depois que Sylvie saiu, voltei à cozinha e tornei a abrir o envelope, relendo o texto grafado em letra cursiva:

Melanie e Octavia
convidam para sua cerimônia de casamento,
no sábado, 14 de maio de 2016.
Na Newnham College, em Cambridge

O fato de estarem fazendo a cerimônia na minha *alma mater* parecia certa imposição, embora Octavia fosse do corpo docente de lá. Mas elas poderiam ter escolhido Girton, onde Mel estudara, ou Clare, onde lecionava agora. Ou apenas um cartório e um almoço. Fazia décadas que eu não voltava a Newnham, desde um jantar de ex-alunos no início da década de 1990, no qual eu não tinha visto uma só pessoa conhecida e no qual tudo que me perguntavam era sobre meu marido, o famoso dr. Carmichael, cuja nova e cáustica biografia de Disraeli todos pareciam ter lido.

Eu fazia uma ou outra palestra, na época em que trabalhava na biblioteca da universidade, antes de nos mudarmos para Londres. Nada como as grandiosas preleções de Leo, evidente — com estudantes que se deslocavam por quilômetros para absorver cada palavra que ele dizia. Mas minha palestra sobre o Evangelho de Sinope tinha sido muito bem recebida. Depois, eu me "dedicara" a ser dona de casa, abafando as faíscas do meu cérebro com o esfregão. Com o fim desse meu trabalho, todos tinham seguido adiante, sobretudo Leo, com suas conferências e os eventos relacionados aos livros, enquanto eu esperava em casa, de avental, com o jantar no forno.

Não é de se espantar que eu bebesse para esquecer; esquecer que eu havia esquecido, que fora esquecida. Não admira que Mel, que reverenciava o pai carinhoso e ausente, fosse mais crítica a respeito da mãe, intratável e sempre presente, e que tinha um copo na mão com excessiva frequência. Alistair, com sua jovialidade de menino, era alheio a isso, mas, quando eu preparava um gim-tônica para mim na "Hora Mágica" (outra coisa pela qual agradecer a Alicia Stewart), sentia o peso do olhar acusatório da Mel. Ela odiava qualquer fraqueza, já que não tinha nenhuma — tão segura de si e de suas opiniões quanto minha mãe. Nunca mencionava sua sexualidade — a não ser que considerássemos um discurso perfeitamente desnecessário na festa do seu aniversário de trinta anos, como o pobre Leo certamente considerou. Eu sabia, é claro, principalmente depois que a vimos naquela montagem de *Calamity Jane*, mas preferi não abordar o assunto.

Agora, fazia anos que Mel e Octavia viviam juntas, um pecado totalmente sem arrependimentos, e não havia razão alguma para, de uma hora para outra, decidirem se casar. Que idade teria ela agora: cinquenta e seis, cinquenta e sete anos? Ainda assim... As crianças adoravam casamentos. Levamos Ali e Mel ao casamento de Tristan, amigo de Leo, quando eles eram pequenos, e todos dançamos juntos, Ali com meu chapéu e mostrando a língua, ao se sacudir ao som de "Do You Know the Way to San Jose". Lembrei-me de nós quatro de mãos dadas, girando pela pista de dança, ampliando nosso pequeno círculo e depois nos aproximando uns dos outros. Era assim que o *oikos* devia ser — expandindo-se, contraindo-se, mas sempre ligado. Havia ocasiões em que era preciso um casamento para a gente perceber isso.

Poderia ser divertido. Talvez melhorasse as coisas. Pensei nas palavras que havia trocado com Mel, ali, na minha cozinha.

— Algumas coisas é melhor nem dizer — murmurei para Bobby, e ela apoiou a cabeça no meu colo.

Quando Angela veio trazer Otis, na manhã seguinte, para conseguir cumprir um prazo, me enchi de coragem e lhe mostrei o convite. Ela leu o cartão e me olhou, com ar intrigado.

— Octavia?

— Sim — respondi, recusando-me a satisfazer sua curiosidade. — Elas estão juntas há anos.

— Um casamento da elite acadêmica, que elegante! — exclamou. — Claro que vou, e terei a oportunidade de ficar boquiaberta diante de todas as doutoras sabichonas. O Otis pode ir? Isso vai expandir os horizontes limitados dele.

— É claro — respondi, recolocando o cartão no envelope. — Pensei em irmos de trem, e não haveria necessidade de passar a noite lá, já que é muito rápido.

Eu não queria ter nenhuma despesa extra, uma vez que já havia o presente de casamento para levar em conta. Nesse aspecto, porém, Sylvie ergueu-se à altura da ocasião, ou melhor, desceu do sótão, na semana seguinte, com uma fotografia antiga em preto e branco, que pôs diante de mim na mesa da cozinha. Ali estava eu, aos vinte e dois anos, com Melanie bebê no colo e minha mãe envolvendo-nos por trás em um abraço, em frente à casa do parque Jesus Green. Eu estava sorrindo para Mel e Lena sorria para mim. Era a única foto que eu já tinha visto de nós três, e não fazia ideia de que ela existisse, não me recordava nem da ocasião em que fora tirada. Por um instante, fiquei sem fala.

— Achei que você poderia emoldurá-la para ela — disse Sylvie, com delicadeza.

Assenti, engolindo o nó na garganta e tornando a pensar em como era grata por ela estar fazendo aquilo, agindo como uma espécie de intermediária entre mim e o conteúdo emocionalmente carregado daqueles cômodos acima da minha cabeça. Eu não estivera lá desde aquela primeira noite, preferindo deixar Sylvie fazer o trabalho e lidar com os resultados apenas quando ela terminasse. Mas resolvi lhe dar o vaso de Murano quando ela acabasse. Valia a pena abrir mão de certas coisas.

Capítulo 17

— Como é o nome dela?

Minha mãe inclinou-se sobre o berço, o cabelo preto caindo e bloqueando minha visão da bebê. Nossa casinha no Jesus Green era escura, mesmo sob o gélido sol de inverno, e, apesar do fogo na lareira, havia uma friagem no ar. Eu tinha visto um anúncio sobre aquecimento central a gás, dias antes, mas, em 1959, isso parecia um luxo inimaginável, mesmo com um bebê novinho para manter aquecido.

Encolhi os ombros.

— Não sei. Ainda não decidimos. — E em seguida, mal-humorada: — Leo quer chamá-la de Venetia.

Lena estava fazendo gracinhas na bochecha da bebê com um dos dedos, mas, ao ouvir isso, ergueu os olhos, com ar divertido. Era comum minha mãe se divertir com meu marido.

— Inspirado no romance de Disraeli?

Fechei a cara.

— Mãe, é brincadeira dele, é claro. Leo ainda não conseguiu pensar em nada sensato.

— Bem, e você não tem nenhuma ideia?

Desviei o rosto e percebi que estava contendo as lágrimas. De onde vinham? Das rachaduras doloridas em meus mamilos, que vazavam leite em minha blusa, já manchada pelas golfadas de minha bebê. Os olhos dela moveram-se e se fixaram em mim; no mesmo instante, começou a gritaria, incessante e enlouquecedoramente ritmada. Rindo, mamãe se debruçou no berço e a pegou no colo, envolvendo e aninhando minha filha com uma desenvoltura que me era totalmente estranha. Mesmo assim, a gritaria continuou.

— Acho que ela está com fome.

Lena a entregou e eu a segurei, sem jeito, virando-me para afundar na cadeira junto à lareira. O encosto era duro, mas não tínhamos sofá.

Inclinando a cabeça para o espaço em que ele deveria estar, Lena perguntou:

— Você gostaria de alguma coisa da casa de Londres?

Mas não respondi, por estar manobrando aquela bebê que se esganiçava, tentando colocá-la na posição certa, e enfiando aflitivamente meu seio dolorido no buraco escuro e histérico que era sua boca, na esperança de que ela o pegasse. E, no instante em que o fez, esguichei leite e lágrimas com a dor da liberação. Aquilo não se parecia com nada que eu já tivesse sentido: agulhadas horrendas em torno de minhas auréolas, onde um tubarão minúsculo se banqueteava com seus mil dentes em forma de pinça. Ela continuou a mamar com avidez, o leite continuou a sair assim como minhas lágrimas, que deslizavam silenciosas pelo meu rosto, enquanto mamãe nos observava com ar especulativo. Eu queria enxugá-las, mas estava com as mãos ocupadas. Era muito líquido brotando de todos os orifícios, todo aquele sangue perdido escoando, ressecando-me, até que restasse apenas uma casca.

— Já falei para você — perguntou Lena, acomodando-se no chão a meus pés — da mulher que me ensinou a dar de mamar?

Fungando, soltei uma das mãos para enxugar o nariz.

— Ensinou?

Tive visões de uma professora antiquada e pudica apontando para um quadro-negro.

— Sim, claro. Foi mais ou menos uma semana depois do seu nascimento, e eu estava passando por uma fase terrível, com você emagrecendo, e me sentindo completamente infeliz, até que recebi a visita de uma parteira.

— A minha parteira só me dá bronca — resmunguei, me encolhendo. — Fala que eu deveria sair mais.

— Ah, a minha fazia a mesma coisa — retrucou mamãe, em tom animado. — Mas essa foi outra parteira, que eu conhecia de antes. Era francesa. E maravilhosa.

Abri a boca para responder, mas não saiu nenhum som; minha garganta estava seca. Ao ver minha aflição, mamãe levantou-se de um salto e voltou com um copo de água. Levou-o a minha boca e eu bebi, agradecida. Quando terminei, nossos olhares se encontraram por um breve momento e ela apertou um de meus ombros, antes de voltar para seu lugar aos pés da cadeira.

— Onde eu estava? Ah, sim, minha maravilhosa parteira francesa. Bem, ela viu o estado em que eu me encontrava, o quarto sombrio, eu em uma confusão de lençóis e suor e você definhando no berço. E sabe o que ela fez? Me deu uma taça de vinho! Eram onze horas da manhã!

Mamãe jogou a cabeça para trás em uma risada, e eu ri também, apesar de ter esquecido como, e o som que saiu pareceu um espirro, como uma foca.

— Enfim, o vinho foi muito relaxante, e, enquanto eu o bebia, ela abriu as cortinas e fez um arranjo de flores em um vaso na janela, e aí, quando o quarto tinha voltado a ficar iluminado, ela veio se sentar na cama comigo, segurou minha mão, e o que disse foi isto. — Mamãe segurou minha mão e me olhou firme, com ar sério e animado. —Você é uma excelente mãe e está indo muito bem, e, quando eu lhe mostrar como amamentar sua bebê, terá aprendido uma habilidade preciosa, que nem sempre é tão instintiva quanto as pessoas supõem.

Passei a língua em meus lábios rachados.

— E ela lhe mostrou?

Mamãe sorriu.

— Mostrou. Nunca me esqueci como é, e seria uma grande honra mostrar agora para *você*. Posso?

Assenti e ela mudou de posição, até ficar bem juntinho de nós, com o cabelo ondulado fazendo cócegas na minha face, onde as lágrimas corriam.

— Coloque o dedo mindinho na boca da bebê, para que ela solte o seio, até fazermos isto direito.

E, delicadamente, com infinita ternura, ela me mostrou como pôr minha bebê para mamar; como inclinar sua cabeça no ângulo exato; como fazer sua boca envolver o mamilo de baixo para cima. Como insistir na posição certa todas as vezes, porque, se não for correta desde o começo, o bebê sempre sairá da posição. Foi a melhor aula de todas.

E então, de repente, peguei o jeito, e a bebê se grudou em mim, e pela primeira vez não doeu; aquela terrível dor lancinante não veio e tornei a chorar, mas de alívio, pela bendita ausência dela. Mamãe foi dando tapinhas e me animando, e percebi que a guerreira que havia nela era temperada pela enfermeira, e me senti tão grata por isso quanto minha garganta, pela água. Ficamos sentadas juntas naquela cadeira dura, balançando e dando tapinhas, e, quando a bebê me soltou, saciada, virei-me para mamãe e respirei fundo.

— Como era o nome dela?

Surgiu-lhe uma pequena ruga na testa.

— O nome de quem?

Eu estava impaciente, precisava saber.

— Da parteira francesa.

A ruga se desfez.

— Ah! Ela se chamava Mélanie.

Baixei os olhos para a bebê adormecida.

— Melanie — falei, experimentando o nome. A bebê deu um ronquinho.

— Melanie Carmichael — disse mamãe, pensativa.

Refleti.

— Imagino que ela terá que ter Emmeline como nome do meio, não é?

— Melanie Emmeline *Jameson*-Carmichael? — sugeriu Lena, a sufragista.

Dei uma risada, me lembrando de como era a sensação.

— Não sei bem se Leo aprovaria. A não ser que fosse Melanie Emmeline *Venetia*.

Mamãe se levantou e estendeu as mãos para mim, para nós duas.

— Venha. Concordo com a sua parteira. Você precisa sair mais. Vamos levar a Melanie para pegar um pouco de ar fresco.

E, juntas, fomos para o jardim da frente da nossa casinha do parque Jesus Green, para mostrar o sol a minha filha.

Capítulo 18

O sábado amanheceu claro e com o céu límpido, um dia perfeito para um casamento, e me senti bastante contente enquanto vestia o que esperava que fosse uma roupa adequada. Mel era muito discreta e zombaria de mim se eu aparecesse cheia de frufrus, por isso optei por um vestido de crepe azul-marinho (alguma coisa azul), e prendi um dos broches de mamãe — outro achado de Sylvie — na gola. Ao olhar pelo espelho da penteadeira, vi Bobby refletida atrás de mim, com a cabecinha de lado.

— Que tal estou?

Ela se aproximou e pôs uma das patas no meu joelho, deixando pelos de cachorro no tecido.

— Certo, você está merecendo uma boa escovada.

Coloquei na bolsa a fotografia emoldurada e embrulhada, prendi a guia na coleira de Bobby, recém-escovada, e parti para buscar Angela em seu apartamento.

A cadela tinha sido uma questão. Não podíamos deixá-la em casa, porque voltaríamos tarde, e Angela dissera que ela não deveria passar mais de quatro horas sozinha. Eu havia seguido religiosamente essa regra, até um dia desses, quando voltei correndo da loja de departamentos, aonde tinha ido para comprar a moldura da foto de Mel. Tinha me distraído com os brinquedos das crianças e não conseguira resistir à compra de uma lanterninha de Lego do Batman para Arthur e outra para Otis. Cheguei depois das quatro da tarde e constatei que, em seu desespero, Bobby havia urinado no chão da cozinha. Fez uma expressão tão culpada que não consegui ficar irritada, e, além disso, a culpa fora minha, por ter chegado tão tarde. Em vez de limpar tudo imediatamente, fui à "lata de petiscos" dela — apenas um Tupperware cheio de pelotas de ração, perto do fogão — e lhe dei um punhado. Ela devorou as pelotas como se fizesse um mês que não comia. Depois disso, lambeu minha mão, e procurei não me preocupar com os germes.

No fim, liguei para Mel. Quando ela disse à Octavia para baixar o volume da televisão, pude ouvir o "sério?" de Octavia, e senti uma pontada de culpa. As conversas telefônicas breves e formais que tivéramos desde nossa briga tinham sido iniciadas por minha filha.

— Agora eu tenho uma cadela — informei a Melanie, depois de trocarmos os cumprimentos de praxe.

— Ótimo — disse ela. — Faz muito bem.

— Não posso deixá-la em casa no sábado — comecei, mas Mel me interrompeu:

— Venha com ela — sugeriu, de imediato. — Quanto mais, melhor.

— Mas é proibido entrar com cães na faculdade, não é? A menos que sejam cães-guia, e, bem, acho que eu não conseguiria me safar com isso.

— Não se preocupe — retrucou Mel. — Octavia vai obter uma permissão especial do diretor. Pelo menos, é uma fêmea.

Como sempre, eu não soube dizer se ela estava brincando ou não.

— Obrigada.

— Como é o nome dela? — perguntou Mel. — Para os cartões que serão postos na mesa.

— É Bob — respondi, esquecida do novo nome que escolhera.

— Isso não é nome de menina.

— É de *Blackadder*.

Fiquei tensa, à espera do inevitável. Aos trinta e poucos anos, Mel passava boa parte do tempo recitando pequenos trechos dos roteiros, embora eu não me lembrasse de uma única frase, exceto a sua afirmação de que "a sorte vomitou de novo no meu edredom", toda vez que alguma coisa não saía como esperado.

— É um nome engraçado para uma menina, mas é perfeitamente normal para uma cachorrinha agitada — disse ela logo.

— Você sabe que nunca assisti ao seriado — retruquei, rabugenta.

— Então, por que deu a sua cachorra o nome de um dos personagens?

— Não é minha. Só estou cuidando dela para uma pessoa e... É uma longa história.

— Bem, pois traga-a com você e, no sábado, você me conta a história. E você tem outros dois convidados, não é, da espécie humana?

— Sim, tenho — respondi. — Já lhe passei os nomes... Não tem problema, não é?

— Claro que não — confirmou Mel. — É legal que você tenha a companhia de amigos. Eu estava preocupada...

— Então, até sábado — retruquei depressa, e desliguei, incapaz de suportar a solidariedade dela, que se transformaria, inevitavelmente, em algum tipo de censura.

E assim, ali estávamos nós, a velhota chata, a mãe solteira, o super-herói e a vira-lata adotada, a caminho do casamento de minha filha com sua namorada. Acho que formávamos um grupo curioso, ao descer do ônibus na estação do parque Finsbury. Otis estava vestido de Homem de Ferro, Angela insistira em amarrar um laço de veludo branco no pescoço de Bobby, "em homenagem às sufragistas", e ela própria vestia um extraordinário macacão preto cheio de lantejoulas, que não me parecia de todo adequado para o evento. Para começar, ela tiritava como um galgo.

No trem, Angela abriu a bolsa volumosa e, no estilo Mary Poppins, foi retirando uma série de brinquedos enormes, inclusive um estacionamento de automóveis de plástico, para entreter Otis, que ignorou tudo, em favor dos dois rolos de papelão de papel higiênico que havia prendido um no outro, para criar um par de binóculos. Passou a viagem inteira olhando pela janela, enquanto chacoalhávamos para fora de Londres, em direção aos Fens. De vez em quando, fazia um comentário sobre a paisagem — "Ovelhas! Bois! Tapete amarelo!" —, enquanto Angela revirava os olhos e resmungava "A gente pode tirar o menino de Londres..." e brincava de desenhar na Tela Mágica do filho.

Bobby enroscou-se no corredor do vagão e dava pulos, profundamente ofendida, toda vez que um passageiro tentava passar, e me resignei a pensar que o dia ficaria entre níveis variáveis de tensão e aflição. Pelo menos, era uma viagem relativamente curta e apreciamos as paisagens, embaladas pelo chacoalhar ritmado do vagão.

Chegamos cedo a Cambridge e entramos na fila para esperar um táxi que nos levasse à faculdade. Infelizmente, tivemos de aguardar um motorista que aceitasse levar Bobby no carro. Vários negaram com um gesto de cabeça e fizeram sinal para a pessoa seguinte na fila. O tempo começou a ficar apertado, Angela estava toda arrepiada, já que Cambridge é sempre um ou dois graus mais fria que Londres, e Otis começava a se entediar, pendurando-se no braço da mãe e resmungando que tinha deixado os "noclos" no trem. Quanto a mim, comecei a desejar ter deixado Bobby em casa; podia ter posto jornal no piso da cozinha.

Por fim, um táxi parou diante de nós, o motorista idoso inclinou-se e gritou pela janela aberta, com um sotaque do Leste Europeu:

— Vocês têm cachorro! Adoro cachorros!

Todos entramos, eu no banco da frente, Otis no colo de Angela, atrás, e Bobby arfando no chão, ao lado deles.

Durante o angustiante para-e-anda até a Newnham, soubemos que a família de Jakub criava galgos na Polônia e que ele sentia saudade dos cachorros todos os dias. Ao longo do trajeto, se inclinou várias vezes para trás para afagar as orelhas de Bobby, me fazendo temer que não estivesse prestando atenção à estrada.

Paisagens conhecidas foram passando, enquanto Jakub avançava lentamente pelo trânsito pesado, descrevendo a intratabilidade da dita raça de cães. O Jardim Botânico, a reserva natural Sheep's Green — lugares em que eu tinha feito piqueniques e passeado quando estudante —, o lânguido rio Cam, já com uma porção de barqueiros; o vilarejo de Newnham e, de repente, subimos em velocidade pela avenida Sidgwick, e pude ver as elegantes construções de tijolos vermelhos enfileiradas à minha esquerda. Dei um tapinha no braço de Jakub e ele freou, cantando os pneus e nos catapultando todos para a frente, dentro do carro. Parecia ter gostado tanto de Bobby que pensei em lhe pedir para passear com ela pela cidade durante o dia. Mas agora ela estava na lista de convidados.

A cerimônia estava marcada para começar dali a cinco minutos, mas a guarita do porteiro não era onde eu havia pensado e, quando enfim a encontramos, tivemos de transpor uma série de corredores e becos sem saída. Nada ficava onde era antes e comecei a entrar em pânico. Por que não conseguia me lembrar? Por fim, uma estudante aproximou-se e perguntou se estávamos perdidos. Tive vontade de dizer "Eu estava aqui primeiro; este lugar é mais meu do que seu", mas já não era verdade: Cambridge nos engolia, consumia e depois cuspia, a fim de abrir espaço para novos sabores. A essa altura, estávamos atrasados, correndo, arrastando um Otis que resmungava, com a bolsa enorme de Angela tilintando ao bater em seu quadril. Bobby, radiante por adotar um passo mais rápido, irrompeu em um trote célere e, ao nos aproximarmos de nosso destino, ouvindo os sons melodiosos de um cantor de jazz, abaixou subitamente a cabeça, soltou-se da coleira e, na alegria de se livrar dos grilhões, disparou para a porta entreaberta e a escancarou, antes que alguém pudesse detê-la. Angela e eu nos entreolhamos, horrorizadas, e corremos atrás. Irrompemos as três pelo salão, suadas e esbaforidas, e esquadrinhei o local em busca de minha cadela errante. A música fez uma pausa abrupta e os ocupantes das cadeiras viraram-se ao mesmo tempo para nós, enquanto Bobby arremetia entre eles na direção de Melanie e Octavia, que estavam lado a lado na extremidade oposta. Quando Bobby aproximou-se de minha filha, as patas batendo no assoalho, Mel curvou-se, calmamente, segurou-a pelo cangote, desfez o laço de fita branco e tornou a amarrá-lo como uma coleira improvisada. Octavia acenou para mim. Perguntei-me se Melanie teria lhe contado sobre nossa briga. Avancei aos tropeços e tornei a prender Bobby na coleira.

— Bem na hora — disse Mel, entregando-me a fita. — Essa deve ser a Bob.

— Mil desculpas — murmurei, vermelha de vergonha. — Continuem, por favor.

Recuei pelo corredor central, arrastando uma Bobby relutante, e me aproximei de Angela, que ofegava de tanto rir, com a cabeça entre as mãos.

Afundando na cadeira a seu lado, dei um puxão em Bobby para colocá-la embaixo do meu assento, enquanto a música recomeçava e Mel e Octavia davam-se as mãos. O celebrante estava em frente a elas, de casaca, vagamente reconhecível — um ator, talvez. Mel me dissera que tinham oficializado no cartório, na véspera, e que essa parte era apenas para os amigos. Ao menos Bobby tinha contribuído para o espetáculo. Fui inspirando e expirando bem lentamente, para me acalmar.

— Por que são duas moças? — perguntou Otis, bem alto.

Angela tapou-lhe a boca com a mão.

— Pelo amor de Deus — disse ela baixinho —, você é de Stoke Newington! Se liga!

Quando o ator deu início a um pequeno discurso, para nos apresentar uns aos outros, eu me desliguei, deixando os olhos vagarem de novo, recordando os seminários e concertos a que havia comparecido ali, sessenta anos antes.

Ao menos aquele lugar continuava o mesmo, e a familiaridade tranquilizava. Melanie usava um vestido longo creme, e seu cabelo estava preso em um coque. Era parecida comigo, embora, é claro, em uma versão mais jovem, um dos motivos que me deixava desconfortável, como se eu fosse a versão arcaica e estragada. Octavia, mais baixa e mais cheinha, vestia um terninho de veludo cor de malva e a todo momento se virava e fazia caretas para seus amigos nas primeiras fileiras, que pareciam já estar atacando o vinho. Senti minha mão coçar por uma taça.

Várias pessoas levantaram-se para discursar e, no mesmo instante, foi como se voltássemos à Falcon Yard, na festa da *St. Botolph*. Quando o amor está envolvido, todo mundo se torna poeta. Foi excruciante — uma das mulheres chegou a ficar de olhos fechados durante toda a fala. Vi os ombros de Angela tornarem a sacudir. Bobby dava bocejos escancarados. Otis estava embaixo da cadeira da mãe, brincando com o estacionamento de plástico. Em seguida, o ator disse "e agora, vamos cantar", e se sentou ao piano com um floreio. Reconheci mais ou menos a melodia, era uma música popular. Alguém à nossa frente virou-se e nos entregou um papel com a letra impressa, e, enquanto as palavras se cristalizavam diante de mim, o grupinho à nossa volta levantou-se e começou a cantarolar, a princípio timidamente, e depois, quando mais vozes se juntaram, com maior confiança e clareza. Quando entrou o refrão, de repente me lembrei da música, que Mel costumava cantar em seu quarto quando adolescente, tocando violão, com a torrada feita por mim intacta na cama, a seu lado. A lembrança me despertou e me vi cantando com o restante das pessoas, sem necessidade da folha de papel que segurava:

"*Todo dia preciso dizer que te amo.*"

Melanie e Octavia sorriam uma para a outra ao cantar, Angela soltava a voz a meu lado e Otis dava sua contribuição ocasional, de baixo da cadeira. Até Bobby foi respirando no ritmo, com os olhos castanhos fitando os meus.

"*Eu te amo.*"

Será que ela disse ou eu imaginei? Leo nunca dissera. Nunca telefonou para dizê-lo, nem falava antes de sair de casa todo dia, nunca falou na cama, nem sequer o escreveu em latim para que eu traduzisse. E, como ele nunca falou, achei que também não deveria. Será que deveríamos ter falado? Isso teria feito alguma diferença? Certas coisas era melhor nem dizer, em especial entre Mel e eu. Mas, do jeito que ela e Octavia se olhavam, não parecia haver qualquer coisa não dita entre as duas. Já eu havia passado quase toda a vida sem dizer as coisas que queria. *Amo você. Pare. Não. Foi um erro. Não vá, por favor. Não quero fazer isso. Gostaria de não ter... Eu não sabia que outra coisa fazer. Eu te amo.* Por que eu havia guardado tudo? Talvez Bobby é que estivesse certa, afinal.

Segurando as lágrimas, dei uma sacudida em mim mesma quando a música terminou e os convidados voltaram a se sentar. Mel e Octavia trocaram alianças, fizeram seus votos e acabou-se a história. Surgiram duas garçonetes com bandejas e todos avançaram para pegar uma bebida. Todos nos misturamos e fiquei grata por ter levado Angela e Otis, e até Bobby, para não precisar ficar em um canto, bebendo depressa demais, por não haver outra coisa a fazer. Com eles por perto, pude sorrir para as pessoas que passavam e até trocar uma ou outra palavra. Vários convidados se curvaram para falar com Bobby, que, naturalmente, deleitou-se com a atenção e surrupiou vários canapés, encantando todo mundo.

Por fim, fui dar parabéns a minha filha e sua esposa. Mel virou-se quando me aproximei, e ambas nos olhamos, cautelosas. Era nosso primeiro encontro desde aquelas palavras terríveis na minha cozinha — ela não havia aparecido nem no Natal anterior, quando Ali e Arthur foram me visitar, alegando planos com amigos do norte. Mel e Ali nunca tinham sido particularmente unidos, de qualquer modo, e a afeição distante que ela nutria por Arthur parecia restringir-se a cartões ou vale-presentes em ocasiões especiais. Teria eu passado adiante minha frieza e, por isso, privado Arthur de sua tia?

— Obrigada por ter vindo — disse ela, quando dei um hesitante passo à frente para beijar seu rosto.

— Foi um encanto de cerimônia. Desculpe pela Bobby. — Apontei para minha cadela, que devorava uma salsicha do coquetel.

Ao ouvir seu nome, ela olhou para cima e balançou o rabo.

— Não tem problema — disse Octavia. — Foi uma distração. Ela é linda. Está com ela há muito tempo?

— Só umas semanas. Ainda estamos nos conhecendo — respondi.

Bobby tossiu, com a salsicha presa na garganta, e sua tosse rouca de pedinte ecoou em meio ao alvoroço. Pensei em lhe dar um pontapé.

— Eu adoro cachorros — disse Octavia.

— Eu também — concordou Mel. — Mas você nunca foi chegada, se bem me lembro, não é?

Olhou-me com ar curioso e senti que enrubescia de novo.

— Estou cuidando dela como um favor para uma amiga.

Dei um tapinha falsamente afetuoso em Bobby e, ao mesmo tempo, um puxão na guia, quando ela se esticou para uma garçonete que passava.

— Bom, ela é muito bem-vinda — disse Mel. — Vamos jantar no salão de festas, mais tarde, e ela tem um espacinho para se sentar do seu lado. Só tente evitar que ela fuja de novo.

— Obrigada. Vou ficar atenta — respondi, pensando em como Bobby se portaria diante de toda aquela comida.

Voltei na direção de Angela, que segurava uma taça de champanhe e palitava os dentes.

— Estou me divertindo muito — anunciou, pegando um enroladinho de linguiça. — Aquele cara que fez a cerimônia é da série *Midsomer Murders*, sabe todas as fofocas. E aquela mulher ali faz documentários para a BBC 2. E acabei de entreouvir duas pessoas citando Chaucer uma para a outra. O QI coletivo deste salão deve estar na estratosfera.

Dei uma espiada em volta.

— Onde está Otis?

— Uma professora o levou à biblioteca, disse que ia mostrar uma escada secreta para ele — respondeu Angela, esvaziando a taça. — Venha, vamos ver os famosos jardins.

Cruzamos as portas francesas do extremo oposto e saímos em um pequeno gramado.

— Que bosta — comentou Angela, olhando em volta e franzindo o nariz. — Pensei que eles fossem muito maiores.

Sem dizer uma palavra, levei-a mais adiante, até sairmos nas terras vastas e encantadoras da Newnham College. Circulamos por elas devagar, os pés fazendo estalar as trilhas de cascalho, e admiramos o roseiral, o pomar de macieiras, o campo de flores silvestres, os canteiros rigorosamente podados, tudo em contraste com o tom âmbar queimado das construções estilo Queen Anne e banhado pelo sol de fim de primavera. Angela afundou em um balanço de madeira, fitando o imenso carvalho que dominava o gramado principal. Bobby arriou na grama e meneou o corpo, deitada de costas, agitando alegremente as patas.

— É, já isto aqui não é nada mau — disse Angela, me olhando de relance. — Deve ter sido difícil achar um lugar bom para morar, depois disso tudo. Até a sua casa é uma espelunca, em comparação.

Estreitei os olhos para as janelas cintilantes do Peile Hall.

— Os quartos do alojamento não são lá essa coisa toda, ou não eram na minha época, pelo menos. Frios. Sem qualquer facilidade. Eram meio que um mausoléu.

Angela sorriu:

— Então, foi aqui que você conheceu seu marido? — perguntou, fazendo desenhos com os pés nos seixos. Estava de sandálias anabela, em vez das botas de praxe.

— Não. Newnham é uma faculdade só para mulheres. Leo frequentou a King's College — respondi, afastando-me dela e voltando para o grupo da festa de casamento, que agora circulava pelo terreno, tirando fotos.

Otis veio correndo de um dos edifícios. Disparou para mim e eu o peguei no colo, sorrindo para ele, que retribuía o gesto com um sorriso radiante.

— Eu vi uma sala secreta! — contou. — Era meio parecida com o seu sótão, mas com livros. Olhei alguns deles, eram bem chatos.

— Não acho que a *República* de Platão seja a praia dele — disse a mulher que o seguia. Parecia exausta.

— Não — concordei. — Ele está mais para *Boa noite, lua*.

Levei Otis de volta para sua mãe, já absorta na conversa com uma mulher baixa que, de perfil, parecia ter quase a mesma idade que eu. Ao nos aproximarmos, ela se virou e levei um susto. Os anos retrocederam e voltei a ser a estudante sem graça, ouvindo através da parede a risada melódica e o tintim dos copos e o som do gramofone, e contemplando uma garota encostada em um rapaz sob as estrelas. *Odi et amo*. Era Alicia Stewart.

Capítulo 19

Alicia envelhecera bem: cabelo ainda dourado, se bem que salpicado de grisalho, olhos daquele assombroso tom cerúleo, se bem que agora atrás de óculos de armação fininha, prateada. A delicada rede de rugas de seu rosto acrescentava um traço marcante a sua beleza frágil.

— Esta é a dra. Hargreave — informou Angela. — Ela disse que estudou na Newnham na década de 1950. Achei que talvez vocês se conhecessem.

— Sim — respondi. — Talvez.

Inúmeras vezes eu havia refletido sobre Alicia Stewart e seu encanto à la Marilyn, embora não tivesse posto os olhos nela em quase cinquenta anos. O começo é a parte mais importante do trabalho, e Leo e eu não tivéramos o melhor deles, com aquele espectro platinado pairando no ar. E se ela nunca houvesse conhecido o visconde? Teriam ela e Leo deslizado graciosamente para o altar, teria Alice criado os filhos dele, arrumado a bagunça e feito o papel de esposa dedicada? Foi o coração dela que sussurrou de volta para ele?

Eu havia topado com ela uma vez, em Londres, ali pelo final dos anos 1960. Estava fazendo umas compras na rua Oxford, ela saiu de uma loja e ambas fizemos sinal para o mesmo táxi. Só o chamei porque queria fugir, mas, quando o viu, Alicia o quis e acenou e, naturalmente, o motorista parou para ela. Ao me ver, ela deixou o braço cair, sorriu e disse:

— Milly Jameson! Que engraçado ver você por aqui.

Segurei minhas sacolas diante do corpo e retruquei:

— É Milly Carmichael, agora.

Alicia pareceu confusa por um segundo, mas então sua expressão desanuviou-se:

— É claro! Leo! Que amor de homem, que encanto!

Eu pensara comigo mesma: ela nem se lembra do que aconteceu. Significou muito pouco para ela, mas para mim, e também para Leo, eu temia, o breve relacionamento dos dois provocara um eco que ainda reverberava, como um gramofone enguiçado. Assim, eu pegara o táxi e não dera gorjeta ao motorista ao ser deixada por ele na porta de meu casarão, aquele que eu dividia com Leo e nossos filhos, e nunca mais a vira, até esse momento nos jardins da Newnham, quando, sem querer, Angela nos apresentou e nós nos encaramos, ambas procurando os vestígios das moças que tínhamos sido.

Ela estendeu a mão, tão cheia de veias azuladas quanto as minhas, e eu a apertei:

— Milly Jameson — disse ela, e, dessa vez, não a corrigi.

— Por que você está aqui? — perguntei, mas depois me corrigi. — Digo, de onde você conhece a Melanie?

— Não a conheço, não de verdade — respondeu Alicia. — Mas fui orientadora de Octavia quando ela estudou na Clare e continuamos amigas. Estou muito contente por elas, as duas formam um casal maravilhoso.

Pensar em Alicia — a encantadora Alicia, caindo de bêbada nas festas — como docente de Cambridge era desconcertante. Eu imaginara que ela tinha se casado com o visconde, ou com algum outro membro da aristocracia, e que sua vida tinha sido uma sucessão de *soirées* estonteantes. No entanto, ali estava ela... Uma acadêmica. Sentindo o chão tremer sob meus pés e com Bobby puxando a guia, dei uma desculpa sobre ela precisar dar uma volta e me afastei, para pôr as ideias em ordem. Arriando em um banco, assim que fiquei fora do seu campo visual, pressionei as têmporas e tentei me concentrar, e então senti Bobby lamber minha mão.

— Era uma pessoa que eu conhecia — resmunguei. — Alguém de quem eu não gostava muito.

Bobby pôs a cabeça no meu colo e soltou um rosnado experimental.

Dei uma risada débil e fiz carinho em seu pelo.

— Não é necessário, obrigada.

Volta e meia, Alistair tentava me fazer entrar nesses sites de "redes sociais" em que as pessoas publicam fotos delas mesmas — dizia que era uma boa maneira de eu manter contato com antigos amigos, saber o que todos andavam fazendo. Mas olhei algumas páginas que ele me mostrou, e eram pavorosas, uma sala virtual cheia de gente contando vantagem e concordando, enfurecida, com as opiniões políticas de cada um. As pessoas da minha idade confiavam em cartões e cartas para se manterem informadas, embora, na realidade, é claro que nunca nos importássemos de fato, exceto no Natal. Suponho que aquelas antigas circulares hediondas fossem o nosso equivalente — uma exibição para as massas, na esperança de alguém se interessar ou se impressionar.

Por isso, eu realmente não fazia ideia de como tinha sido a vida de meus contemporâneos. Presumia que muitos houvessem enveredado por carreiras ilustres — Cambridge é assim e, às vezes, era melhor não saber, já que poderíamos nos sentir medíocres ao descobrir que fulano ganhou o Booker Prize ou recebeu a comenda da Ordem do Império Britânico. Mas eu também não ficara ciente dos detalhes pessoais — quem se casou com quem, se tiveram filhos, onde passavam as férias, se ficavam doentes. Todas aquelas mulheres com quem eu havia morado durante anos, compartilhando banheiros, cozinhando, estudando juntas na bolha de Cambridge, até que um tiro fora disparado e todas nós havíamos dispersado. Envergonhei-me, e não pela primeira vez, de meu interesse limitado no mundo externo — em pessoas que não fossem Leo. Eu deveria ter sabido de Alicia. Isso haveria me poupado a dor de tantas suposições amarguradas. Sempre achei que a única razão de ela não ter desejado Leo fora o fato de estar atrás de um título de nobreza. Mas, pelo visto, dra. Hargreave tinha sido o único título pelo qual ela se interessara.

O fotógrafo me deu um tapinha no ombro, tirando-me do meu devaneio, e estampei meu melhor sorriso de mãe da noiva, embora devesse estar com uma aparência abalada e distraída, segurando frouxamente a guia de Bobby. Feitas as fotografias, fomos chamados ao salão de festas da faculdade para o jantar. Ele era exatamente como eu recordava: a lateral voltada para os jardins recortada por imensas janelas brancas de mainel, as requintadas sancas brancas em relevo nas paredes e, numa das extremidades, dominando tudo, enormes retratos a óleo das mais ilustres celebridades de Newnham — outras pessoas que haviam realizado muito mais que eu.

Durante todo o jantar, pude ver Alicia à mesa, um pouco mais adiante, em conversa animada, comendo e bebendo fartamente. Havia uma certa expressão nas mulheres da Newnham — Leo a chamava de olhar rascante, o que era apropriado, já que era como nos referimos a determinados vinhos, e Alicia adorava vinhos. Ela tinha esse olhar, e creio que eu também, apesar de sermos de cepas muito diferentes. Essa afinidade me deixou inquieta, era algo que não desejava sentir. Mas, após várias taças de vinho, comecei a me lembrar de coisas em que fazia décadas que não pensava — a noite em que pulamos a janela para os jardins, para andar descalças na grama molhada, dividindo uma garrafa furtada de uísque Black & White e nos acabando de rir de como tínhamos conseguido a garrafa; o hábito de Alicia de fingir que punha a cabeça na forca, toda vez que víamos a inspetora soturna da Newnham verificando os corredores; seu jeito de girar o pulso ao passar casca de limão na borda do copo de martíni. Essas lembranças borbulharam até a superfície, à medida que o *entheos* se impôs, enquanto a antiga animosidade mergulhava nas profundezas.

Tirando os sapatos e usando o pé para afagar Bobby embaixo da mesa, fiquei observando minha nêmesis.

— É só uma velha amiga — murmurei, dando a Bobby um pedacinho de carne.

Ela se empinou nas patas traseiras para abocanhá-lo da minha mão.

Como que sentindo meu olhar, Alicia correu os olhos pela mesa até eles encontrarem os meus. Inclinou a cabeça e ergueu a taça e, após um segundo de hesitação, levantou-se e veio falar comigo.

— Fiquei pensando... Você gostaria de ver nossos antigos quartos?

Percorremos juntas o corredor comprido, Bobby trotando nos meus calcanhares.

— Faz anos que moro em Cambridge e nunca voltei lá — explicou Alicia. — Quer dizer, voltei para reuniões e para as palestras eventuais, e não sei mais o quê, mas nunca retornei ao Peile. Cedric, meu marido, e eu lecionamos na Clare e... bem, não houve nenhuma razão para voltar. Mas ver você me trouxe lembranças. É possível que não tenha ninguém lá, mas não custa nada tentar.

Assim, batemos à porta do quarto de Alicia e ninguém veio atender. Em seguida, batemos à porta do meu e ela foi aberta por uma aluna que se intrigou ao ver duas senhoras idosas fazendo uma visita, mas teve espírito esportivo para nos deixar entrar e até se retirou para o Diretório Estudantil enquanto ficávamos à porta, olhando em volta.

Estava em melhores condições do que quando morávamos lá, mas tinha semelhanças suficientes para acender uma chama de saudade — as janelas estreitas e altas por onde os rapazes costumavam pular, depois do toque de recolher, o estrado rangente da cama estreita, a escrivaninha arranhada, o cheiro de lustra-móveis e dos eternos livros "chatos". Dias e noites passados naquele quarto, tiritando de frio e lendo embaixo do cobertor, e ficando acordada olhando as árvores, e pendurando um vestido rasgado no armário. Aquele período fugaz e explosivo tinha sido tão intenso que uma vida inteira de experiências formadoras parecia espremer-se naquele quarto. Mesmo depois de tantos anos, ele ainda tinha gostinho de casa.

Ficamos ali por um tempo, olhando, absorvendo tudo, e então Alicia, olhando para a frente, disse:

— Lamentei muito ao saber sobre Leo. Um homem encantador. Realmente brilhante.

— Sim.

Não conseguia mais olhar e, por isso, dei meia-volta e saí andando pelo corredor. Alicia fechou a porta, indo atrás de mim. Quando me alcançou, saiu cantando:

"Sr. Barman, traga-me um drinque do bar,
Faça-o tão forte que eu não possa pensar,
Se a dose for dupla, trará uma alegria sem par,
E que continuem vindo, até a noite acabar."

Encerrou com a risada demoníaca de que eu me lembrava tão bem, e me peguei dando gargalhadas.

—Você sempre foi uma péssima cantora — comentei. — Realmente terrível.

—Você sempre foi uma péssima bebedora — retrucou. — Nunca conseguiu aguentar.

— Não — respondi, lentamente. — Nunca conseguia acompanhá-la. Disse que você e seu marido lecionam na Clare?

— Sim. Ele é matemático. Incrivelmente inteligente, nada parecido comigo. — Tornou a rir. — Mas agora estamos aposentados, os dois. Vadiando por Cambridge como uma dupla de velhos caretas.

— Quer dizer que você não se casou com o visconde — refleti, tanto para mim mesma quanto para ela.

Alicia me olhou, confusa.

— O visconde? Que visconde? Não me lembro. E você? Fez bom uso daquele seu diploma brilhante? Imaginei que, a esta altura, você seria professora universitária.

Calei-me por um segundo, deixando a outra vida desenrolar-se. Alicia de viscondessa, eu de acadêmica ilustre.

— Não exatamente. Os filhos atrapalharam os planos.

Alicia riu.

— Acontece. Filhos exigem um outro tipo de rigor mental. Chegamos.

Estávamos de volta ao salão. As mesas tinham sido encostadas nas paredes e as pessoas haviam começado a dançar. Angela saltitava energicamente com Otis e fez sinal para que eu me aproximasse.

—Venha dançar!

Foi o que fiz. Girei pelo salão, dançando e conversando, muito descontraída, para variar. Tudo fora descosturado e refeito, e os desenhos estavam mais nítidos, com os fios dessa vez se entrelaçando como deviam. De vez em quando, meus olhos pousavam em Alicia, sentada a uma mesa com um senhor idoso que devia ser seu marido, Cedric, o matemático. Ambos inclinavam a cabeça constantemente, para escutarem o que o outro dizia em meio à música. Dois velhos caretas, como deveríamos ter sido Leo e eu.

Angela, Otis e eu demos as mãos e rodopiamos pelo salão, enquanto Bobby, amarrada ao pé de uma mesa, esperava pacientemente, desfrutando de uma ou outra sobra de um convidado solidário. Depois, fui me sentar com a cachorra, enquanto Angela e Otis dançavam juntos. Bebemos mais, comemos petiscos de queijo e meu coque se desfez, e Otis disse que eu estava parecendo uma bruxa, por isso curvei os dedos em forma de garras, tirei uma varinha da bolsa da Angela e fingi lançar feitiços, e ele saiu correndo, morrendo de rir. Quando enfim nos retiramos da festa, corados, desarrumados e dando risadas, eram quase dez horas.

Uma amiga de Mel chamou um táxi (que levava cachorros) para nós, enquanto Otis se deitava no colo da mãe, exausto. Quando eu ia vestindo o casaco e juntando minhas coisas, Melanie apareceu, com Octavia logo atrás.

— Abri seu presente — disse Mel, em um impulso, soando atipicamente constrangida. — É lindo. Eu não fazia ideia. Onde você conseguiu?

— No sótão — respondi, contente. Era raro Mel expressar aprovação, muito menos a mim. — Minha amiga Sylvie vem fazendo uma triagem das coisas.

— Bem, é lindo. Obrigada. E obrigada por vir e trazer seus amigos. É bom ver você. — Estendeu as mãos e segurou as minhas com força, aquietando-lhes o tremor.

Nossas palavras anteriores ainda ecoavam, mas tive a impressão de estarem um pouco mais fracas.

— É bom ver você também. — Fiz uma pausa, sem saber ao certo como falar. — Eu gostaria que seu pai pudesse estar aqui. Ele teria ficado... muito orgulhoso.

Ela assentiu com a cabeça, os olhos brilhando.

— O discurso teria sido épico.

Sorri e soltei a cadela da mesa.

— Fico feliz por ter vindo. Sinto muito se Bobby quase foi um impedimento legal.

As duas riram.

— Você parece... diferente — disse Mel. — Melhor.

— Sim — confirmei. — Estou melhor. Um pouco, pelo menos.

Sua boca tornou a se abrir, mas eu ainda não estava pronta, por isso balancei a cabeça e ela parou. Em vez de falar, deu um passo à frente e me abraçou, meio sem jeito.

— Vou visitar você — sussurrou em meu ouvido. — Em breve. Principalmente para ver Bobby, é claro. Gostaria de conhecer melhor minha nova irmã.

— Eu também gostaria disso.

Angela, carregando Otis, avisou que o táxi tinha chegado, e nos dirigimos à porta. Antes de sairmos, observei uma última vez o salão e captei o olhar penetrante de Alicia. Ela ergueu uma das mãos, em um aceno de despedida; meneei a cabeça e fomos andando, cruzando o corredor e saindo para a avenida Sidgwick e para a noite.

Capítulo 20

Melanie. Do grego *μελανία*, que significa "negrume". Eu tivera uma gravidez tranquila — jovem, saudável e apaixonada, estava indo de vento em popa. Sempre muito afiada, de corpo e mente, fui arredondada pela gravidez, que aparou minhas arestas e me inundou de serenidade. Durante aquele verão, o sol brilhou e os dias foram longos e cheios de expectativas.

Tudo mudou com o parto.

Ninguém me avisara de como seria terrível. No início Leo estava no quarto conosco, mas se retirou rapidamente, ao ver todo aquele corpo arfante, as parteiras me segurando na cama, enquanto eu me contorcia e me empinava, o cabelo molhado de suor, colado no rosto. Pude ver em seus olhos quando ele voltou para conhecer a filha. Ele fez festa e aconchegou seu "ouricinho", depois me olhou e me deu a impressão de estar pensando "que escândalo ela fez". Eu fora reprovada em uma prova importante; Leo havia esperado um primeiro lugar com louvor, mas tudo que eu tinha conseguido fora um magro segundo lugar. Ele me deu o anel da Afeição, roubado pelos ladrões. As pedras preciosas soletravam a palavra *Regard*, estima, afeição, em inglês — Rubi, Esmeralda, Granada, Ametista, Rubi e Diamante. O anel veio com um dos bilhetes de Leo em latim: "*Sicut mater, ita et filia eius*" — tal como a mãe, assim também é a filha. Aquilo me abateu. Afeição, não amor. E "*sicut mater*" não me soou como um elogio.

Desde o primeiro segundo em que esteve no mundo, Mel se mostrou raivosa — uma fúria diminuta de punhos agitados, cuja boca se contorcia constantemente em um grito. Não havia o que eu pudesse fazer para aplacá-la; ela sugava o sangue de meus mamilos rachados (mesmo depois de eu seguir os conselhos de mamãe), me dava socos enquanto eu a balançava, e me encarava com seus olhos escuros de tubarão quando eu trocava suas fraldas. Estava sempre irritada, uma cruz que eu tinha de carregar.

Não era isso que eu havia imaginado, arrumando nossa casinha, nos preparativos para a maternidade. Eu achava que continuaria fazendo as mesmas coisas que já costumava fazer — dar uma volta pelo centro da cidade, visitar um museu, uma paradinha para beber alguma coisa em um café —, só que com uma trouxinha no colo. Mas não podia levá-la a parte alguma, por causa da gritaria dela e dos olhares de reprovação dos outros. Em vez disso, perambulava exausta por parques desertos, sob a forte chuva de vento daquele inverno interminável, tentando ignorar os guinchos horripilantes que vinham do carrinho.

Durante a gestação, eu havia desabrochado — e agora murchava, capengando pelos dias e meses e desejando que minha vida e a dela acabassem. Hoje em dia, tenho certeza de que teria havido algum tipo de diagnóstico, com a prescrição dos medicamentos e da terapia necessários. Naquela época, era diferente. Mas, quando meu médico sugeriu uma nova pílula para evitar a gravidez, tive vontade de abraçá-lo, tamanho era o meu pavor de passar por tudo aquilo de novo. Leo, que adorava Mel e não precisava cuidar dela, começou a me procurar tão logo ela deu os primeiros passos, e eu concordei, por não ter mencionado nada da pílula e por pensar que poderia apenas me fingir tão surpresa quanto ele quando nada acontecesse.

Infelizmente, passei a tomá-la de forma meio descuidada, confiando demais na capacidade dela de me manter em meu bendito estado de esterilidade. E me distraí por causa da carta de mamãe anunciando sua doença, de modo que não reconheci os sinais. Sempre fui ruim em matéria de reconhecer sinais. Só me sentia muito cansada. Depois, levei Melanie a Londres para visitar mamãe e, por algumas semanas, fiquei tomada pelos afazeres da morte, cuidando e limpando e arrumando, mesmo quando Sibby estava lá para ajudar. Depois da morte de mamãe, caí numa espécie de torpor, de volta a nossa casa desarrumada, acalmando Melanie com biscoitos, ambas engordando mais e mais. No fim, tornei a consultar o médico. Ele olhou para minha barriga, depois para mim, como se eu fosse lenta de raciocínio. Percebi que eu estava quase torcendo por um diagnóstico diferente — uma doença como a de mamãe, e não o que estava na cara que era.

Conforme a gravidez avançou, animei-me um pouco e, quando vimos a casa de Stoke Newington, naquele fim de verão de 1964, senti vagas palpitações de vida e luz pela primeira vez desde o nascimento de Melanie. Quando Alistair chegou, tudo tornou a mudar.

Dessa vez, foi mais fácil. Eu estava mais concentrada, como se meus esforços não fossem inúteis. Ele nasceu serenamente, olhinhos piscando, braços acenando para me encontrar. Mamou de imediato, agradecido. As parteiras deram tapinhas e parabéns. Leo ficou conosco. Eu tinha obtido meu diploma com louvor na segunda tentativa.

Nós o levamos para nosso novo casarão e para Melanie, que, é claro, ficou indignada. Mas até ela passou a amar Alistair, que era muito tranquilo, muito simples. Era a imagem de Leo, grande e dourado, com uma espécie de brilho infantil. Ria, balbuciava e fazia todas as coisas que os outros bebês comuns faziam. Depois de alguns meses, pude levá-lo a cafeterias e parquinhos, e ninguém nos encarava. Todos lamentavam a morte de Churchill, mas Ali e eu estávamos em nosso casulo, alheios aos males do mundo. Ele me curou: meu fracasso com Mel, a morte de Henry e de mamãe e outros infortúnios de que é melhor não falar, tudo deixou de ter muita importância, por eu haver gerado aquele menino efusivo e entusiasmado. O Deus em que eu não acreditava sorria para mim, afinal. Mel era minha cruz; Ali, o meu bálsamo. É errado ter um favorito, mas eu me senti absolvida porque, para Leo, era o contrário. Ele achava a franqueza de Alistair muito prosaica e preferia a psique mais complexa e desafiadora de Mel. Assim, os dois tinham um pai apaixonado e outro depreciador, o que me parecia útil para a formação de caráter. Esse era o nosso *oikos*; o *yin* e o *yang*, o todo maior que a soma de suas partes. Eu compensava as falhas de Leo e ele, as minhas. Agora, porém, ele não estava mais lá, e eu teria que lidar com os dois filhos e tentar reparar os erros.

Chaca-tchaca, chaca-tchaca... O balanço do trem sincronizava-se com minhas pálpebras pesadas no trajeto de volta a Finsbury Park, naquela noite, abafados pelos sons da cidade, com Otis refestelado no colo da Angela, que também cochilava depois de toda a bebida, e Bobby esparramada embaixo dos bancos, enquanto eu contemplava a escuridão que passava, chacoalhante. Via-me refletida na janela escura, a futura Melanie — mais macilenta, mais grisalha, mais amarga. É claro que eu a achava difícil porque me enxergava nela, todos os meus defeitos explodindo na minha cara, junto com todas as forças que eu não possuía. Melanie era a Missy que Leo podia amar sem restrições. Ela lhe amolecera o coração de um jeito que eu não fora capaz. Agora que eu estava ficando sóbria e o *entheos* ia esmaecendo, perguntei-me se a breve amabilidade que havíamos compartilhado na minha despedida poderia durar. Havia sempre o resíduo daquele dia terrível, daquela briga pavorosa...

Em Finsbury Park, Angela saiu da estação se arrastando, com Otis no colo, jogado sobre um dos ombros, enquanto eu arrastava Bobby, que desenvolveu uma obsessão irritante com os postes encharcados de urina da rua Seven Sisters, ao vagarmos em busca de um táxi. Por sorte, achamos um motorista que considerou aceitável a presença da cadela, mas eu estava desanimada e com um pouco de dor de cabeça quando ele nos deixou na nossa rua. Acenando com a mão livre, Angela seguiu para seu apartamento, enquanto eu puxava Bobby para casa.

Ao entrarmos, vi uma luz acesa na sala, mas não dei muita importância, lembrando que Sylvie tinha dito que talvez desse uma passada rápida por lá, para arrumar umas coisas do sótão. Tinha uma chave e devia ter se esquecido de apagar tudo ao sair. Fui à cozinha preparar uma xícara de chá, para combater a ressaca iminente. Bobby choramingou na porta dos fundos, para que eu a deixasse sair, e eu a abri, estalando a língua ao ver seu rabo felpudo balançar na escuridão do quintal. Voltando à chaleira, servi meu chá e já ia me acomodar à mesa da cozinha quando me lembrei da luz. Era melhor economizar energia.

Ao me aproximar, era nítido que algo estava diferente. A luz em si era outra — um brilho mais suave e caloroso do que o que em geral emanava da sala. Ao abrir a porta e registrar a transformação, fiquei imóvel, segurando a maçaneta, atônita. Sylvie tinha feito sua mágica, e eu já não morava em um mausoléu.

Quando menina, eu li ávida e repetidamente *A princesinha*, até meu exemplar cair aos pedaços. Sentia-me extasiada e estarrecida com o livro, deleitando-me com as descrições suntuosas da vida de Sara Crewe e da extravagância de seu pai, e depois sentindo certa repulsa maldosa, diante de sua decadência. Impressionava-me a ideia de que a vida pudesse mudar de uma hora para outra — de que, em um momento, ela pudesse estar cuidando de uma boneca com roupas tão magníficas quanto as suas e, no momento seguinte, andando maltrapilha pelas ruas, dando pães a um mendigo.

Mas o episódio que mais me intrigava era aquele em que o cavalheiro simpático da casa ao lado resolveu redecorar o quarto de Sara em segredo. Enquanto ela dormia, ele mandou seus criados passarem pelo telhado e entrarem pela janela da menina e, de manhã, ao acordar, Sara encontrou seu sótão sombrio transformado em um *boudoir* mágico, cheio de esplêndidos confortos domésticos. Quando olhei para minha sala nessa noite, senti-me como a Princesinha, deslumbrada com a doação generosa e também emocionada por alguém ter se importado o bastante para fazê-la.

Lá estava o tapete Aubusson, de novo diante da lareira, com seu vermelho vivo ecoando as brasas ainda tremeluzentes do fogo. A escrivaninha fora posta em um canto, junto com uma cadeira de madeira entalhada e forro de chenile macio, em tom verde-sálvia. Linho estampado com flores verdes fora usado para fazer cortinas novas e capas de almofadas combinando, e minha manta tinha sido lavada e rearranjada sobre um dos braços do sofá. Outro abajur fora desencavado e posto em uma mesinha baixa, junto à poltrona de Leo. A seu lado, o vaso de Murano estava repleto de anêmonas. Anêmonas para o Adônis perdido.

Fotos e quadros por toda parte, nas paredes, no console da lareira — cada superfície tinha sua recordação. Alguns eram obras de arte esquecidas por mim, inclusive um belo retrato a óleo de meu pai, pintado pouco antes de sua partida para a guerra. Parei abaixo dele, olhando para aquele rosto sensível e pensativo. William Jameson. Ele fora um pacifista, embora tivesse muito medo para admitir. Minha mãe raramente falava dele, exceto para dizer que era o melhor homem que ela havia conhecido, e me entristecia não ter nenhuma lembrança desse homem; eu sabia apenas que era ele a razão de eu ser chamada de Missy, desde o dia em que meu irmão errara a pronúncia do meu nome na sua presença. Depois que papai se foi, Fa-Fa continuou a me chamar assim e o apelido pegou, embora ele e meu pai fossem os únicos a usá-lo, até aparecer Leo. As cartas entre ele e mamãe que eu tinha lido no sótão terminavam dizendo "Lembranças amorosas a todos, especialmente Henry & a pequena Missy".

O que dissera Sara Crewe? "A Magia que não vai permitir que aquelas coisas piores venham a acontecer." Mas elas acontecem, não é? Pais vão para a guerra e não retornam, pessoas queridas adoecem, e muito pior — aquelas piores coisas que você se recusa a imaginar. Mas, por outro lado, existem os bons momentos da vida: convites para almoçar, caminhas de cachorro, fingir ser uma bruxa em um casamento.

Que e-mail daria o dia de hoje! Mas, quando já me virava para voltar a meu laptop na cozinha, mudei de ideia e resolvi escrever uma boa e antiquada carta. Depois de deixar Bobby entrar de novo, acomodei-me diante de minha antiga escrivaninha, convenientemente suprida de todo o equipamento necessário, peguei uma nova folha de papel e procurei uma caneta. O relógio recém-instalado no console da lareira bateu uma hora da manhã, porém o que eu tinha a dizer não podia esperar. Com Bobby roncando no tapete, comecei a escrever, sabendo que, dessa vez, as palavras fluiriam com facilidade.

"Querida Melanie", comecei.

Capítulo 21

É estranha a rapidez com que as coisas podem mudar. Havia poucos meses, fazia muito frio, a grama congelada estalava sob os pés, o céu estava carregado de neve ainda por cair e havia um assobio ártico no vento, alguns flocos solitários recusando-se a derreter na vidraça, ao passo que, neste começo de junho, eu olhava para fora e podia sentir o calor do sol no vidro. Sob a pervinca que esquentava, o asfalto ia derretendo nas ruas escaldantes e os passageiros iam despindo peças de roupa aos poucos, em sua marcha de ida e vinda da estação do metrô.

Além das duas caminhadas diárias de Bobby, meus dias começaram a ser tomados por outras atividades — café com um ou outro dono de cachorro que porventura estivesse disponível, um almoço na casa de Sylvie, uma ida ao centro da cidade para assistir a um filme, recomendado pela Angela, em uma sessão mais barata. Com frequência, de manhã, eu fazia o papel de babá de Otis, o que era um prazer. Ele me acompanhava nas caminhadas e íamos ao parquinho, e Bobby esperava pacientemente no portão, enquanto ele se divertia no balanço e descia no escorregador alto e se escondia nas moitas, esperando que eu o achasse.

Quando me tornei mãe, presumi que eu não tinha jeito com crianças, já que não tinha jeito com Melanie, mas, com o passar dos anos, percebi que o único pré-requisito era querer ser boa com elas. Nunca agi dessa maneira com Mel porque havia sempre alguma outra coisa que precisava ser feita; imagino que a indignação dela viesse do reconhecimento de que minha atenção estava em outro lugar. Quando se tem filhos, é difícil aceitar que o tempo já não é nosso — pertence a eles, cada segundo precioso. Quando via Otis puxando o braço da mãe, nos momentos em que ela estava ao celular, eu tinha vontade de sacudi-la. Mas todos cometemos os mesmos erros, quer se trate de telefones, da limpeza ou de ficar olhando pela janela, chova ou faça sol, desejando que o marido chegue em casa. Por isso, Otis e eu brincávamos, e ele subia em troncos de árvore e me trazia bichinhos na palma da mão, e comia os biscoitos feitos por mim, e eu passava cada segundo olhando para ele, e prestando atenção nele e respondendo às suas perguntas intermináveis, porque eu sabia que não ia durar para sempre, mas nós dois nos lembraríamos. Eu não tinha feito isso com Melanie e não podia fazer com Arthur, então, faria com ele.

Angela ainda me irritava de vez em quando, com sua desatenção, seus cigarros, seus palavrões e suas reclamações constantes e repetitivas sobre política, mas ela era divertida e, toda vez que ia buscar Otis, acabava ficando para um chá e uma conversa fiada. Ela marchava por minha cozinha, segurando a varinha de condão de Otis como se fosse um cigarro e fazendo seus protestos com aquele carregado sotaque irlandês. Eu não entendia quase nada, enquanto me atarefava em alimentar os dois, admirar meu console recém-adornado sobre a lareira e, de fininho, dar um ou outro naco de biscoito a Bobby, depois de retirar as gotas de chocolate. Ela batia o rabo em sinal de agradecimento, enquanto babava no tapete Aubusson. Era mesmo uma graça de menina.

— Danem-se todos eles — concluiu Angela, quando enfim fez uma pausa para respirar. — Esta sala está incrível. Sylvie é mesmo genial. Isso me lembra que vai rolar um daqueles jogos de perguntas e respostas lá no pub, no dia 22. Ela e Denzil querem formar um time. Está a fim?

É óbvio que fiquei contente por terem pensado em mim. Mas como Leo caçoaria daquilo! Achava esses jogos banais. No entanto, era o tipo de conhecimento que eu tinha, supus — várias pocinhas, salpicadas no curso de minha longa vida.

— Quem vai cuidar de Otis?

— Eu arranjo uma babá, é pertinho daqui. Sylvie é um monstro em matéria de conhecimentos gerais. É capaz de linchar a pessoa que errar alguma coisa. Não vou responder a pergunta nenhuma, por precaução. Pensei só em tomar um porre e torcer.

— Para que mudar um hábito de vida inteira?

— Que puta insolência! E aí, topa?

— O pub aceita cachorros?

Eu agora carregava Bobby comigo para todo lugar, além de levá-la para suas caminhadas costumeiras. Ela ficava sentada, amarrada a um poste em frente ao açougue, com as orelhas em pé, e farejava minha bolsa quando eu voltava. A dona da livraria beneficente não se importava em deixá-la na seção infantil, enquanto eu dava uma olhada nas coisas, e, como o clima estava mais quente, podíamos nos sentar do lado de fora do café, e Hanna trazia uma tigela de água para ela. Bobby era uma companheira de poucas exigências, feliz em me acompanhar e se deitar a meu lado, respirando mansamente enquanto eu lia os jornais. Era um animal lindo, com sua coloração ocre, e era comum os transeuntes pararem para admirá-la e lhe fazer um afago, o que me deixava satisfeita.

Cerca de uma semana antes da brincadeira no pub, chegou um pacote de Melanie. Devia ter sido enviado dias depois de ela receber minha carta, que não tinha sido tão fácil de mandar quanto fora de escrever, e passara um tempo na minha bolsa, até que eu tomasse coragem. Como desfazer aquelas palavras brutais entre nós? "Querida Melanie", quando eu nunca nem a havia tratado assim. Olhei o pacote um pouco apreensiva, mas, quando o abri, havia apenas um DVD e um bilhete que dizia "Para que a Bob possa aprender sobre sua história e seu pedigree". Era a segunda temporada de *Blackadder*.

Eu nunca tinha assistido a um seriado de humor; Leo e eu víamos um ou outro filme ou documentário, mas, afora isso, a televisão era apenas uma caixa supérflua parada em um canto. Leo se orgulhava de não assistir à TV, de fato, e uma das poucas brigas entre ele e Mel dizia respeito à importância cultural desse meio de comunicação. Lembro-me de esperar os dois acabarem a discussão, perceber que o aparelho estava coberto por uma camada de poeira e correr para buscar um pano.

No começo, achei o seriado artificial e teatral, com seus trajes Tudor pomposos e seu cenário tosco, mas depois relaxei e entrei na brincadeira, apreciando os trocadilhos inteligentes e as caricaturas absurdas. Um dia, Angela e Otis vieram assistir ao programa comigo; Angela trouxe peixe com fritas e ficamos tomando vinho e rindo enquanto descobríamos qual era o mais recente e astuto plano de Baldrick. Já me considerava uma fã e tanto, até o último episódio, ao qual assisti sozinha, com Bobby no sofá a meu lado e a cabeça no meu colo. Foi tudo ridículo e divertido como sempre, mas então veio o final, com todos os personagens assassinados, seus corpos cobrindo o chão, e, por algum motivo, aquilo me deixou muito perturbada. Subi para dormir e, pela primeira vez em meses, verifiquei os armários e dormi mal, acordando para contemplar as sombras nas paredes, ouvindo a cadela roncar e bufar e me reconfortando com sua presença. Já era muito tarde quando enfim caí em um sono profundo, com a mão na cabeça da cadela.

Acordei tarde e ouvi Bobby na cozinha, bebendo água ruidosamente em sua tigela. Vesti-me depressa, fui atrás dela e prendi sua guia na coleira. Demos nossa volta no parque, embora, por não ser nosso horário de costume, não tenhamos visto tantos rostos conhecidos. Passamos um tempo sentadas do lado de fora do café, observando os cervos, e Bobby rosnou para um saco de papel que a brisa carregava.

De volta à casa, tomei sopa e ouvi o noticiário no meu rádio novo, enquanto vasculhava uma caixa que Sylvie tinha descido do sótão e deixado para eu examinar. Praticamente só havia cartas guardadas por mamãe, que separei para ler direito em outro momento. Joguei no lixo uns documentos velhos, referentes à venda da casa de Kensington, embora tenha guardado uma fotografia, tirada logo depois da guerra. Havia também um objeto parecido com uma caixa de joias, mas dentro encontrei dois dentes de leite e um papel enrolado. Quando o abri, a letra de mamãe dizia "Henry, 1940, & Milly, 1944". Eu não guardava os dentes de meus filhos. Tornei a enrolar o papel e o repus com cuidado na caixinha, ao lado das pequenas "joias". Uma voz neutra no rádio disse-me que tinha morrido uma deputada, esfaqueada na rua por um eleitor. Ela também tinha filhos.

Ludwig e sua faca ensanguentada, matança indiscriminada. Uma mãe que guardava os dentes dos filhos e outra que não o fazia. Uma mãe assassinada e outra que vivia. Viver, morrer, amar, não amar; era tudo tão arbitrário e aleatório que sua injustiça e imprevisibilidade me deixaram sem fôlego. Mais uma vez, me culpei por escolhas que havia feito, por coisas que dissera e outras que calara. Queria que Leo estivesse ali para segurar minha mão e me dizer que ia ficar tudo bem, mas sua poltrona estava vazia, e por isso afundei os dedos na pelagem lustrosa da cachorra e senti sua respiração, subindo e descendo, subindo e descendo.

— Viva — disse Bobby.

Tive um sobressalto, mas ela só estava dando um de seus bocejos uivantes.

Afaguei seu pelo e corri os olhos por minha sala acolhedora, com os retratos de família brilhando à luz do abajur, meu pai sorrindo para mim: que sorte eu tinha, que sorte fantástica. Havia começado a chover, um temporal e tanto fustigando a vidraça. O passeio de Bobby no dia seguinte seria um fracasso. Ela me cutucou com o focinho e se deitou de costas, para me mostrar a barriga branca.

— Fico feliz por você estar aqui — falei.

Fiz cócegas em sua pelagem macia e ela chegou mais perto, meneando o corpo, para ganhar mais.

A magia não impede que o pior aconteça. O pior sempre acontece, todo dia. E a vida segue em frente. E a gente apenas se mantém firme e torce para poder guardar qualquer migalha e dentinho que sobrar.

Capítulo 22

— Pergunta número sete: a Junta Militar Grega, também conhecida como Regime dos Coronéis, terminou em que ano?

— Ah, droga, foi 1972? 1973?

— Foi 1975, não?

Bobby estava com a cabeça no meu colo, nos incentivando, e eu poderia ter dito a resposta certa a eles, mas fui levada para longe, para uma noite quase cinquenta anos antes, quando os coronéis ainda estavam no poder e Leo e eu tivemos a briga que quase me fez contar tudo.

Era 1970 e havia restos de neve no chão naquela noite, quando Leo e eu voltamos a Cambridge para um jantar em um hotel próximo do Queens' College. Tratava-se de algum evento turístico para o qual tínhamos sido convidados, alguma coisa a ver com a Grécia, porém eu mal havia prestado atenção quando ele falou do assunto, porque um exigente menino de cinco anos estava decidido a destruir a casa, e Melanie, com dez anos, parecia já ter uns vinte e três, tal era a quantidade de dramas por dia. Por isso, naquela tarde, apenas coloquei um vestido que não fora coberto pelo jantar das crianças e pegamos o trem e depois um táxi, e corremos para a Suíte do Rio, porque Leo disse que tínhamos de chegar cedo lá, por algum motivo. No trajeto para o hotel, notei uma pequena aglomeração de pessoas que nos encaravam, e uma delas gritou alguma coisa que pareceu deboche, mas não dei importância, na hora, por estarmos com pressa.

Não vi nada particularmente grego no evento, apenas alguns personagens ilustres da cidade, em pé aqui e ali, bebendo, mas ficou evidente, ao chegarmos, que havia algo errado. O pessoal encarregado do serviço de bufê tinha um ar acuado, com os ombros tensos, como se esperasse uma erupção na cozinha. Esse tipo de evento já me deixava naturalmente tensa e fiquei encostada na parede enquanto Leo iniciava sua perambulação pela sala; quando dei por mim, já tinha virado três taças de champanhe. Quando enfim ele voltou para meu lado, todos haviam desenvolvido uma espécie de imagem fantasma que se superpunha à deles, e, no começo, achei que os barulhos que ouvia estavam apenas na minha cabeça. Gritos infiltravam-se na sala, vindos do lado de fora, os garçons pareciam mais preocupados que nunca, e os convidados começaram a murmurar entre si, por trás dos copos de bebida.

— Há um protesto aqui em frente — murmurou Leo, pegando uma taça e virando-a num só gole. — Tristan disse que eles estão se reunindo há um bom tempo. Foi sorte chegarmos cedo.

— Quem?

— Estudantes, na maioria.

— Protestando contra o quê?

— A Grécia. A junta.

Minha Grécia era a antiga: mitos e metáforas, montanhas e magia, e a dura realidade de uma ditadura moderna destoava imensamente dela, assim como esse jantar, subitamente ridículo.

Ocupamos nossos lugares, embora alguns assentos ainda estivessem vazios, e o primeiro prato foi trazido e servido com mãos visivelmente trêmulas. Azeitonas e pimentões, anéis de lula fritos e numerosas pastas, com tiras de pão pita enroscadas nas bordas. Todos a meu redor puseram-se a conversar, decididos, sobre as várias tabernas que haviam frequentado, para provar como eram sofisticados. Como que para enriquecer ainda mais o tom mediterrâneo, surgiu de repente uma música altíssima na sala, o que levou alguns convidados a taparem os ouvidos, consternados. Várias pessoas olharam em volta, para determinar a origem do som, mas a mim me pareceu óbvio que não se tratava de um suave contraponto acústico para nossa noite. Com isso e a gritaria contínua do lado de fora, o evento transformava-se rapidamente numa farsa.

Após uma discussão aos sussurros com Tristan e um garçom próximo, Leo tornou a se virar para mim:

— Alguém instalou alto-falantes lá fora.

— Quanta gentileza deles — comentei, tomando um gole de vinho.

Depois disso, um dignitário pôs-se de pé e tentou fazer um discurso sobre as maravilhas do litoral grego, com o estrondoso acompanhamento da "Dança de Zorba". Os ombros de Leo sacudiam; ele e seu amigo Tristan estavam instigando um ao outro. Agora a gritaria vinha de todos os lados, e o orador acabou desistindo e deixando morrer seu discurso, com um desamparado dar de ombros para os colegas.

Os garçons transpiravam visivelmente e gesticulavam uns para os outros, a cantoria do lado de fora aumentava de volume e os convidados foram ficando mais agitados e confusos. E então, uma pedra atingiu uma das janelas altas que davam para o rio. Foi apenas uma pancadinha, mas estavam todos tão tensos que uma mulher chegou a gritar. Era só o que faltava para fazer tudo sair do controle. Um garçom derrubou com estardalhaço uma bandeja de fatias de abacate, outra pedra seguiu-se à primeira, a janela da Suíte do Rio quebrou e dois rapazes invadiram o salão, agitando cartazes. Foram imediatamente contidos e empurrados para fora, mas todos os convidados levantaram-se de um salto e se dirigiram à porta, em bando, se empurrando, embora ninguém parecesse saber para onde ir, e então, *e então*, assim, de repente, eu estava me divertindo mais do que em anos.

Eu não estava sozinha em casa com meus dois filhos chorões; outra pessoa estava cuidando da limpeza; eu usava um bonito vestido e a mão de meu marido segurava com firmeza a minha. A essa altura, era ensurdecedora a gritaria tanto do lado de dentro quanto do de fora, com homens berrando instruções uns para os outros e mulheres se esgoelando e segurando as saias, como se o estupro e a pilhagem estivessem na programação. Havia algo apropriadamente bacanalesco naquilo tudo, e, enquanto Leo me apressava a sair da sala, peguei uma garrafa aberta de champanhe de uma bandeja e acenei um agradecimento para um garçom perplexo.

Na recepção, a situação não era melhor, com funcionários correndo para todos os lados sem ninguém no comando. Um homem que dava a impressão de ser o maître gesticulava em vão, pois ninguém dava a mínima para ele. Várias mulheres estavam histéricas, embora, fora o barulho, não houvesse realmente acontecido nada.

Com que rapidez se mergulhava no pânico e no caos! Comecei a rir, ao observar os dramas, e tomei um gole do champanhe. Leo discutia intensamente com Tristan, mas, ao se virar e me ver, sorriu para o outro lado da sala e, mais uma vez, tornei-me a garota segurando os livros junto à Ponte da Matemática. Continuávamos firmes, ele e eu. Apesar de tudo.

Leo veio na minha direção, ainda sorridente, e lhe ofereci a garrafa. Ele a pegou, bebeu e, quando a devolveu, notei que estava segurando meu casaco.

— Bem — falou —, parece que todos vão subir para se esconder, até passar.

— Hmmm — murmurei, com uma olhadela especulativa para ele e para meu casaco.

Leo ofereceu-me o braço, um verdadeiro cavalheiro:

— O que me diz de fugirmos?

Segurei seu braço e, rindo como crianças, passamos céleres pelos convidados agitados e disparamos para a saída. Logo antes da porta, paramos para nos preparar.

— Pronta? — perguntou Leo, virando-se para mim com um brilho matreiro no olhar.

— Pronta — respondi, e demos no pé.

No mesmo instante, topamos com uma muralha de corpos arfantes, uma massa fervilhante de raiva e exultação. Pude ver diversos policiais no meio dela, empurrando a multidão, mas devia haver centenas de pessoas ali, naquele beco minúsculo, e os policiais não tinham a menor chance. Mergulhamos na aglomeração, mãos entrelaçadas, cabeça baixa. No começo, foi difícil fazer algum progresso, e tive medo de apanharmos e sermos empurrados para trás; aos poucos, porém, Leo foi abrindo caminho, sem jamais soltar minha mão. Estávamos quase conseguindo, quando desabou uma chuvarada. Pelo menos, foi o que pensei, mas o dilúvio era intenso demais — em segundos, vi-me encharcada como todas as outras pessoas e, ao olharmos para cima, divisamos um homem na janela do primeiro andar do hotel, sorrindo de forma zombeteira enquanto nos dava um banho com uma mangueira de incêndio. Foi um pandemônio, gente se empurrando em todas as direções, a tinta dos cartazes escorrendo e borrando tudo. Mas, durante todo o tempo, a mão de Leo continuou segurando a minha, nossas palmas pressionadas com firmeza e os dedos entrelaçados. Ele não me soltaria.

E então, de repente, estávamos fora, correndo por uma transversal rumo à civilização, atraindo olhares curiosos dos pedestres ao passarmos, encharcados e às gargalhadas. Quando enfim paramos, em uma ruazinha atrás da St. Catharine's, estávamos desgrenhados, ofegantes e triunfantes. Tornei a passar a garrafa para Leo e ele me entregou meu casaco úmido.

— Que diabos estávamos fazendo lá? — perguntei, ofegante, encolhendo os ombros ao vestir o casaco e espremer o cabelo.

Leo tomou um gole e disse:

— Tristan me convidou, ele é descendente de gregos. Achei que poderia ser uma oportunidade de aproveitar comida de graça!

Segurou o portão de ferro batido da faculdade, arfando de tanto rir, depois pegou minha mão e tornamos a correr pelas ruas escuras de paralelepípedos.

— Para onde estamos indo? — perguntei, em dado momento, enquanto Leo me conduzia por um beco próximo à King's Parade.

— A um lugar que eu conheço. — Não ofereceu mais explicação.

Era uma noite escura e fria, com as luzes das faculdades piscando ao passarmos depressa e, por um segundo, senti saudade daquilo tudo, daquele casulo da vida acadêmica, do delicado destrinçar de palavras em torres de sonho, em vez da crueza embrutecida da maternidade. Eu acabara obtendo um diploma *summa cum laudae*. Como teria sido minha vida, pensei, se nenhum de meus filhos houvesse nascido? Mas então, com a mão de Leo na minha, me puxando, fui arrastada por um cemitério, com a Round Church à nossa esquerda, até vislumbrar na penumbra um prédio gótico de tijolos vermelhos. As câmaras de debate da Cambridge Union. Havia estudantes por perto, mas Leo não desacelerou, adentrou o prédio, levando-me por diversos corredores e virando para um pequeno lance de escada. Ao descermos, tornei a ouvir música, mas de um tipo muito diferente.

Emergimos nos porões, lugar com que eu não tinha familiaridade, mas pude perceber que aquele conjunto sombrio de salas subterrâneas fora transformado em um clube improvisado de jazz. Em uma das extremidades estava a banda, no meio, sob uma luz tênue, alguns casais dançavam e na outra ponta outros se distribuíam em mesas. Leo correu os olhos por um segundo e deu um suspiro satisfeito.

— Exatamente como eu me lembrava — disse, em tom afetuoso. — Quer beber alguma coisa?

Achamos uma mesa e eu me sentei, enquanto ele foi buscar uma bebida. Um instante depois, reapareceu com uma garrafa de vinho.

— Bem melhor — disse, sentando-se e servindo uma taça para cada um.

Brindamos e pensei em como aquilo era agradável, em como nunca o tínhamos feito antes, porque ele estava sempre muito ocupado e eu, sempre exausta demais; ali naquele subsolo furreca, porém, talvez eu estivesse finalmente vindo à tona e emergindo na luz. Talvez, no final, tudo valesse a pena, e tudo que eu tivera que passar, tudo de que havia aberto mão para chegar ali, fosse apenas um teste destinado a tornar ainda mais doce a recompensa. Quando as crianças ficassem mais tranquilas e Leo se estabelecesse na carreira, ele e eu passaríamos mais tempo juntos e ele poderia aprender a me amar do modo intenso e único por que eu ansiava.

— Dr. Carmichael!

Um rapaz de óculos e cabelo preto havia parado diante de nós, enrubescendo e gaguejando. Leo levantou-se imediatamente, estendendo a mão e exclamando:

— Dawson!

E lá se foram os dois, Leo carregado para o outro lado da sala, até um grupo de estudantes que o recebeu com entusiasmo, o herói que retornava, enquanto eu era deixada sozinha, com minha garrafa e ninguém com quem dividi-la.

Leo se ausentou por quase meia hora de conversa e tapinhas nas costas. Ao final minha garrafa estava vazia e eu, pronta para fazer minha própria manifestação, com faixas e palavras de ordem e severas repreensões moralistas. Quando ele enfim voltou, a passos lentos, com a gravata torta e os olhos brilhando pela bajulação, eu tinha uma expressão pétrea no rosto, de braços cruzados e completamente bêbada. Leo sentou-se na cadeira e arqueou as sobrancelhas para o que tinha sobrado de vinho.

— Deu fim em tudo, é? — observou, amarrando os cadarços dos sapatos.

— Não havia mais nada para fazer — resmunguei, batendo o pé e esperando um pedido de desculpas.

— Desculpe, querida, você sabe como é.

Passamos um momento em silêncio, enquanto ele cumprimentava vários admiradores, e, no fim, não aguentei.

—Você não... você simplesmente não entende — declarei, recuando diante de minha própria falta de jeito.

Leo virou-se para mim, surpreso.

— O quê?

— Como é difícil. Você. Com o seu... doutorado. E eu com... minhas manhãs cuidando do café. — Nada saía como eu queria, estava bêbada demais. Mesmo assim, a coisa foi saindo. Um pouco da raiva da manifestação havia me contagiado, acendido por dentro, e agora o fogo tomava conta e era impossível extingui-lo. — Não é justo.

— O que não é justo? — questionou ele, perplexo.

— Você faz tudo. E eu não faço absolutamente nada. Fico só pegando poeira em casa.

Minha fala estava arrastada e era terrível, mas não pude evitar. Ele era o ditador e eu, a plebe descontente, e esse era o meu golpe de Estado, mal organizado e já fora de controle. Mas fui em frente mesmo assim.

Leo ficou sentado ali, entediado e irritado, tamborilando enquanto eu acabava com ele, e percebi que eu não estava nem chegando perto, nada o atingia, porque ele podia apenas dizer a si mesmo que eu estava bêbada e que aquilo não importava. Não *era* justo. Tantos anos diminuindo minha inteligência e fazendo sacrifícios infindáveis, grandes e pequenos, dos quais ele não fazia ideia, não podia sequer compreender, enquanto ele se satisfazia de todas as maneiras possíveis. Aquela complacência — aquele sublime egocentrismo — fora arranhando até deixar a ferida em carne viva. A ânsia de golpeá-lo era esmagadora e me apanhei querendo falar, querendo contar o que eu passara tantos anos sepultando, a única coisa que nunca deveria ser dita, nunca deveria ser nem mesmo pensada, porque seria o fim de tudo. Antes que eu pudesse me deter, saiu.

— Você não faz ideia do que eu fiz por você. Do que eu fiz. E que nunca poderá ser desfeito.

No instante mesmo em que aquilo escapou, eu tive vontade de pegar de volta, enfiar as palavras novamente na boca até elas me sufocarem. Leo, que tinha conseguido pegar um uísque, deteve o copo ao encostá-lo nos lábios, finalmente interessado, franzindo o cenho.

— O que você fez?

Eu oscilava à beira do abismo, mas comecei no mesmo instante a recuar, aos tropeços, petrificada diante da profundidade.

— Nada.

— Você ia dizer alguma coisa. O que quis dizer? O que nunca pode ser desfeito?

— Nada, não sei o que estava falando. Nada. — Fechei os olhos, afastando o pensamento. — Desculpe, eu me excedi um pouco na bebida.

Leo baixou o copo, segurou minhas mãos e levantou meu queixo para me encarar.

— Missy, há alguma coisa que você queira me dizer?

Com extrema força de vontade, olhei-o e sorri para o azul cristalino de seu olhar.

— Não, Leo. Desculpe-me. Só estou cansada. Aquilo lá foi meio atordoante.

Ele apertou minhas mãos.

— Eu sei — disse. E então deu um sorriso malicioso. — Mas foi divertido, não foi?

Cheguei a rir enquanto ele me punha de pé.

— Sra. Carmichael, mesmo com o cabelo pingando, a senhora está muito bonita hoje. Gostaria de dançar com seu marido? — perguntou ele. Os olhos azuis até se estreitaram, quando ele os baixou para mim.

A banda tocava uma melodia lenta que não reconheci. Leo tomou-me nos braços. Encostei a cabeça em seu peito e balançamos juntos, as solas dos sapatos grudando na pista de dança. Pude senti-lo meneando a cabeça acima da minha, em direção aos colegas, ainda procurando por uma plateia, e as palavras da música entraram em minha mente enquanto rodopiávamos: "Conserve a lucidez e mantenha a calma... assim você segura seu amor."

— *Bertie* — murmurei.

No barulho e na escuridão dos porões, ninguém pôde ouvir nem ver as lágrimas que deslizaram pelo meu rosto, enquanto eu pensava em como eu havia chegado perto de estragar tudo, de espatifar tudo em um milhão de pedaços, como aquela janela da Suíte do Rio.

Bobby lambeu minha mão para me animar.

— Foi 1974 — falei, saindo de meu devaneio em um sobressalto e dando um tapinha na folha de resposta que Sylvie estava preenchendo.

Todos me olharam.

— A junta — esclareci, contente por poder enfim contribuir.

— Nós sabemos, tolinha — disse Angela, com a boca cheia de batata frita.

— Agora estamos no ano de nascimento do Saddam Hussein — disse Denzil. — Fique esperta.

Dave, o mestre de cerimônias que fazia as perguntas, era um homem do norte do país, de meia-idade, que se considerava comediante e ficava dizendo coisas do tipo "olhando para o celular, é em casa que você vai parar", além de fazer piadinhas com as equipes nas mesas, quase todas formadas por homens com aparência de nerd. Sylvie estalava a língua toda vez que ele tentava fazer uma piada, e Angela, já meio de pileque, ia gritando "Bingo!" a intervalos impróprios. Denzil fazia a bebida continuar chegando, embora, vez por outra, cochichasse uma resposta para Sylvie pelo canto da boca.

Bobby voltou de uma incursão embaixo da mesa e deslizei as mãos por suas orelhas macias, aspirando seu cheirinho de cachorro e sacudindo para longe minha ressaca de lembranças. Olhando-me nos olhos, ela soltou um arroto delicado e eu recuei, diante do fedor.

A maioria das perguntas estava fora do meu alcance — na rodada sobre TV e cinema, eu nem sequer tinha ouvido falar dos programas mencionados, e, apesar de conhecer alguns dos filmes, as perguntas eram obscuras demais para que eu chutasse uma resposta. O nome do barco de *Tubarão*? Sylvie fazia anotações, furiosamente. Angela inclinou-se do outro lado e rabiscou alguma coisa, e as duas se acabaram de rir. Peguei uma batata frita e a segurei embaixo da mesa. Segundos depois, senti uma cócega de pelos e ela desapareceu.

— Ei, Missy — chamou Denzil —, tudo bem com você?

Dei de ombros.

— Eu não sei.

Ele sorriu.

— Você tem um potencial ainda inexplorado. É por isso que está aqui.

Sustentei seu olhar por um segundo e pensei em que tipo de homem seria ele, tão distante do estranho de aparência suspeita que eu tentara evitar no primeiro passeio com Bobby. Era isso que a cachorra tinha feito por mim: superar aquele primeiro e incômodo obstáculo. Eu era capaz de fazer o resto. Ou, pelo menos, estava aprendendo.

Ao entrarmos na rodada final, com Dave dando batidinhas no microfone e todo mundo fazendo caretas de horror diante do gesto, olhei para meus amigos ao redor da mesa e pensei que, se eu pudesse responder a apenas uma pergunta, só uma que ninguém mais soubesse, voltaria feliz para casa. Só para explorar meu potencial.

— Última rodada, senhoras e senhores — informou Dave. — E esta é sobre... CACHORROS!

Os nerds resmungaram. Nossa mesa deu vivas.

— *Siiiiiiiiiiiim* — exclamou Angela em um grito alegre, fazendo um V da vitória para nossos vizinhos.

Denzil esfregou as mãos, e Sylvie girou o lápis e fez uma expressão satisfeita para mim. Meus festejos foram bem mais contidos: apesar de Bobby estar descansando a cabeça no meu colo, o assunto não era meu forte.

— Esta rodada não é moleza — anunciou Dave.

Em seguida, deixou cair o microfone e soltou um "merda" ao pegá-lo.

— Essa é nossa! — gritou Angela.

— Ande logo! — rebateu Sylvie, arrumando os lápis.

— Pergunta número um — começou Dave. — Como se chama o cachorro do Hagrid em *Harry Potter*?

Essa eu sabia (Canino). Mas todos sabiam. E assim prosseguiu. O cachorro de Adam Bede (Gyp), o do sr. Rochester em *Jane Eyre* (Piloto), o de Dorothy em *O Mágico de Oz* (Totó). Eles sabiam o nome de cães que eu não conhecia, como o do Elliott em *E.T.* (Harvey) e o da trilogia *De volta para o futuro* (Einstein). Estávamos indo bem — era nítido pelas expressões sofridas nas mesas ao nosso redor, à medida que ganhávamos impulso e ficávamos cada vez mais exultantes. Soubemos o nome da cadela de *Peter Pan* (Naná), e então veio a última pergunta, e Sylvie disse que essa sempre era a decisiva, que os jogos eram vencidos ou perdidos nessa última chance, e por isso tínhamos que acertar.

Dave pigarreou e arrotou no microfone. Bobby balançou o rabo, num gesto de apreciação.

— A última, senhoras e senhores. É a grande oportunidade. Qual é o nome do cachorro de Odisseu na *Odisseia*?

Fez-se total silêncio por um segundo, e então alguém deu uma bufada zombeteira.

— Que porra é essa? — disse Angela.

Ela olhou para Sylvie, que deu de ombros e olhou para Denzil, que balançou a cabeça. E então olharam para mim.

Feliz até não poder mais, inclinei o corpo para a frente e sussurrei baixinho, mas com total confiança:

— Argos.

Angela fez careta.

— O quê?

— O cachorro de Odisseu — respondi em tom firme, enquanto Bobby lambia minha mão, em sinal de apoio.

— Muito bem — disse Sylvie, escrevendo na nossa folha de respostas. — É melhor você estar certa. Minha reputação está em jogo.

— Toc, toc — disse Denzil, batendo na cabeça com os nós dos dedos e sorrindo para mim.

Recostei-me na cadeira, inundada por uma imensa satisfação. Dave e a garçonete se retiraram para somar as respostas certas e Denzil foi buscar mais bebidas. Scumbag College, a equipe que havia vencido da última vez, ficou nos lançando olhares desconfiados. A disputa rolaria até o fim. Após uma espera angustiante, Dave voltou ao microfone, segurando a pilha de folhas de respostas em uma das mãos e um caneco de cerveja na outra.

— Bem, essa foi apertada, pessoal — anunciou, bebendo um gole. — Mas os vencedores, por apenas um ponto, são... — Olhou para a folha — Votey McVotecara!

Sylvie deu um pulo da cadeira, com os punhos erguidos, em júbilo, virando-se para a arrasada Scumbag College.

— Chupa essa, nerdzada! — rugiu Angela, enquanto Sylvie dava uma volta olímpica, escapando por pouco de ser atingida por um aviãozinho de papel.

Houve muitas vaias. Ninguém gosta de gente que não sabe ganhar.

Dei outra batata frita a Bobby enquanto Denzil buscava nosso prêmio. Recebemos quarenta e duas libras e um exemplar autografado do livro de colorir do político de esquerda Jeremy Corbyn, que Angela apertou junto ao peito, extasiada. Vários outros times vieram nos parabenizar e fazer festinha em Bobby, e Sylvie contou a todos que eu tinha sido a única de nós a saber o nome do cão de Odisseu. Somente outra pessoa na sala acertara: um senhor idoso de um time chamado Mason e os Argonautas, que tocou no chapéu e acenou na minha direção, ao se retirar. Gastamos trinta libras em mais vinho e cambaleamos para casa bebendo, além de termos torrado nossas últimas doze libras em peixe empanado com fritas, que compartilhamos encostados no muro do meu jardim da frente, dando a Bobby pedacinhos do empanado e revivendo nossa vitória. Voltei a me sentir uma estudante, segurando um saco de papel engordurado e rindo das imitações que Angela fazia dos nerds, debruçados sobre suas folhas de resposta.

— Vocês foram todos magníficos, especialmente eu — concluiu Sylvie, lambendo o resto de óleo da batata nos dedos. — Preciso ir para casa e tomar um analgésico profilático antes de dormir. Foi um prazer, meus amores. Tchauzinho! — E partiu noite adentro, ao encontro de Decca, Nancy e Aphra.

— Você é gente boa, Missy — disse Denzil, fazendo-me uma saudação embriagada, dando meia-volta e partindo em zigue-zague na direção oposta.

Angela deu uns soluços e desencostou da parede. Começou a cambalear pela rua, mas de repente virou-se para trás, com um dos dedos levantado. Os olhos se esforçavam para me pôr em foco.

— Não se esqueça de votar amanhã — advertiu, e saiu em direção ao seu apartamento.

Abri o portão e deixei Bobby correr para o jardim, para uma última farejada e uma espiada no céu, aveludado e distante, com um punhado de estrelas que cintilavam, apesar das luzes da cidade. Por fim, ela voltou e se deitou a meus pés, a nobre cadela.

— Ele cumpriu seu destino — falei, enxugando uma lágrima. — Segurou firme.

Mas Bobby se afastara de novo, zanzando entre as roseiras, até restar apenas o farfalhar de seus passos.

— Argos — murmurei.

Eu era Argos, Leo era Odisseu, e, apesar de tudo que ele fizera e do que eu tinha feito, eu sempre o esperaria, não importava quanto tempo demorasse.

Parte 3

"A amizade sempre faz bem;
o amor às vezes machuca."

— Sêneca

Capítulo 23

Eu soube que Leo estava tendo um caso antes que ele soubesse. Ele começou a acordar mais cedo, a ajudar no preparo do café da manhã, até levava Alistair à escola, de vez em quando. Andava mais animado que de costume, como quem reprimia uma espécie de alegria, e, acima de tudo, estava mais concentrado. Era comum ele ter um ar distraído — "pensando nos conservadores", como sempre dizia seu grande amigo Tristan —, com a cabeça nos livros. Nessa época, entretanto, estava mais presente do que eu jamais o vira, passando menos tempo no escritório, sugerindo passeios diurnos, até fazendo o jantar, uma ou duas vezes, e deixando a cozinha uma bagunça só. Andava se esforçando mais e eu não conseguia entender o motivo, até que, um dia, flagrei ele se olhando no espelho acima da moldura da lareira. Alisou o cabelo para trás, viu que eu estava olhando e deu um sorriso culpado. Estava sentindo culpa.

Leo costumava alisar o cabelo daquele jeito quando estava com Alicia. Eu o vira uma vez, do lado de fora do quarto dela, preparando-se para entrar. Dessa vez, tinha vislumbrado seu reflexo na janela e recordei que fizera o mesmo gesto, abaixando as mechas rebeldes nas têmporas. Passei a viver em uma tensão constante, procurando sinais de suas escapadas. Toda vez que ele viajava para uma conferência, eu, convencida de que ele estaria com a outra, vasculhava sua carteira à procura de pistas, examinava seus bolsos, lia sua agenda. Não havia nada incriminador a encontrar, mas não fazia diferença.

E então, um dia, cruzamos com ela, ao passarmos no escritório de Leo para buscar sua pasta, a caminho do teatro. A secretária dele veio entregá-la, falando a respeito de alguns papéis e, ao sairmos, uma moça que carregava uma pilha de livros passou por nós. Leo a cumprimentou, bastante agitado:

— Carrie! Eu não sabia que você estaria aqui.

A moça virou-se, fingindo surpresa, e no mesmo instante eu soube. Ela era miúda e ruiva e, é claro, uma das alunas de Leo. Pelo jeito que agiam um com o outro, pude perceber que não havia acontecido nada; eles estavam na fase do cerco, com o desejo da consumação. Essa expectativa, essa contenção, devia ser uma emoção para os dois. "Não podemos magoar Millicent nem as crianças." Pensar em si como mártir, nas garras de uma grandiosa paixão — que excitante! Eles estavam no alto da primeira colina, antecipando o cume. Não havia maneira alguma de alguém impedi-los de ir adiante.

Por isso, acabei não dizendo nada, apenas os deixei viverem a aventura. Leo nunca foi grosseiro a ponto de me comprar flores, mas, no auge de sua aventura, levou-me para jantar em um novo restaurante chique em Islington. Nessa noite, sentada numa espécie de átrio, todo em luzes suaves e música clássica discreta, observei-o remexer nos talheres e pensei em quanto o amava, apesar de tudo. Leo captou meu olhar à luz das velas e seus olhos se estreitaram, naquele quase sorriso que ele reservava só para mim. Creio que sentiu uma boa vontade especial a meu respeito durante todo esse episódio infame, provavelmente grato por ter uma mulher tão amável, que olhava para outro lado e não fazia estardalhaço. Não fazer estardalhaço foi uma das coisas mais difíceis da minha vida.

Vivemos alguns meses em que ele realizava pequenos trabalhos domésticos, substituindo um suporte quebrado do corrimão, passando sem jeito o aspirador pela casa algumas vezes, e um dia, absurdamente, trazendo um enorme cavalo de balanço para Alistair. O pobre Ali estava crescido demais para o brinquedo, mas a visão dele, agradecendo educadamente ao pai, fez meu coração se encher de pena. Era uma peça bonita, entalhada à mão, com crina e sela de veludo. Nunca suportei o contato com o veludo, que fazia minha pele arrepiar-se.

E então, de repente, a coisa teve um fim abrupto. Uma noite, Leo chegou em casa com ar abatido e murmurou algo sobre estar cansado e vir trabalhando demais. Depois, desapareceu em seu escritório e começou a escrever seu novo livro, e tudo voltou ao normal. A mais ardorosa paixão teve o mais gélido fim. Vi a moça na rua Gower semanas depois, de braço dado com alguém da idade dela. Depois que o cavalinho acumulou poeira suficiente no quarto de Ali, doei-o a um abrigo de crianças em Highbury. Quando contei a Leo, ele começou a protestar, mas se conteve — melhor admissão de culpa não poderia haver. Ele gostava de pensar em si mesmo como um homem decente, e todos aqueles comportamentos furtivos não podiam ter lhe caído bem. Sempre fui muito melhor na dissimulação.

Com o passar dos anos, eu me reconciliei com a questão e até acreditei que, em certos sentidos, ela nos fortalecera. Chegar tão perto da borda o fez perceber, talvez, que ele não queria realmente pular. A afeição que sentira por mim naquele período prolongou-se, enquanto sua paixão se dissipava. Conforme foram crescendo, as crianças já não ocupavam tanto o meu tempo, de modo que fiquei menos tensa, capaz de me concentrar mais em ser esposa. Depois que me acostumei com o fato de Ali ter saído de casa, foi bem agradável ficarmos apenas nós dois, fazendo uma coisa e outra. Leo se arriscava a sair do escritório para jantar e conversávamos sobre suas pesquisas, e também nos divertíamos em passeios ocasionais — Oxford, Bath, Brighton —, Leo sempre nas livrarias e eu gastando tempo em galerias e cafés. Convidávamos amigos para jantar, íamos ao teatro, fazíamos uma ou outra viagem ao exterior. Como em nosso círculo na pista de dança, no casamento de Tristan, expandíamos o *oikos* e tornávamos a contraí-lo, mas sempre nos mantendo unidos, cantarolando nossa canção.

Fomos levando na flauta, avançando vagarosamente pelos trilhos, deixando os altos e baixos para trás. Mas aí Leo adoeceu e tudo degringolou por completo.

Pensei na doença do Leo na manhã seguinte ao jogo de perguntas e respostas no pub, enquanto me aprontava para votar, muito animada após nossa vitória espantosa e tendo conseguido evitar uma ressaca. Era um dia opaco, depois do clima ameno da noite anterior, e ameaçava chover, de modo que peguei o guarda-chuva e saí com Bobby, que estava em algazarra, saltitando para lá e para cá.

Depois de uma volta rápida no parque, cumprimentada por Denzil e me solidarizando com a dor de cabeça de Sylvie, tomei o rumo da seção eleitoral, na escola que ficava logo na esquina da minha casa. Ao nos aproximarmos de nosso destino, porém, desacelerei o passo e fiquei mais pensativa. Afinal, Leo era um eurocético. *Skepsis*... grego antigo correspondente a *dúvida*. Talvez fosse legal deixar que ele decidisse, *in absentia*. Não era como se fosse fazer diferença — afinal, esse era um precipício de que eu podia pular em favor dele, sabendo com segurança que todas as outras pessoas me agarrariam na queda.

Quando meus passos se tornaram mais decididos, Bobby me olhou com ar inquisitivo.

— Estou decidindo se vou ou fico — falei.

Ela puxou a guia, me arrastando para a frente, o que me pareceu um incentivo. Ao amarrá-la nas grades do lado de fora da escola, diverti-me ao notar que levar o próprio cachorro para votar parecia ser uma espécie de tradição entre os moradores de Stoke Newington. Bobby sentou-se, arfando pacientemente, ao lado de um border terrier e de uma mistura de labrador e poodle que usava na coleira um adesivo defendendo a permanência do Reino Unido na União Europeia. Mais do que qualquer outra coisa, aquilo reforçou minha decisão. Cartago tinha que ser destruída.

Entrei e peguei minha cédula de votação. Na pequena e frágil cabine, a encarei por um instante, assimilando a pergunta, peguei o lápis preso numa correntinha e marquei minha opção. Satisfeita, coloquei a cédula na urna e sorri para os mesários ao sair, sendo recebida por uma Bobby eufórica. Os cumprimentos dela eram sempre exagerados, erguendo-se nas patas traseiras, choramingando de êxtase e abocanhando meus pulsos sem morder, em sua alegria e alívio. Para Bobby, tudo era preto e branco. Quando eu saía, era para sempre; quando voltava, era para sempre. Ela existia em um mundo de absolutos.

Isso era o que todos diziam sobre tomar partido: uma escolha rígida, sim ou não. Aguente firme ou deixe para lá. Mas não era tão simples. Havia outras coisas a serem levadas em consideração, nuances em que não se estava necessariamente de acordo ou em desacordo, mas em que se acreditava que um dos lados resumia mais os nossos sentimentos do que o outro. Eu queria dar voz a Leo, porém, mais do que qualquer outra coisa, queria apenas que as coisas mudassem, queria parar de me sentir triste e amarga e sozinha. Esse pequeno ato de rebeldia me deu a sensação de que eu era capaz de alterar o curso, mesmo nos instantes finais da corrida. A velhota ainda tinha fôlego.

Assim, saí da seção eleitoral com o andar leve, apesar do céu cada vez mais carregado. Em vez de levar as flores de praxe para Leo, levei meu cartão de votação e o deixei com ele, em uma espécie de oferenda. Quando ia chegando em casa com Bobby, começaram a cair as primeiras gotas grossas de chuva e tínhamos acabado de entrar quando o céu desabou. Sequei-a no saguão de entrada com uma toalha velha e ela se sentou, obedientemente, levantando cada pata para que eu a enxugasse. Quando terminei, peguei-me dando-lhe um beijo no focinho, e ela retribuiu com uma lambida no nariz.

Dentro de casa estava tão escuro que tive de acender as luzes, deleitando-me de novo com o caprichado atulhamento de minha sala de visitas redecorada. Querida Sylvie; torci para que a dor de cabeça dela houvesse melhorado. Ocupei-me preparando um chá e enchendo a vasilha de água de Bobby, depois me acomodei no sofá para ler um pouco, enquanto ela tremelicava e roncava em sua cama ali ao lado, com o focinho a um bigode de distância dos esquilos que disparavam por seus sonhos. Fomos dormir cedo, embaladas pelo martelar implacável da chuva nas janelas, Bobby em seu lugar costumeiro, no pé da cama.

No parque, na manhã seguinte, a chuva dera lugar a um sol luminoso, no alvorecer de um novo dia, embora eu tivesse que transpor poças enormes, que Bobby ia lambendo com avidez. Exceto um par de cumprimentos desanimados de colegas de passeio com cachorros, não falamos com ninguém. Angela me mandou uma mensagem de texto quando eu voltava para casa, sugerindo que fôssemos ao nosso café, e eu, ansiosa por calor humano e um bate-papo, aceitei. Nosso encontro foi às onze horas, quando o corre-corre do horário de pico matinal havia passado. Ela estava sentada em nossa mesa de sempre, com Otis encarapitado na cadeira vizinha, tomando furiosamente um milk-shake. Hanna veio pegar meu pedido e notei que tinha os olhos avermelhados, como se houvesse chorado. Problemas de relacionamento, provavelmente.

— Mal posso acreditar — disse Angela, mexendo o café e girando a colher entre os dedos, em vez do costumeiro cigarro. — Como puderam fazer isso? Que imbecis. Será que não percebem o que vai acontecer? A economia em frangalhos, os racistas e intolerantes do país saindo das tocas, os financiamentos descendo pela porra da latrina, impossível viajar para qualquer lugar, e sabe Deus o que mais. Onde eles estavam com a cabeça? É incompreensível, incompreensível.

— De que diabos você está falando?

— Da votação, é claro! — respondeu ela, me encarando, incrédula.

— Como assim? O que aconteceu?

Ela se inclinou para a mesa ao lado, pegou um jornal e sacudiu a primeira página na minha cara. Peguei-o e li a manchete. As palavras se embotaram diante de mim, depois entraram em foco. Fiquei perplexa.

— Não acredito.

Mantive a cabeça baixa, ainda lendo, para que ela não pudesse ver minha expressão.

— Agora você vai ver o que vai acontecer. Toda essa bobagem sobre comércio global e soberania. Toda essa loucura de merda.

Hanna trouxe o meu café e lhe agradeci, colocando o jornal de lado. As pessoas costumam ter reações exageradas, de modo que toda essa conversa sobre recessão e deportação de estrangeiros não daria em nada, sem dúvida. Ocupei-me em pôr leite no café e mordiscar o biscoitinho de amêndoas que vinha de acompanhamento, enquanto me dava conta de que nunca havia ocorrido a Angela a ideia de que eu pudesse ter votado em algo diferente do que ela própria, do mesmo jeito que todos os nossos conhecidos. Decidi que ela nunca deveria saber o que tinha acontecido naquela cabine eleitoral, a que ponto eu saíra da linha. Como outras coisas que não devem ser mencionadas, essa devia ser enrolada, enfurnada em um canto e deixada de lado.

Fomos para o parquinho, Angela ainda resmungando, enquanto eu ajudava Otis a catar gravetos para fazer um ninho de passarinho. Observei Bobby trotando para lá e para cá, balançando o rabo ao farejar coisas e brincar aqui e ali. Eu me acostumara à companhia dela nessas caminhadas, me acostumara às outras companhias que encontrávamos, por causa disso. Nesses poucos e curtos meses em que ela estivera comigo, eu tinha conversado com mais gente ali do que nos cinquenta anos anteriores.

Fiquei observando Otis no balanço, balançando a perna para impelir o corpo mais e mais alto, e me perguntei que oportunidades seriam perdidas em consequência daquela votação, que chances seriam negadas a ele, o que ele sofreria. Talvez ficasse tudo bem, talvez fosse um desastre, talvez o resultado ficasse entre uma coisa e outra. Fosse ele qual fosse, eu teria que conviver com isso e com minha participação. Só mais uma cruz para carregar.

Capítulo 24

Junho deu lugar a julho e o sol estorricou a grama do parque, até ela murchar e amarelar. Bobby parecia definhar, passando os dias deitada no corredor, onde o piso de lajotas era mais fresco. Sua pelagem era tão espessa que considerei levá-la para tosar, mas, quando sugeri a ideia a Angela, ela ficou horrorizada.

— Ela é como Sansão, isso vai tirar as forças dela! — disse, batendo uma palma acima das orelhas levantadas de Bobby.

Mas não havia dúvida de que a cadela se ressentia do calor, e passei a levá-la mais cedo para passear, de manhãzinha, para fugir do sol mais quente. Foi uma experiência agradável perambularmos sozinhas pelo parque, antes que qualquer outra pessoa chegasse e se apossasse dele. O início de um dia de verão era repleto de possibilidades, e, ao contrário de Bobby, eu me deleitava com o calor se infiltrando em minhas veias, acionando minhas engrenagens — não me sentia tão enrijecida e velha no verão.

Mel veio me visitar em um sábado, sua primeira volta à casa desde nossa briga, e ambas ficamos surpresas ao descobrir que gostávamos da companhia uma da outra, até mesmo no lugar em que havíamos discutido de maneira tão cruel no ano anterior. Depois do almoço, fomos juntas levar flores para Leo, o que, apesar de ser um passeio sóbrio, pelo menos era amistoso. Na volta, Mel rompeu o silêncio.

— Sinto falta dele.

Fitei as enormes árvores nodosas que ladeavam a avenida larga em que íamos caminhando.

— Eu também.

— Às vezes, converso com ele do mesmo jeito de sempre. Como se fosse me dizer "coragem, meu ouriço! Avante!".

Tentei rir, porém o que saiu estava mais próximo de um soluço.

— Você já... — Eu ia perguntar se ela havia recebido minha carta, mas, de repente, isso pareceu excessivo. — Já foi ver aquele lugar na avenida Eltisley?

Mel e Octavia vinham pensando em comprar um apartamento maior, porque tinham muitos livros, mas não conseguiam se decidir entre um perto do parque Midsummer e outro mais perto da Newnham. Ela fez um resumo dos benefícios de ambos, depois mencionou que estava preocupada com uma possível redução do financiamento de sua pesquisa, em decorrência do Brexit. Tal como Angela, em momento algum ela questionou meu papel nisso tudo. Não lhe contei, porque não seria estúpida a ponto de derrubar as frágeis conexões que estávamos construindo, mas sugeri que Leo poderia ter votado de outra maneira, se tivesse como.

Mel me encarou, atônita.

— É claro que ele não votaria a favor da saída do Reino Unido da União Europeia! Ora, que bobagem!

— Mas... — Eu queria defender minha ideia sem entregar o ouro. — Ele sempre resmungou sobre os burocratas de Bruxelas...

— É, e também resmungava sobre os romances vagabundos de Disraeli, mas isso não o impediu de achar que o homem era um gênio — retrucou.

Fiquei ainda mais envergonhada ao pensar que tinha votado para dar voz a Leo e lhe atribuíra a opinião errada. Cada dia trazia uma nova história para piorar minha consciência pesada. Angela me contou que Hanna, a garçonete, tivera sua porta pichada com os dizeres "Vão embora, polacos". A economia estava em queda livre, diziam todos, com a libra se desvalorizando tanto que logo valeria mais ou menos o mesmo que os gravetos que Bobby me trazia em nossos passeios. O que seria da minha pensão? O dinheiro já era curto na situação em que eu estava: todos os dias traziam mais contas para eu ignorar e, ainda outro dia, eu havia recebido um telefonema de Horace Simmonds, o gerente do banco. Ele era um velho amigo de Leo, de modo que o acalmei com algumas garantias meio frouxas. Sabia que não podia ignorar o problema, só que ele me parecia grande demais para que eu o enfrentasse — mais fácil enrolá-lo e enfurná-lo num canto. Eu não podia contar nada disso a Mel — ela recomeçaria com a história de eu enxugar despesas —, e assim, em vez disso, sugeri levarmos a cachorra para dar uma volta.

Ao retornarmos, encontramos Angela nos esperando no portão de casa, com Otis e um saco de lixo preto. Lembrei-me do saco trazido por Sylvie e pensei na caminha de cachorro em minha sala, revestida com uma camada de pelos e exalando o cheiro azedo de meias velhas de Bobby, um cheiro com que aos poucos eu ia aprendendo a conviver. Mais uma vez, o calor a deixara prostrada. Ao nos aproximarmos, Angela enfiou a mão no saco e puxou uma coisa azul de plástico, que balançou diante dos nossos rostos, triunfante.

— Tem uma mangueira? — perguntou, sorrindo.

Era uma piscina inflável. Nós a levamos para o gramado do quintal e Angela começou a inflá-la, enquanto Mel buscava a mangueira no galpão. Era só uma piscininha com três anéis de plástico, mas vê-la ali me fez lembrar dos verões em que as crianças eram pequenas e eu costumava montar um irrigador de aspersão para elas, e as via darem gritinhos de prazer, correndo de um lado para outro. Fiquei comovida com a lembrança, um oásis no deserto, já que eu tinha a tendência deprimente de pensar naqueles anos como interminavelmente infelizes e exaustivos. Como quem se fixa em uma única crítica em um mar de elogios efusivos, eu me lembrava de meus fracassos, não de minhas vitórias; para cada instantâneo do irrigador parecia haver um álbum inteiro de sobressaltos precoces prontos para me censurar. Havíamos tido alguns ótimos momentos, Mel, Alistair e eu. Era só fazer mais esforço para lembrá-los.

Inflada a piscina, Mel a encheu, enquanto Angela ajudava Otis a pôr o calção de banho, o menino saltitando de tanta empolgação. Bobby contornou a piscina, com balançadas desconfiadas do rabo, e se sentou, observadora e arfante, enquanto Otis punha o dedão na água. Precisou de uns dez minutos de molhadelas e guinchos para finalmente imergir, mas aí não parou mais, borrifando água e gritando, o corpinho magricela reluzindo ao sol. Tomamos o drinque de licor com limonada que Mel trouxera e nos sentamos nas almofadas verdes e floridas de Sylvie, vendo o menino se divertir. Após cerca de uma hora, ele começou a sentir frio, por isso busquei uma toalha e ele se sentou no colo da mãe, aconchegado e confortável, enquanto batíamos papo e Bobby permanecia deitada, com a língua pendurada.

Acabamos entrando em casa, atrás de uma sombra, Mel soltando exclamações diante de minha sala nova e admirando o retrato do avô, William Jameson, e Angela convencendo-a a ficar para pedirmos comida. As duas foram procurar o cardápio, e eu, depois de pôr a chaleira no fogo, voltei ao quintal, com a intenção de usar a água da piscininha para dar uma regada muito necessária em minhas plantas. Mas, ao sair para o quintal, estanquei diante do cenário que encontrei.

De vez em quando, um demônio interno no cérebro de Bobby fazia com que ela agisse como louca por breves momentos. Sylvie o chamava de "cinco minutos hilários". Nós os havíamos observado no parque, em uma das poucas ocasiões em que ela farejava alguma coisa interessante, ou encontrava um cachorro por quem tinha um carinho especial, ou simplesmente quando lhe dava na telha. Não acontecia com frequência, mas, quando acontecia, era monumental. Ela corria em círculos, em um turbilhão de pelos, latindo a cada meia-volta, escavando o chão com as patas, uma mistura de pernas e dentes, até ficar exausta, e aí arriava, revirando os olhos e esperando ganhar parabéns pelo show.

E agora a piscina parecia ter instigado uma sessão completa. Bobby pulava para dentro e para fora dela, espirrando água para todos os lados, se sacudindo para se secar e correr pelo jardim. Depois, voltava para outro mergulho maluco, saía para se sacudir, dava a volta correndo no gramado e repetia o circuito. Com a repetição, o espetáculo foi ficando cada vez mais cômico, e comecei a rir. Angela, Otis e Mel juntaram-se a mim na porta dos fundos e logo estávamos gargalhando, enxugando as lágrimas e os respingos no rosto, enquanto as estrepolias de Bobby nos deixavam tão encharcadas quanto ela. Por fim, ela parou com uma freada deslizante à nossa frente, resfolegando até não poder mais, e o pelo molhado, grudado ao corpo, fez com que parecesse ter metade do seu tamanho habitual.

— Ela é doida — disse Otis, admirado, quando Bobby se levantou para uma última sacudida e se acomodou para secar ao sol do finzinho da tarde.

Sua farra desvairada tinha esvaziado a piscina, mas ainda sobrara água suficiente para eu dar um bom banho em minhas rosas, enquanto esperávamos a entrega do restaurante. Ao circular entre minhas flores, observei o pelo molhado de Bobby e suas patas esparramadas nas laterais do corpo, trêmulas, e senti inveja de sua capacidade de se entregar aos impulsos daquele jeito. Ela era um bicho ávido e simples; não tinha segredos, nada de que se envergonhar, nada de que pedir desculpas — apenas relaxava, sem qualquer inibição.

A piscina continuou cheia até a metade, com a água batendo de leve nas laterais, depois dos meus ataques com o regador; assim, tirei as sandálias e pisei nela. Frio e sedoso entre meus dedos, vi aquele azul inalterável fluir ao redor de meus pés calejados. Eu queria lavar meus pecados, arrancá-los como uma pele velha e sair refrescada e sem máculas, para recomeçar do zero. Como se colocar os pés em uma piscina inflável, recém-deixada por uma vira-lata maluquinha, fosse capaz de ter esse resultado. Eu já começava a ver pelos de cachorro juntando-se em volta de meus tornozelos.

Uma de minhas lembranças mais antigas era de mamãe me levando à piscina pública do Parliament Hill quando eu era bem pequena. Lembro-me de vê-la nadar, o cabelo preto flutuando às suas costas. Ela girou de repente e veio na minha direção, e então estendeu os braços para fora da água. "Venha, Milly!" Eu estava parada junto à borda, usando uma roupinha de tricô que me dava coceira nos ombros, e a água acabaria com essa sensação, mas eu não podia pular, porque havia uma aranha no caminho. Bem, não era uma aranha, pelo menos, só uma rachadura no ladrilho em volta da piscina, mas podia ter sido uma aranha. Podia. Não consegui passar por ela, por medo de que se mexesse e virasse uma aranha. Por isso, só fiquei ali, querendo mergulhar, mas presa na borda. Minha mãe acabou desistindo e se afastou boiando.

Bobby levantou-se com uma bufada e se aproximou para observar uma mosca que voava por perto. Eu já havia notado que ela parecia gostar muito de Melanie, que aproveitava todas as oportunidades para lhe afagar e dizer que ela era linda. Fiquei surpresa ao perceber que estava um pouco enciumada, puxei uma das orelhas de Bobby e suspirei.

— Ela me faz lembrar dos meus erros — expliquei.

Pensei na nossa briga, na culpa que havia tornado minha raiva ainda mais intensa. Uma raiva que agora tinha se dissipado, mas que ainda pairava no ar feito estática. Apesar de Mel e eu havermos chegado a uma espécie de trégua não declarada, eu preferia não pensar naquele dia; se pudesse ignorá-lo por tempo suficiente, talvez a falta do pensamento o fizesse desbotar-se como uma foto antiga.

— Mamãe, o que você está fazendo? — Era Mel na porta dos fundos, com um saco de papel em uma das mãos e um pão indiano redondo na outra.

Saí depressa da piscina e voltei, calçando novamente as sandálias.

— Estava só experimentando — respondi, tirando o pão de sua mão e passando por ela.

Balançando a cabeça, Mel entrou atrás de mim, e uma Bobby ainda úmida espremeu-se entre nós. Eu teria que guardar meus cinco minutos hilários para outro dia.

Capítulo 25

Villas Lancaster
Kensington W8

21 de setembro de 1942

Meu querido Will,

Recebi uma carta de Sibyl um dia desses.

Fiquei surpresa, porque, como você sabe, ela não é adepta de epístolas longas nem, a rigor, de nenhuma forma de comunicação, para ser honesta. Ocupada demais com suas galinhas.

Mas, enfim, ela escreveu para dizer que Henry e Milly estão muito bem, frequentando a escola local e gostando da zona rural, ao que parece. O melhor de tudo foi que Sibby incluiu um bilhete da própria Milly! Não tenho coragem de enviá-lo a você, por medo de que se perca, então lhe mando sua transcrição literal:

Mamae kerida

Eu te amo. Noso cuarto é alto. Tem ovelas. Milly

Não é ótimo? Estou muito contente por Sibby não ter tentado corrigir nada, pois nem de longe eu teria gostado tanto. Junto havia também um desenho, que acho que talvez seja uma das ovelhas. Não vou tentar recriá-lo aqui.

As coisas estão praticamente as mesmas em Londres. Papai parou de descer para o porão durante os bombardeios. Diz que vai ou não vai morrer e que descer não fará diferença. Mamãe voltou a costurar, o que é sempre um mau presságio.

Com as crianças (e você) longe, fico feliz por ter meu trabalho. Dirigir as ambulâncias não é fácil, mas estou me acostumando. Meu horário habitual é das seis da tarde às oito da manhã. Temos que sair assim que as bombas começam a cair, senão não sobra ninguém para salvarmos. No princípio, era assustador, mas agora, em geral estamos ocupados demais para notar. Uma noite dessas, uma bomba atingiu um teatro na Tottenham Court. A peça estava lotada de soldados de licença — muitos dos mortos estavam uniformizados. Tinham sido deitados na rua, com um lençol por cima, e tivemos de verificar se estavam todos mortos, para sabermos se deveríamos levá-los ao hospital ou ao necrotério.

Encontrei entre eles um homem que estava vivo e passei algum tempo segurando sua mão, enquanto esperava que falecesse. Ele pediu "Diga à Elsie que eu a amo" e eu disse que atenderia seu pedido. Nós o transportamos na ambulância com os outros para o necrotério, mas lá não quiseram aceitá-los sem um atestado de um médico. Assim, ficamos com corpos na ambulância, mas sem ter onde colocá-los. No fim, tivemos que deixá-los em uma travessa. Nenhum de nós ficou satisfeito com isso, mas o que podíamos fazer? Havia outros que ainda tinham alguma chance e precisávamos ajudá-los.

Nos meus dias de folga, em Fitzrovia, tenho me encontrado com algumas outras mulheres que pensam em criar um Comitê de Igualdade Salarial, para pressionar por mais direitos. Os debates são bem animados, e, uma noite dessas, ficamos tão absortas nas conversas que, ao terminarmos, saímos para a rua e deparamos com o blecaute completo. Tive que usar os meios-fios brancos para achar o caminho até o ponto de ônibus. O motorista também não era muito bom, pisava no freio com muita força. Passava de dez horas quando cheguei em casa. Mamãe estava histérica.

Preciso parar por aqui, porque meu turno vai começar daqui a pouco, mas volto a escrever assim que puder. Tenho esperança de conseguir uma licença para ir a Yorkshire no mês que vem, ou algo assim. Talvez eu faça sua pequena Missy escrever uma carta só para você. Não seria maravilhoso?

Com amor,

Da sua querida,

Lena

Também encontrei a carta de Sibyl nessa caixa, junto com meu próprio bilhete, encardido e amassado de tanto ser lido, com o desenho da ovelha na parte inferior. Achei que parecia mais um sol atrás de uma nuvem, mas imagino que isso dependia de como se olhasse para ele. Todos esses anos eu achara que a pior coisa tinha sido terem levado embora Jonas, o labrador.

O que realmente não suporto é saber que ela foi mesmo nos visitar, e pediu que eu escrevesse para meu pai, mas nunca o fiz, porque estávamos muito ocupados brincando com os bichos da tia Sibby. Enquanto Bobby me cutucava com o focinho e lambia as lágrimas do meu rosto, fiquei pensando que, se pudesse voltar atrás, eu iria àquele quarto do sótão e escreveria para ele a carta mais comprida e mais cheia de erros de ortografia de que fosse capaz.

Com amor,

Da querida dele,

Missy.

Capítulo 26

No trigésimo aniversário de Melanie, Leo insistira em dar uma festa. Ela não queria, nem eu; eu não queria o incômodo de convites e da escolha de locais e a chateação de criar um evento em Cambridge. Ali estava viajando e não poderia ajudar, e, depois de fazer sua proclamação grandiloquente, Leo partiu para uma conferência, cabendo a mim organizar tudo, telefonar para as pessoas e reservar um salão no King's, enquanto Mel resmungava e dizia que preferiria apenas jantar fora.

Na manhã da festa, acordei de ressaca, por ter me agraciado com vários gins-tônicas fortes enquanto lidava com confirmações de comparecimento de última hora — Não, é claro, não há problema *algum* — e tentava entrar em contato com o hotel de Ali, para saber se ele conseguiria voltar do Egito a tempo. A dor de cabeça era incessante, latejando nas têmporas, e o calor do fim de verão não ajudava, invadindo a casa em rajadas enquanto eu corria para embrulhar o presente de Mel (uma primeira edição de Wollstonecraft que o pai amoroso havia arrematado em um leilão da Bonhams, a um custo altíssimo) e ligar para o bufê. E, então, Leo chegou e começou a se meter, perguntando pela seleção de vinhos e dizendo que deveríamos ter optado por uma festa ao ar livre. Ao chegarmos ao carro, estávamos ambos suados e irritados, mal trocando uma palavra durante o trajeto.

No King's Hall, os garçons estavam colocando as mesas no lugar errado, de modo que Leo foi reclamar com eles, enquanto eu fugia para o frescor da capela e me sentava com a cabeça encostada em um dos bancos, desejando que aquilo tudo acabasse logo.

— Oi, mãe. — Mel sentou-se a meu lado e pegou um dos hinários, pondo-se a folheá-lo, distraída. — Conseguiu falar com Ali?

— Ele perdeu o voo — suspirei, pressionando as laterais da cabeça com os nós dos dedos. — Mandou um beijo.

— Típico. Já era de se esperar. — Bateu com o livro na prateleira à nossa frente e cruzou os braços.

Ela e Ali tinham uma relação bastante razoável, mas eram muito diferentes.

Fechei os olhos.

— Não é culpa dele, ele ficou preso na escavação. Você sabe como é.

— Sei, sim. Quantas pessoas *vão* comparecer?

— Umas cem, acho.

— Nossa, que monstruosidade. Montes de esterco da manada satânica do próprio Diabo.

— O que eu adoro em você, Melanie, é ver como você é agradecida.

— Mãe, não é segredo para ninguém que há muito pouca coisa que você adore em mim.

Disse isso com aquele jeito brincalhão habitual, mas acertou bem no alvo. Eu estava cansada demais, porém, para discutir com ela e, em vez disso, cravei os olhos na pintura acima do altar, *A adoração dos Reis Magos*. Era isso que Mel queria: adoração? O que eu lhe dera, ao contrário, tinham sido canapés e uma banda ao vivo, a pedido do pai dela.

Mel levantou-se.

— Vamos acabar logo com isso, sim?

De volta ao salão, as mesas tinham sido reposicionadas e havia pessoas carregando flores e castiçais de um lado para outro. Um bar fora arrumado em uma das extremidades e fui inspecioná-lo e me servir furtivamente de um copo. Eram cinco para as seis, afinal. Examinando o salão, pensei em como era curioso que Leo fizesse tanta questão de celebrar o aniversário de Melanie, mas não o nosso aniversário de casamento. Também havia completado trinta anos desde que nos casáramos, bem ali. No dia do nosso aniversário, porém, ele estava viajando e, quando voltou, trouxe-me um pingente dos índios navajos. Muito bonito, mas era uma turquesa, longe do que deveria ser. Trinta anos são bodas de pérola. Eu lhe comprara uma espátula com cabo de madrepérola e, ao abrir o presente, ele comentou "que coisa engraçada!", como se o significado lhe escapasse por completo. Mel, no entanto, ganhou o King's Hall, com seus painéis de carvalho, suas pinturas a óleo e seus ecos.

Após metade da taça, minha dor de cabeça começou a ceder e, com a chegada dos primeiros convidados e o aparecimento do bufê, juntei-me a eles. Ali voltaria logo e haveria outros aniversários de casamento. Leo estava bancando o anfitrião atencioso, garrafa de champanhe na mão, enquanto Mel era cercada por velhas amigas da faculdade, todas lhe dando tapinhas nas costas, como se a cumprimentassem por algo mais do que simplesmente existir havia três décadas. Encostada na parede, deixei os garçons manterem minha taça cheia e comecei a fazer a contagem regressiva dos minutos.

E Leo postou-se diante de mim, me chamando, quando a banda começou a tocar. Segurei sua mão e o resto de minha dor de cabeça sumiu, junto com todas as outras pessoas; éramos só nós, a mão dele na minha cintura, seus olhos franzindo nos cantos enquanto ele olhava para mim. Eu sabia que parte disso era só um espetáculo — os pais orgulhosos se exibindo —, mas, enquanto estava em seus braços, não fazia diferença. Podíamos ouvir nossa música e, para variar, ela apagou todo o resto.

— Parabéns — disse ele, girando-me na pista. — É uma bela festa. Até o vinho não é nada mau.

Eu ri.

— Não é a safra de 1959, receio.

— Sei que você trabalhou muito. Lamento que Ali não tenha podido vir. — Deu-me um beijo no rosto. — É melhor eu me preparar para meu discurso. Certifique-se de ficar na frente, sra. Carmichael.

O calor e o barulho se intensificavam e, quando Leo deu uma batidinha em sua taça e todos nos acotovelamos para nos aproximar e escutar, senti-me tensa e desorientada, após nosso momento de solidão, incapaz de me concentrar nas palavras dele, que se vangloriava por ter uma filha com tantas realizações, com seu doutorado e sua bolsa de pesquisa, seguindo os passos do pai... Minha mente começou a vagar; turquesa, o talismã dos reis, a pedra turca que protegia das quedas. Talvez fosse melhor que a pérola, afinal. Olhei para Leo, que ainda se dirigia aos convidados, e sorri quando ele ergueu sua taça para Melanie, e veio se juntar a mim na aglomeração, enquanto Mel abria caminho, com as amigas gritando e fazendo algazarra. No começo, muito contente por tê-lo a meu lado, não notei que ela estava conduzindo alguém pela mão. Sua amiga... Octavia? Uma mulher divertida, piscava muito. E, de repente, percebi o que ia acontecer e dei um passo à frente, como que para impedir, mas essa perda das boas graças de Leo era algo que eu não tinha como prevenir. Assim, cravei os olhos na borda de minha taça, enquanto meu marido enrijecia a meu lado.

O discurso de Mel foi curto e grosso. Octavia ficou a seu lado, com um sorriso radiante, e a reação da plateia foi ambígua — aprovação estrepitosa dos amigos dela, perplexidade polida dos nossos. Senti a consternação de Leo emanar dele em ondas, tentando se mostrar jovial e tranquilo, como se aquilo não fosse um choque terrível. Tão alheio, trancado em sua torre de marfim — vi desabar diante dos seus olhos o sonho que ele acalentava de vê-la casada com algum catedrático ilustre e mãe de filhos altamente bem-sucedidos.

Em meio aos vivas e a alguns aplausos confusos, Leo, com um sorriso fixo no rosto e fazendo acenos com a cabeça para os convidados, sibilou para mim pelo canto da boca:

— Você sabia?

Dei de ombros, afundando o rosto na taça.

— Por que não me contou?

Engoli meu vinho e acenei para a mulher de Tristan, Isabel, que erguia um brinde questionador na minha direção.

— Eu não tinha certeza. Ela nunca falou nada.

— Você deveria ter me avisado. O que devo fazer agora?

— A culpa não é minha. Apenas teremos que lidar com isso da melhor maneira possível.

— Você quer dizer que *eu* terei.

Leo se afastou, trocando apertos de mãos e tapinhas nos ombros, enquanto caminhava na direção da filha. Vi-o indicar a porta com um gesto de cabeça e os dois saíram discretamente, detendo-se para receber os parabéns de vários grupos, ao se retirarem. Assim que deixaram o salão, Mel deu uma olhada para trás, para Octavia, e revirou os olhos, e não pude deixar de sentir uma ponta-da de satisfação — Mel havia atravessado o Rubicão, acabado com a aliança. Larguei minha taça de vinho e fui atrás deles.

No gramado junto ao rio, os dois discutiam furiosamente, mãos gesticulando em uma simetria que desmentia a hostilidade.

— Como você pôde fazer isso? — dizia Leo. — Diante de toda aquela gente? Nossos amigos!

— Não tenho vergonha — rebateu Mel. — Você tem?

— A questão não é essa. Você deveria ter falado o que estava planejando... planejando... Não era para ser sobre isso.

— Então, era sobre o quê? Você brindando à continuação do seu legado?

Leo calou-se por um segundo e reprimi um sorriso, diante de uma crítica tão dura e eficaz. Pensei em nosso presente, aninhado entre os outros na mesa do salão. *Reivindicação dos direitos da mulher.* Eu saíra atrás deles para colocar panos quentes, mas eles nem notaram — como sempre —, e fui recuando para que cuidassem eles mesmos do assunto. Talvez fosse justamente disso que eles precisavam: não de um rompimento do vínculo que tinham, mas de um esgarçamento. E, depois que ele ocorresse, eu poderia estar lá para catar os pedaços, para consolar Leo e, quem sabe, para variar, até para ser, dos pais, a mais tolerante. Assim, voltei para a festa e assentindo agradecida quando as pessoas me diziam que Mel era de uma valentia incrível, que moça corajosa, seguindo seu próprio caminho.

Aos poucos, os convidados começaram a se despedir e o pessoal do bufê foi iniciando discretamente a limpeza. Mel e Octavia foram arrastadas para o bar do King's, para continuar as comemorações. No fim, restamos apenas Leo e eu no carro, de novo, com o banco de trás abarrotado de garrafas que sobraram e flores. No escuro, ele encostou a cabeça no volante por um minuto, depois olhou para mim.

— Desculpe — disse, pesaroso. — Sei que não é culpa sua. Eu só queria...

Coloquei a mão em seu ombro.

— Eu sei.

Ele deu um suspiro.

— Alguns anos atrás, houve um sujeito simpático, no Caius, que me escreveu pedindo orientação sobre o Disraeli, e depois nos conhecemos no aniversário de oitenta anos de Alan Taylor, e pensei: "*Esse* é o tipo de homem..." — Deixou a frase morrer e seu olhar perdeu-se no horizonte.

— Não adianta pensar no que poderia ter sido — murmurei, deslizando a mão para acariciar seu cabelo, movendo os dedos entre as mechas ainda brilhantes que iam ficando grisalhas.

— Mas a gente fica torcendo para... — olhou-me de lado — que eles encontrem... o que nós encontramos.

Ali, no escuro, em nosso carro frio, meu coração inflou-se como um balão. Tive vontade de dizer... inúmeras coisas. De perguntar a ele exatamente o que havíamos encontrado: teríamos encontrado as mesmas coisas? De dizer o que *eu* havia encontrado: meu lar, meu *oikos*, minha canção correspondida. Eu queria desfrutar aquele momento e enriquecê-lo, e acalmar Leo, mas havia coisas demais a dizer, e por isso tropecei.

— Tenho certeza de que Octavia também é muito agradável e inteligente.

Totalmente inadequado. Ele se endireitou no assento, afastando-se de minha mão.

— Ela é da *sua* antiga faculdade — disse, levemente acusatório.

Quando ligou o motor para dar ré para a King's Parade, o carro deu um tranco e parou, e...

...e acordei, de volta à sala de Angela, com o relógio da parede anunciando que eram quase onze horas. Pisquei os olhos e me estiquei no sofá, com as articulações enrijecidas e sem flexibilidade. Quando ia me levantando, toda rangente, a chave girou na fechadura e a própria Angela entrou, descalça, segurando os sapatos pelas alças. Ao me ver, arqueou as sobrancelhas, com ar inquisitivo.

— Está tudo bem — informei, esfregando os olhos. — Ele pegou no sono às oito horas. E o seu arboricultor? Era legal?

Ela fez careta.

— Descobri que árvores são realmente chatas.

— Tão ruim assim?

— Comemos pizza e dividimos a conta; deixei uma gorjeta na mesa e ele a pegou, para cobrir o custo do meu Pinot Grigio.

— Ai, que horror. Sinto muito.

— Não se preocupe. Há outros peixes no mar. Ou árvores na floresta. Vou só dar uma olhada no Oat.

Fui atrás, enquanto ela se dirigia ao quarto na ponta dos pés. Abriu a porta e Otis virou-se de lado, piscando os olhos.

— Oi, mamãe — disse, sonolento. — Missy me contou uma história em que mataram todo mundo com flechadas.

— Desculpe — falei, da porta. — Foi a história de Aquiles.

Angela me lançou um sorriso por cima do ombro e tornou a se voltar para o Otis:

— Foi mesmo? Sorte sua. Agora, volte a dormir, antes que ela lhe conte outra.

Endireitou o edredom em volta do filho e ajeitou o cabelinho dele atrás da orelha. Não era preciso que Otis fosse mergulhado em um rio, pendurado pelos pés, para ser protegido; não havia lacunas nem fraquezas, para começo de conversa. Homens e mulheres, mulheres e mulheres, mães e filhos, até idosas e cães: o amor era apenas amor, só isso. Falho, desigual, complicado, desencontrado, mas ainda essencial.

— Desculpe — tornei a dizer, ao voltarmos para a sala. — Pensando bem, é possível que não seja uma história muito apropriada.

— Não tem problema — retrucou Angela, esfregando os olhos. — Ninguém é perfeito. — Notou a garrafa vazia na mesinha. — Não deixou nem uma gota, sua grande sacana.

Sorri e comecei a recolher minhas coisas, mas, à porta, virei-me para trás, com os dedos no trinco. Angela estava desabada no sofá, os pés descalços sobre a mesinha, mastigando uma sobra de pretzels.

— Só para você saber — comecei. — Otis não precisa de pai. Está muito bem como está.

E saí de fininho, fechando a porta antes que ela pudesse responder.

Já em casa, deixei-me acolher pela recepção extasiada de Bobby e percebi que não abrira a correspondência daquela manhã. Então fui para a sala e me acomodei no sofá para folheá-la. Praticamente só contas, como de hábito, mas no final havia um envelope mais grosso, com o carimbo do correio de Cambridge. Abri com a unha e dentro havia duas fotografias e um bilhete rabiscado por Mel: "Achei que você fosse gostar destas."

Eram ambas fotos do casamento. Melanie e Octavia, ainda firmes, quase trinta anos depois daquela festa. Da primeira foto, eu me lembrava, tirada no gramado com Bobby, logo depois de encontrarmos Alicia. Eu estava entre o casal feliz, com ar formal e constrangido, e Bobby puxava a guia, ficando quase toda fora do enquadramento. Mas a outra fora tirada sem que eu soubesse, quando estávamos saindo. Descíamos o corredor em direção ao fotógrafo, Bobby à frente, sorrindo para a câmera, todos banhados pela luz que vinha da festa. Angela carregava Otis, que tinha o rosto risonho encostado no ombro da mãe; ela estava virada para mim, dizendo alguma coisa, e eu jogara a cabeça para trás, às gargalhadas. O que ela estaria dizendo? Não consegui me lembrar, mas nunca tinha me visto daquele jeito.

A primeira foto era uma descrição perfeita de quem eu era, de modo geral, mas a segunda expusera meu outro eu, a pequena parte de mim capaz de rir daquele jeito. Tive vontade de abrir caminho para essa parte do jeito que havia cavoucado o envelope, de abri-la e ampliá-la, para que ela dominasse a formalidade e o constrangimento e todas as outras fraquezas que eu desprezava. Para ser aquela mulher descontraída e animada, exibi-la e deixar a outra enfurnada em um canto.

Mas, enfim, como dizia Angela, ninguém é perfeito. Nem Leo nem Melanie e, certamente, nem eu. Equilibrei as fotos de pé no console da lareira, a primeira enfiada atrás da segunda. De manhã arranjaria porta-retratos para as duas.

Capítulo 27

Em setembro, Otis voltou para a escola e, com o passar das semanas, fiquei entediada, sem nada que fazer. Tinha me acostumado com as manhãs que passávamos juntos; não raro, elas se estendiam até a tarde, ou Angela ficava para o chá e um bate-papo, quando vinha buscá-lo.

Bobby e eu ainda fazíamos nossas caminhadas, eu encontrava outros passeadores de cachorros para um café e, vez por outra, dava um pulo na casa de Sylvie para conversar, mas sentia saudade de Otis e de suas visitas. Angela contou que ele estava indo bem na escola e, um dia, até me levou para buscá-lo. Paramos do lado de fora da sala de aula, e, quando a porta se abriu, exatamente às três e meia, ele veio em disparada, a mochila balançando, e se atirou nos braços da mãe. Depois, virou-se para mim, exclamou "Missy!" e abraçou meus joelhos. Nós o levamos à biblioteca e li uma história para ele, enquanto Angela ia atrás de livros de Maeve Binchys. No caminho, apontou para o quadro de avisos.

— Olhe, você deveria fazer isso.

Era um anúncio à procura de leitores para a Hora de Contação de Histórias Infantis, nas manhãs de quinta-feira.

Balancei a cabeça.

— Acho que não. Isso é para atores desempregados. Não vão querer uma velha como eu.

— Bobagem — retrucou ela. — Você lê muito bem. Tem uma voz feita para isso.

Pigarreei e dei de ombros, mas, em casa, peguei-me pensando no assunto. Leo sempre dissera que eu tinha a voz agradável e, nos idos da década de 1950, quando eu trabalhava na biblioteca da universidade, uma organização beneficente me procurara para gravar um livro falado. Mas ler para um grupo de crianças superagitadas era outra questão, e eu não estava segura de ter o temperamento necessário. Mesmo assim, a ideia não saiu da minha cabeça e, na semana seguinte, em uma de minhas perambulações, me encontrei novamente em frente à biblioteca, e, depois de muita enrolação, entrei. O anúncio continuava lá.

— Posso ajudá-la?

Uma mulher de meia-idade, com cabelo curto e óculos presos numa corrente no pescoço, olhava na minha direção. Apontei para o quadro de avisos.

— Vocês ainda estão procurando por leitores?

Ela abriu um sorriso e disse:

— Estamos, sim! Gostaria de se oferecer como voluntária?

Não sei por que me inscrevi, mas achei que a minha versão gargalhante não veria problema algum em se oferecer para ler para um grupo de crianças bagunceiras. É claro que isso levou a uma série de noites inquietas, observando as sombras e sonhando que eu havia saído nua para a rua.

Mais adiante, nessa semana, trêmula e me xingando por ser tão inconsequente, levei para a biblioteca o exemplar do Otis de *Glenys, a bruxa com coceira*. Àquela altura, o ser festeiro da segunda foto do casamento de Mel tinha sido completamente obscurecido pela megera velha e murcha da primeira. A última noite eu praticamente não tinha dormido, e me revirei tanto que até Bobby ficou incomodada, pulando da cama e, com uma bufadela, recolhendo-se ao chão, onde tratou de voltar a dormir e roncar alto, sem fazer muito caso da minha insônia. Fiquei deitada, descobrindo formas nas silhuetas e desejando que Leo estivesse ali para me animar. Relembrei os testes de Mel na escola, incentivada e apoiada pelo pai, e percebi que eu tinha sido realmente muito pouco solidária.

De manhã, não consegui comer nada além de uma torrada pura e estava faminta ao chegar à biblioteca. A senhora do cabelo curto, que se chamava

Deirdre, recebeu-me com uma xícara de chá e um biscoito recheado de creme, e agravou meu nervosismo ao dizer que algumas crianças já haviam chegado. Quando me sentei no cantinho das histórias, minhas mãos tremiam e a garganta estava seca como deserto. As crianças e as mães estavam na parte principal da biblioteca, correndo e conversando, respectivamente. Deirdre, que havia disposto cadeirinhas e almofadas em fileiras na seção infantil, parou a meu lado e bateu palmas.

— Todos sentados, já vamos começar!

As crianças vieram em fila e se sentaram nas almofadas, ainda tagarelando, enquanto as mães se postaram de pé no fundo. Por que eu havia aceitado fazer isso? Ainda havia um burburinho baixo e eu não tinha ideia de como fazê-los ficarem quietos. Respirei fundo, trêmula.

— A coruja deu um voo rasante sobre o chapéu da bruxa — comecei, roufenha.

Deirdre fez um aceno promissor com a cabeça e as crianças se aquietaram, dedinhos mexendo e olhos irrequietos, mas ocasionalmente focando em mim.

— E, com o bico, beliscou a trança dela.

Por coincidência, eu havia prendido meu cabelo em uma trança, e me lembrei de Otis me chamando de bruxa — com a aproximação do Dia das Bruxas, parecia apropriado. Dei um peteleco na trança, as crianças riram e — finalmente — a minha versão gargalhante acordou e assumiu o controle da situação.

— A bruxa soltou um chiado e girou a bengala, transformando a coruja num cata-vento!

E assim prossegui, minha voz espalhando-se pelo cantinho e atraindo as crianças e as mães, enquanto eu ia trocando de personagens. Para minha alegria, vi que as crianças estavam fascinadas, olhando para as ilustrações que eu mostrava, cochichando e apontando. As mães sorriam para seus pequenos, e Deirdre murmurava baixinho, acompanhando a narrativa. Conforme progredimos, todos se juntaram no refrão sibilante do "Chhh!", e, quando cheguei nos últimos versos, concluindo com um sussurro malvado — "e, com um estalo da bengala, ela sumiu e nunca mais foi vista!" —, ergui os olhos para uma discreta salva de palmas das mães. Deirdre perguntou se eu tinha outra história, e eu não tinha, mas estávamos em uma biblioteca, é claro, de modo que achamos outro livro, que li também.

Depois, algumas mulheres vieram me parabenizar, e Deirdre me ofereceu outro biscoito e me convidou para almoçar. Fomos a uma cafeteria ali perto e, enquanto saboreávamos uma batata assada, ela perguntou se eu teria interesse em um emprego. Não era grande coisa — e ela se desculpou profusamente, porque, a essa altura, já conhecia meu currículo —, mas eles precisavam de um novo assistente na biblioteca. Eu era qualificada demais — e me senti andando nas nuvens. Disse que ia pensar e caminhei para casa me elogiando e querendo contar a alguém que não fosse Bobby. Pensei em mandar uma mensagem para Angela ou Sylvie, mas não queria parecer arrogante. No fim, mandei um e-mail para Alistair e uma mensagem de texto para Mel, que respondeu prontamente e com seu pragmatismo típico:

Ótima notícia, muito bem. Você vai precisar se virar com os novos sistemas de TI, quem sabe eles não têm um treinamento para você?

Talvez fosse uma ideia tola, voltar a trabalhar na minha idade. A tecnologia tinha avançado muito e havia grandes chances de que eu fizesse papel de boba, com meu arquivo Rolodex e meu dicionário de grego. Bobby ficou sentada me olhando, com a cabeça inclinada de lado, escutando meu monólogo enquanto eu voltava à Terra. Quando cocei suas orelhas, ela deu um ronco baixinho de apreciação. Era melhor eu levá-la para dar uma volta — agora que as noites estavam mais longas, tínhamos que fazer isso mais cedo —, porém, quando peguei sua guia, meu celular apitou de novo e chegou uma mensagem de Angela:

Emergência, presa no trabalho, Otis na escola. Pode buscar? A senha é Batman. Dsclp e obg!

Fomos para a escola de Otis e a cachorra ficou meio contrariada com o desvio de sua rota habitual. Prendi sua guia em uma grade fora dos portões, entrei na escola e encontrei na recepção uma mulher saindo com os filhos.

Ela me deu um sorriso e disse:

— Olá! Você foi ótima hoje, a Bella realmente gostou muito, não foi, Bel? Adorou o dragão galês.

Enrubesci e murmurei um agradecimento, chegando à porta que ela manteve aberta. Otis saiu a toda e a professora me entregou uma pilha de papéis cobertos por seus rabiscos. Ele estivera fazendo palitinhos de queijo e me entregou um, todo orgulhoso; era branco e mole feito o dedo de um cadáver. Quando mordi a ponta, tinha gosto de farinha seca.

— Maravilhoso — comentei, dando outra mordida. — Uma delícia.

Otis foi saltitando a meu lado, falando sobre o seu dia. Construíra um foguete com o amigo Ethan, uma menina tinha vomitado do lado de fora do banheiro, e sua professora, Belinda, tinha-lhes ensinado o "k" "k" "k" — ele fez um movimento de pinça com os dedos. Eu não soube bem se aprovava o método fonético. No meu tempo, apenas aprendíamos a ler.

Levamos Bobby para uma volta rápida no quarteirão e depois fomos lá para casa, onde fiz panquecas para Otis, enquanto ele corria, depois de prender um pano de prato na gola do macacão, para servir de capa. Quando Angela bateu à porta, mais tarde, estávamos agachados no tapete da sala, brincando com os carrinhos do sótão.

— Desculpe, desculpe, desculpe. — Angela entrou atrás de mim, acenando com uma garrafa de vinho embrulhada. — Um pesadelo. Nossa, detesto meu emprego.

Peguei a garrafa de vinho de sua mão.

— Não precisava, você sabe como adoro ficar com ele.

— Mas não deixa de ser uma imposição, não é? Não quero ser uma dessas mães. — Agachou-se no tapete com Otis e despenteou o cabelo do menino. — Você foi um bom garoto?

— Sim — respondeu ele. — Alguém vomitou do lado de fora dos banheiros, mas não fui eu.

— Você precisa comer um dos palitinhos de queijo que ele fez — recomendei.

Bebendo vinho e comendo dedos de cadáver, Angela resmungou sobre a nova matéria que precisava escrever ("As coisas foram fáceis demais para a geração do pós-guerra?") e perguntou sobre como tinha sido a contação de histórias. Contei de Deirdre e da oferta de emprego.

— Que maravilha! — exclamou, me convocando a brindar. — Quando você começa?

Encolhi os ombros e disse:

— Não tenho certeza de que seja uma boa ideia. Estou meio velha e preciso pensar na Bobby.

— Besteira — retrucou. — Você seria ótima. Pare de se depreciar e aceite.

Corri o dedo pela borda de minha taça.

— Só que... faz muito tempo desde a última vez que trabalhei. Tudo mudou. Está tudo informatizado, eu provavelmente vou me enrolar toda.

Angela pegou o celular e começou a digitar. Recostei-me na cadeira, levemente ofendida, mas ela balançou a cabeça e continuou. Quando tornou a baixar o celular, bateu na mesa com as mãos.

— Acabei de mandar uma mensagem para Denzil e disse para que ficasse de prontidão para ajudar você. Ele é do cacete em matéria de tecnologia, fez fortuna vendendo uma start-up, e agora só fica andando com aqueles boxers e gastando dinheiro em obras de arte. Ele vai ajudar você. Está vendo? — Quando seu celular apitou, ela o levantou e vi a resposta:

Deixe comigo. Dê parabéns à Missy.

— Certo. Mais alguma desculpa?

Havia um brilho nos olhos de Angela, algo de um olhar rascante, e balancei a cabeça. Talvez dissesse à Deirdre que ia pensar um pouquinho mais.

— Você vai à festa de Denzil? — prosseguiu Angela, sacudindo dos jeans os farelos dos palitinhos de queijo.

— Acho que sim. — Franzi o cenho. — Parece bem chique.

Todos havíamos recebido convites formais pelo correio — foi uma novidade bem-vinda para variar das contas de sempre —, mas eu me sentia velha demais para seguir recomendações de trajes.

Angela deu uma fungada e disse:

— Não ligue para isso. Ano passado, Sylvie viu alguém de gravata branca e outra pessoa com um macacão salpicado de tinta. Ele gosta de artistas, e são todos esquisitos. Ouvi dizer que ele tem um Damien Hirst no porão.

Ela e Otis se foram logo depois, e fiquei circulando na cozinha, pondo a sobra do vinho na geladeira e esquentando uma sopa para jantar. Bobby devorou sua ração, com a coleira tilintando na vasilha — um som que eu havia passado a apreciar. Jantei na cozinha, dando-lhe tirinhas de pão amanteigado e me distraindo no laptop. Ao verificar meus e-mails, vi uma resposta de Alistair. Arthur estava indo muito bem na escola, já escrevia perfeitamente o nome e dizia que queria ser policial. Emily havia encontrado um sambaqui aborígine — eu não fazia ideia do que isso queria dizer —, e Ali fora convidado para uma conferência em Nova York, mais para o fim do ano. Quisera eu que fosse em Londres. Por último, ele disse que o emprego parecia uma ideia maravilhosa e exatamente o tipo de coisa que cairia bem para mim. "Você tem muito a oferecer", disse. "Papai ficaria orgulhoso."

Eu tinha muito a oferecer? Seis meses antes, teria dito que não, mas, ultimamente, vinha experimentando uma sensação de otimismo que se infiltrava em mim — a ideia de haver coisas por que esperar, de que eu havia alternativas; era uma sensação deliciosa. Mas eu temia que minha animação recém-descoberta fosse algo frágil, tão quebradiço e farelento quanto os palitinhos de queijo de Otis. Será que Leo sentiria orgulho? Provavelmente, teria reclamado de eu estar na rua o tempo todo — gostava que eu ficasse por perto, mesmo quando se trancafiava em seu escritório. Costumava dizer que sentia minha presença em casa, mesmo que não pudesse me ver nem me ouvir, e que isso era reconfortante. Eu sentia a mesma coisa. Mas ele já não estava por perto e eu tinha de viver com isso.

— O que você acha, Bobby? — perguntei, quando ela começou a girar e se acomodar em sua cama junto à lareira. — É bobagem fazer isso na minha idade?

As sobrancelhas de Bobby se remexeram enquanto ela refletia.

— É o equivalente profissional de pular em uma piscininha de plástico — acrescentei, afagando sua cabeça.

Ela bateu o rabo ritmadamente.

Decidi aceitar o emprego. Sempre haveria rachaduras em forma de aranha nos ladrilhos para nos assustar, mas, às vezes, tínhamos que mergulhar mesmo assim. Eu tinha a impressão — a esperança — de que, como Bobby, aquilo pudesse vir a ser justamente o que me faltava.

Capítulo 28

O outono foi virando inverno e os dias diminuindo, enquanto as folhas se transformavam em um voluptuoso conjunto de bronzes e escarlates.

Em uma luminosa manhã de início de novembro, enquanto passeava com Bobby, os funcionários do parque estavam desmontando as cercas de metal e recolhendo o lixo da exibição de fogos de artificio da Noite das Fogueiras. Bobby farejava os aromas remanescentes, quando tropecei em estrelinhas usadas e ansiei pelo Natal.

Minha obsessão começou na infância, durante a guerra, quando a família inteira se reunia para as festas na casa de minha tia Sibyl, em Kirkheaton. Fa-Fa saía na véspera do Natal e voltava com um enorme pinheiro. Tia Sibby lhe repreendia, e, em seguida, íamos todos decorá-lo juntos, encantando-nos com os pequenos ornamentos requintados, quase todos feitos à mão por minha avó Jette, que tinha jeito para esse tipo de coisa.

Na manhã de Natal, íamos em bando à igreja da vizinhança, para ouvir tio Randolph proferir seu sermão, com Fa-Fa resmungando baixinho o tempo todo; em seguida, voltávamos para casa, para comer uma das galinhas de tia Sibby, cujo pescoço era torcido especialmente para essa ocasião. Ouvíamos o Discurso do Rei e, depois disso, podíamos abrir nossos presentes. Nessa época, é claro, eles eram coisas insignificantes, como luvas tricotadas ou um cata-vento de papel fino, tudo muito no estilo *Mulherzinhas*, mas me lembro de nunca ficar decepcionada. Depois, mamãe tocava piano e todos nos juntávamos em volta dela para entoar canções natalinas. Minhas preferidas eram as mais tristes; elas me tocavam a alma de um jeito prazerosamente doloroso, como massagear um músculo dolorido.

No fim da guerra, papai foi morto e os Natais nunca mais foram os mesmos, porém, à medida que fui crescendo, procurei recapturar o espírito daquela época dourada, cintilante. Quando meus filhos eram pequenos, eu era muito exigente a esse respeito, e até Leo sabia que tinha de sair do escritório e participar de todas as celebrações. Talvez eu fosse um pouco exigente *demais*, nunca deixando as crianças me ajudarem a decorar a árvore, para que não fizessem bagunça. Agora eu era mais tolerante e, esse ano, pretendia deixar Arthur brincar com todos os enfeites cintilantes.

Todo mês de dezembro, eles vinham da Austrália passar duas semanas, o que era o ponto alto do meu calendário, principalmente depois que Leo se fora. Pensei em prepararmos uma variação do peru habitual, quem sabe um lombo assado ou até um ganso, embora eu nunca houvesse cozinhado um antes. Sentia-me incomumente animada, fazendo planos para a visita de Ali e de Arthur, razão por que, quando topei com Denzil e ele me perguntou sobre sua festa pré-natalina, respondi que ia, em vez de ficar indecisa pensando que ele tinha me convidado apenas por gentileza.

— Você tem que caprichar no visual, hein? Roupa de domingo e tudo o mais. É uma festa chique, né?

Denzil tinha sido muito prestativo desde que eu havia começado a trabalhar na biblioteca, ajudando-me com o sistema de catalogação usado para rastrear itens, pedidos, contas e similares. Com a ajuda dele, aos poucos eu estava me entendendo com o sistema, e acabei descobrindo que trabalhar todas as manhãs não era exatamente a experiência estressante que tinha sido no começo. Na verdade, eu vinha gostando muito e já era capaz de cumprimentar alguns frequentadores regulares pelo nome, já conhecia seus autores favoritos e lhes indicava as prateleiras certas. Inúmeras coisas haviam mudado desde minha primeira incursão na carreira de bibliotecária, mas outras permaneciam as mesmas. As pessoas ainda liam e gostavam de conversar, e viam a biblioteca como um ponto de encontro e, em determinados casos, um refúgio.

* * *

Foram algumas semanas agradáveis e produtivas, ocupada no trabalho e com Bobby, até eu perceber, no dia da "festa chique" de Denzil, que não tinha nada apropriado para usar. Não tinha dinheiro para uma roupa nova, nem mesmo com meu modesto salário na biblioteca, principalmente agora que as contas se acumulavam e que as cartas e os telefonemas ignorados do banco estavam se tornando cada vez mais frequentes. Eu havia atendido um deles sem pensar, dias antes, mas, mal ouvira a voz refinada de Horace dizer "Por favor, a Millicent Carmichael está?", assumi um sotaque irlandês igual ao de Angela e disse que era engano.

Nessa tarde, Bobby me encontrou espalhando roupas pelo quarto, segurando vestidos junto ao corpo e rejeitando todos. Ela fitou meu reflexo carrancudo no espelho.

— Estou tentando achar um vestido de festa.

Bobby balançou o rabo, me encorajando.

— Quero parecer glamorosa, pelo menos uma vez.

Ela disparou para baixo da minha cama, as patas arranhando o chão. Por um segundo, tudo que pude ver foi seu traseiro, com o rabo balançando, e então ela surgiu, andando para trás, segurando na boca o Arbuthnot, meu velho ursinho Steiff de pelúcia. Lembrei-me de Angela desfilando com os vestidos de minha avó. É claro. Tirei o ursinho da boca de Bobby, subi ao sótão, agora muito mais arrumado, depois que Sylvie fizera a triagem de tudo, e vasculhei os velhos baús até achar um vestido preto de melindrosa, com a saia um pouco mais curta na frente, mangas japonesas e um decote delicado de renda. Vesti-o ali mesmo e me observei em um antigo espelho encostado no canto. Na penumbra e em meio à poeira, eu parecia Jette. Talvez devesse cortar o cabelo; ficaria mais elegante, mas Otis poderia ficar chateado, porque gostava da minha trança de bruxa. Tornando a vasculhar o baú, encontrei um xale de franjas em tom creme para cobrir meus braços pelancudos e dei um passo para trás, fazendo uma nova avaliação. Bobby apareceu no reflexo do espelho, balançando o rabo.

— Está mais para melancólica do que melindrosa — comentei, recordando a tristeza de minha avó. — Você vai ficar bem sozinha?

Ela me olhou, com a cabeça inclinada de lado, e eu soube que estava pensando em ficar de preguiça no sofá.

— Não mesmo. Está fora de cogitação. Mas vou lhe dar uma salsicha de fígado antes de sair.

A casa de Denzil era tão impressionante quanto Angela havia comentado: uma construção grandiosa e imponente, com portões de ferro batido, janelas enormes com cortinas brancas e dois cães de pedra montando guarda do lado de fora. Toquei a campainha, sentindo-me constrangida com meu traje de segunda mão. Denzil abriu a porta, usando um paletó de smoking de cetim carmesim fosco, e indicou para que eu entrasse com uma piteira presa entre os dedos enormes. Sua cabeça calva reluzia à luz do lustre do saguão e eu me senti realmente deslumbrada.

— *Entrez* — disse ele, saudando-me quando lhe entreguei meu bolo caseiro de ameixa e nozes, que pareceu absurdamente rústico naquele cenário.

Virando-me para o burburinho e as batidas da música, vi-me em um salão imenso, com janelas do piso ao teto em cada extremidade. As paredes eram decoradas em tons de cinza e azul-escuro, com uma iluminação dramática e várias obras de arte enormes e inusitadas. Denzil devia ser mesmo muito rico.

Quando um garçom colocou uma taça de champanhe na minha mão e Angela veio na minha direção, já um pouco alegre, relaxei e deixei os olhos correrem pelo salão. Sylvie estava em um canto, com um homem baixo que parecia vestido de toga. O sujeito gesticulava empolgado e balançava um dos dedos no rosto dela. Ao me ver, Sylvie deu uma piscadela e se inclinou para cochichar algo no ouvido do homem. Segundos depois, estava do meu lado, segurando duas taças.

— Um truque de festa. Segure duas taças e, sempre que estiver presa numa conversa com uma pessoa vulgar, diga, simplesmente, "preciso ir entregar isto!" e fuja de imediato.

Angela riu.

— Eu jamais seria capaz, eu beberia as duas taças.

— Onde está Otis? — perguntei.

Angela tomou o último gole de vinho.

— Consegui despachá-lo para passar a noite na casa de um amigo da escola. Portanto, para variar, estou livre, leve e solta, sem nenhum compromisso. — Ergueu sua taça vazia para o garçom que passava.

— Bonito vestido — disse Sylvie. — Era da Jette?

Assenti e brindamos. Angela disse que estava muito bêbada para ficar em pé, por isso nos sentamos em um divã forrado de seda azul-marinho e bebe-riquei meu champanhe, enquanto ela apontava os *habitués* das festas e fazia fofoca sobre eles. Como a música estava muito alta, ela precisava gritar para se fazer ouvir, e o resultado dúbio era que também podia tornar-se audível para seus alvos.

— Aquela ali é a Desiderata Haber, que é historiadora, mas muito polêmica. Está escrevendo um livro afirmando que Elizabeth I era secretamente lésbica. Gosto muito dela, é parecida com a Nigella Lawson. A Desiderata, não a Elizabeth. Se bem que eu também gostaria bastante da Elizabeth I, se ela não estivesse morta. Cacete, esse champanhe é bom. — Deu-me uma cutucada, derramando um pouco da bebida. — Olhe, lá está o namorado do Denzil, o Miguel. Ele é um gato.

— O Denzil tem namorado?

Um homem de cabelos negros, quadris estreitos e andar provocante, vestindo jeans pretos, conversava com a historiadora parecida com a Nigella, que assentia e sorria, balançando de forma quase sedutora ao som da música.

— Sim, eles estão juntos há muitos anos, mas nunca se encontram, porque Miguel mora na Espanha e o Denzil não gosta de aviões nem de deixar os cachorros. Miguel é coreógrafo. Afff, eu não me incomodaria nem um pouco se ele me coreografasse.

— Acho que você não faz o tipo dele — respondi, ao ver os olhos de Miguel correrem para Denzil, que balançava sobre os calcanhares junto à lareira de mármore.

Angela assentiu.

— Os melhores são sempre gays. — Virou o restinho do champanhe e pegou outra taça. — Venha, vamos dar uma volta.

— Podemos?

— Ninguém vai notar, estão todos bêbados demais.

Rindo, descemos pé ante pé para uma câmara subterrânea de concreto polido, para bisbilhotar os tesouros de Denzil, inclusive o famoso Damien Hirst. Numa caixa de vidro, tratava-se de um pote de balas que continha um coração moldado em resina, transpassado por um dardo de aço. Uma plaquinha abaixo da peça dizia "Apaixonado". Angela contemplou a obra com a intensidade dos muito bêbados.

— É isso mesmo — disse, por fim. — Uma perfuração que nunca se cura.

— Que horror.

— *É* um horror.

Estendeu a mão e desenhou um dedo no vidro, seguindo a linha do dardo e terminando na ponta dele. Pensei na história de Aquiles que eu havia contado a Otis na noite em que ficara tomando conta dele. O que o amor de uma mãe pode levá-la a fazer. Tinha sido a história errada. Ou a mais certa, talvez. Às vezes era melhor não acertar o alvo.

Demos meia-volta para tornar a subir, e Angela deu início a mais um discurso, dessa vez sobre o preço da arte, e se aquilo era arte, e dizendo que Denzil deveria ter investido seu dinheiro em outra coisa, como financiar arte nas escolas, ou salvar a Síria, ou resgatar cães, e então seu discurso foi se extinguindo, porque pela escada vinha descendo um homem que, quando emergiu em nossa cripta prateada, revelou-se muito atraente. Ao nos ver, ele estancou, sem graça, mas também interessado, com o olhar em Angela. Ela usava a mesma roupa do casamento de Mel e estava muito bonita, apesar dos olhos semicerrados e do cabelo desgrenhado.

Sorri para o sujeito.

— Veio ver o Hirst? Agora mesmo nós o estávamos admirando.

— Sim — confirmou ele. — Fiquei curioso.

Tinha um sotaque norte-americano e me lembrou o personagem Clark Kent. Diverti-me ao ver Angela agitada e remexendo no cabelo e, quando olhei para baixo, percebi que eu estava segurando nossas duas taças.

— Bem, preciso entregar isto! — anunciei em tom alegre, e os deixei a sós.

Ao subir a escada, ouvi Angela emitir um risinho melódico, no estilo Alicia, e ri com meus botões.

Várias taças depois, eu me divertia muito. Conhecendo um número suficiente de pessoas para me entreter e, com a ajuda de um garçom musculoso, conversei com Simon, um dono de cachorro cuja esposa, Maddie, acabara de dar à luz, e que fora mandado à festa para contar a todos sobre seu novo bebê, Timothy.

— Ele é lindo — dizia. — Muito bonito. Como pude achar que não o amaríamos tanto quanto amamos Tiggy?

Tiggy era sua cadela border terrier.

Conversei com outro dono de cachorro, Phillip, que me falou da última transgressão de seu retriever, Dexter, que tinha pulado no rio atrás de um cisne, bem na frente de um guarda do parque, e concluiu dizendo "mas ele é uma graça de menino, de verdade". Na minha opinião, Dexter era um psicopata e Phillip, um banana, mas eu os vira juntos no parque, um dia, brincando com uma corda velha, cada um puxando para um lado, e pareciam tão felizes que eu havia parado para observá-los. Às vezes o amor não atravessava o coração, mas o acolchoava.

Mais tarde, me vi ao lado de Miguel, cujo olhar percorria o grupo reunido, balançando o pé ao ritmo da música. Era extraordinariamente esbelto e rijo, com uma graça sinuosa, felina. Muito diferente de Denzil e seus boxers, mas talvez a ideia fosse essa. Como que cientes do meu escrutínio, seus olhos cor de âmbar encontraram os meus e ele me examinou de cima a baixo.

— Belo vestido — disse. — Original?

Assenti e rearrumei o xale, que havia escorregado um pouco.

— Era da minha avó.

— Ela tinha bom gosto — comentou, com uma fala melodiosa e exótica, quase afetada.

Era de uma elegância incrível e ligeiramente exagerada, como os lírios de pontas douradas no jarro ao lado dele.

— Tinha, sim — concordei.

— Como ela era?

Virei-me, surpresa com a pergunta.

— Ela era... deprimida, acho. Costumava fazer coisas. Costurar, principalmente. Fez este vestido. Mas imagino que fosse uma espécie de terapia. Quando ficava triste, ela fazia alguma coisa.

— O que a deixava triste?

— Nada em particular. E tudo.

Miguel assentiu, tornando a observar os convidados que circulavam.

— Quando me sinto assim, eu danço. O que você faz quando se sente assim?

Pensei por um segundo.

— Eu ando.

— É sorte sua poder andar.

Deu-me um sorriso maroto, e, tal como Angela, entendi por que havia transpassado o coração de Denzil.

Mais tarde, ele e eu dançamos — um tango perfeitamente antiquado —, incentivados por nossos companheiros de festa, que nos cercaram, fazendo algazarra e aplaudindo. Sylvie estava lá, batendo palmas, encantada, e, em um dos rodopios, vi Angela surgir no vão da porta, ainda com Clark Kent. Ficou boquiaberta ao me ver, depois sorriu e se encostou nele para assistir à cena. Senti meus velhos ossos rangerem e protestarem, ao girarmos para lá e para cá, mas, como dissera Miguel, eu tinha sorte por ainda poder fazer isso. Denzil, com a piteira presa atrás da orelha, olhava para Miguel, com o meio sorriso inquisitivo de um pai indulgente. Badger e Barker estavam sentados, um de cada lado dele, como seguranças, desafiando qualquer um a se aproximar.

A música acabou e todos aplaudiram. Miguel fez uma mesura e beijou minha mão, e eu, sem fôlego, recolhi-me ao divã para me recuperar. Angela veio correndo, arrastando seu novo admirador.

—Você foi incrível! — declarou. — Eu não tinha ideia de que fosse capaz de algo assim!

— Leo e eu dançávamos de vez em quando — respondi, abanando-me com um guardanapo. — É um dos meus muitos talentos ocultos.

— Quais são os outros? — perguntou o companheiro de Angela, sorrindo.

— Saber quando me retirar com dignidade — respondi, me levantando. — Acho que vou para casa. Estou muito cansada.

—Vamos chamar um carro para você — disse Angela, virando-se e fazendo sinal para Denzil.

— Não, não, não é tão longe assim — retruquei, timidamente, porque era, em especial àquela hora da noite.

— Bobagem — disse ela, conversando com Denzil, que assentiu e começou a digitar no celular.

Passado um segundo, ergueu os olhos e disse:

— Está vindo.

Ignorando meus protestos, eles me envolveram em meu casaco e Denzil me conduziu até o lado de fora. Ao pisarmos na varanda, ladeada pelos cães de pedra, vi um carro parando em frente à casa. Denzil acenou para ele e se voltou para mim.

— Bela dança — comentou. —Viu? Eu lhe disse que ficaria mais fácil.

Sorri e dei um tapinha em sua mão.

— Obrigada. Por tudo.

Ele sorriu.

— Eu é que deveria lhe agradecer. Você trouxe o entretenimento.

— Gosto do Miguel.

— Eu também — retrucou ele, passando a mão na cabeça de um dos cães de pedra.

No caminho, fiquei preocupada com quanto custaria a corrida, mas, ao chegarmos, o motorista se recusou a receber meu dinheiro, dizendo que estava na conta do sr. Joseph. Eu me sentia tão agradecida e contente por ter tido uma noite agradável que percorri em passos de tango o caminho até a porta e ri do entusiasmo de Bobby quando entrei. Tinha deixado as luzes da cozinha acesas para ela, e, nessa hora, elas proporcionaram um brilho acolhedor, enquanto eu me distraía procurando uma guloseima noturna para ela e preparando uma xícara de chocolate para mim.

Pouco antes de nos deitarmos, chequei meu e-mail e fiquei radiante por encontrar uma mensagem de Alistair. Acomodei-me com minha bebida quente para a leitura, prevendo alguns planos natalinos, coisas que poderíamos fazer enquanto eles estivessem em Londres. Eu já havia encomendado uma caixa da cerveja favorita dele.

"Não há maneira fácil de dizer isto", começava o e-mail. Emily havia sofrido um aborto espontâneo. Estava com dez semanas de gestação. Gravidez anembrionária, disseram os médicos. Pensei no coração transpassado na caixa de vidro. Continuei a ler e as lágrimas foram rolando por meu rosto, enquanto Alistair explicava que eles não viriam a Londres, afinal, e ficariam com os pais de Emily até ela se recuperar. Ele falou em vir me visitar no verão, talvez. Mais seis meses, pelo menos, sem ver nem ele nem Arthur. Afastei o laptop e fiquei prostrada, cega pelas lágrimas, contemplando um Natal solitário.

— Eu já deveria saber — solucei para Bobby. — Deveria saber que acabaria assim.

Ela se encostou em mim e afundei os dedos em seu pelo, apertando seu corpo quente contra minhas pernas e vendo as primeiras gotas de chuva roçarem a janela da cozinha.

Uma vez, depois de uma negociação particularmente lucrativa para escrever um livro, Leo me levou para uma viagem às ilhas Seychelles. Aquilo me pareceu um lugar de conto de fadas, e mal consegui acreditar que era real, ao sobrevoarmos as ilhas num hidroavião. Ficamos hospedados em um resort pequenino, onde nosso chalezinho insular era constantemente afagado por ondas cor de turquesa, e, enquanto Leo lia suas anotações de pesquisa, eu ficava sentada, enterrando os dedos dos pés na areia morna e contemplando o mar. Achei os corais fascinantes: vistos de cima, pareciam apenas uma sombra escura, desinteressante como água estagnada, mas bastava pôr a cabeça embaixo d'água para que eles se transformassem em um outro mundo, vívido e glorioso, onde minúsculos peixinhos elétricos disparavam em todas as direções, enquanto os esqueletos marinhos dançavam a seu redor. Um dia, pusemos o snorkel e fomos nadar, mas descobri que a intensidade daquilo tudo era avassaladora demais; quando olhei para o recife e vislumbrei as profundezas para além dele, fiquei desorientada, e Leo precisou me carregar de volta para a superfície e me abraçar enquanto eu ofegava diante do assombro daquilo.

No último dia, estávamos novamente sentados na praia, com os pés afundados até o tornozelo na espuma do mar, e eu me admirava ao ver como a água fazia minha pele parecer luminescente; e então, de súbito, a brisa submarina aumentou, a areia deslocou-se e lá estavam os contornos redondos de um animal, uma raia, deslizando habilmente ao longo da costa. Aquele bater assustador de asas de peixe me apavorou e recuei, recolhendo os pés e pensando em como a vida marinha, junto aos corais, tinha mudanças bruscas e se acumulava subitamente, em uma linda dança mortal, sempre à espera do bote do predador. Fiquei petrificada diante daquela cauda, que não me atingiu por milímetros, ao passar deslizando bem devagar. Leo nem a viu. Mais tarde, eu me dei conta de que a sensação de ameaça estava sempre comigo. Eu estava sempre esperando o pior. Esperando o ferrão na minha própria história.

Capítulo 29

— Você pode fechar meu zíper?

A luz ia esmaecendo em nosso quarto enquanto Leo e eu nos vestíamos, passando um pelo outro, irritados, ao nos aprontarmos. Ele estava de gravata, que nunca gostava de usar, pigarreando ao ajeitá-la diante do espelho, enquanto eu colocava a meia-calça nas pernas envelhecidas e tentava não estragar as unhas recém-pintadas. O *coq au vin* fervia lá embaixo e ficaria seco se passássemos muito mais tempo nos arrumando, mas Alistair insistira que tínhamos de estar elegantes. Virei-me e dei as costas a meu marido, com meu vestido de chiffon cinza. Ele ajeitou o cabelo e cuidou do meu fecho, distraído. Preferiria estar em seu escritório com Disraeli, mas não tínhamos escolha. Tratava-se do Jantar da Namorada e tudo tinha que estar certo, apesar de minhas reservas e do desinteresse de Leo.

Ela era mais nova que Alistair. Pelo menos dez anos. Ali não falava nada, é claro, mas, por alguns detalhes que deixara escapar, eu podia calcular que a moça tinha trinta e poucos anos e trabalhava em algo chamado Arqueologia Experimental, o que soava extremamente tolo para mim e devia envolver o uso de fantasias e a encenação de batalhas famosas. Ele nunca se dera ao trabalho de nos apresentar a ninguém dessa maneira, e eu me sentia ao mesmo tempo lisonjeada e assustada em relação ao significado daquilo. Ao conversarmos por telefone, na semana anterior, ele tinha dito que os dois viriam de Birmingham e passariam a noite, o que me lançara em um turbilhão de preparativos, arrumando o quarto de hóspedes, encomendando um frango do açougue e comprando uma roupa nova para mim. Leo ainda não tinha feito nenhum comentário sobre o vestido. Estava pronto e sua aparência era extremamente distinta, com o cabelo dourado e grisalho penteado para trás, a figura perfeita do catedrático ilustre. Talvez pretendesse intimidar a tal Emily, só para se divertir — o que estaria ótimo para mim.

— Então, vamos resolver logo essa droga.

No primeiro andar, dei os toques finais na mesa de jantar, ajeitando a toalha adamascada e arrumando os talheres utilizados em ocasiões especiais. A gaveta do aparador em que o faqueiro ficava tinha emperrado e eu ganhara um hematoma roxo no quadril, por abri-la com um puxão violento. Verifiquei o *coq au vin* e as batatas gratinadas, ambos chiando que era uma beleza, e gritei para Leo, na sala, que nos preparasse um drinque. Quando ele me entregou meu gim-tônica, fiz uma careta, de tão fraco que estava.

— Esse vestido é novo, não é? Tudo para o menino de ouro?

Mesmo depois de tanto tempo, Leo implicava comigo por meu favoritismo, embora nossas "crianças" estivessem com cerca de seus cinquenta e quarenta e cinco anos, respectivamente. Mas eu queria estar elegante para Alistair e para sua queira-Deus-que-não-fosse-noiva. Queria que ela gostasse de mim e, depois, conhecesse alguém da sua idade e esquecesse a senhora que ela um dia chegou a imaginar que pudesse ser sua sogra.

Não sei o motivo, mas sabia que ela não era A Mulher Certa. Eu tinha que ser charmosa e levemente ameaçadora, e esperava que isso ocorresse com bastante facilidade.

Pontualmente, o que era inusitado em se tratando de Alistair, ouvimos uma batida na porta e Leo foi atender, enquanto eu me acomodava com ar descontraído no sofá e, imediatamente, levantava para me encostar na lareira. Em seguida, de volta ao sofá, com as pernas cruzadas, copo na mão, relaxada e acolhedora, mas não efusiva. Deveríamos pôr música para tocar? Alguma coisa discreta e sofisticada — Mahler, quem sabe. Talvez a Oitava Sinfonia. Mas, então, Alistair entrou na sala com Emily e, naquele momento, tudo mudou, porque logo pude ver que ali estava uma mulher que ele amava mais do que a mim. Eu havia perdido, antes mesmo que a partida começasse. Repreendendo a mim mesma — pare com isso, Jocasta —, fui recebê-los.

Ela era jovem e bonita, é claro, de uma beleza discreta, o cabelo louro preso em um rabo de cavalo, os olhos azuis de cílios longos escondidos atrás de óculos sisudos. Que belo casal formavam, emoldurados juntos pelo vão da porta, a mão de Ali no cotovelo da moça, introduzindo-a na sala. Emily veio primeiro falar comigo, a matriarca, com a mão estendida. Não havia anel na outra, graças a Deus. Apertei-a rapidamente e apontei para o bar em um canto.

— Olá, meu bem. Gostaria de uma bebida? Foi boa a viagem?

— Adoraria, obrigada. Um gim-tônica seria ótimo. O trânsito estava terrível!

Australiana. Ela era australiana. Vi Leo arrepiar-se com o sotaque, ao pegar gelo no balde, e me lembrei de seu susto e sua desolação quando Melanie apresentara Octavia, tantos anos antes. Agora era a minha vez. Tentei visualizar a garota que havia imaginado para Ali, a versão acadêmica feminina da Caius, equivalente a Leo, mas a verdade é que nunca houvera ninguém, nem mesmo em meu pensamento, que estivesse à altura dele. Eu sempre desaprovaria, mas a visão dessa amazona de bronze, que disfarçava seu esplendor com o cabelo puxado para trás e óculos, foi ainda mais irritante do que eu temia. Quando meu filho veio na minha direção, a imagem do pai, sorri e tentei não deixar minha adoração transparecer.

— Mamãe. — Ali me deu um beijo no rosto e resisti à ânsia de segurá-lo. — Você está linda.

— Esta semana ela se jogou para valer nas compras — gracejou Leo, e eu o fuzilei com o olhar, enquanto ele me entregava um segundo drinque.

Passamos um momento parados, no inevitável silêncio constrangedor, e então Leo disse algo sobre Michael Vaughan e a Nova Zelândia, e ele e o filho se afastaram. O campo de críquete era o único terreno comum dos dois. E, assim, fui deixada com a tal Emily, que parecia à vontade até demais, bebericando e correndo os olhos por nossa sala.

— Ali me disse que você trabalha na universidade.

Ela fez que não com a cabeça e esclareceu:

— Na verdade, não. Fui temporariamente transferida para lá por um período, mas agora trabalho em uma fazenda perto de Kinver Edge.

— Uma *fazenda*? — Foi difícil disfarçar a decepção em minha voz.

A namorada de Alistar, uma fazendeira.

Emily riu e explicou:

— É. Nós a administramos segundo os princípios da Idade do Ferro. Assim podemos aprender mais sobre a economia agrícola e doméstica daquela era. É muito divertido.

— Deve ser... fascinante. — Tive visões dela vestindo uma pele de carneiro e manejando uma foice.

— Eu adoro. Gosto de pôr a mão na massa. — Virou-se para os rapazes, que continuavam a conversar sobre esporte, e disse: — Vocês só ganharam porque tinham um Saffie no seu time.

Os dois deram risadas apreciativas, e o orgulho de Ali era palpável.

Abri um sorriso luminoso, com os dentes cerrados.

— Vamos comer?

O *coq au vin* ficou muito seco, as batatas gratinadas saíram salgadas demais, porém ao menos o vinho foi abundante. Alistair e Emily faziam aquele negócio de completar as frases um do outro, começando a dizer a mesma coisa e se interrompendo para trocar sorrisos. Ambos comiam apenas com o garfo, para poderem ficar de mãos dadas sob a mesa. Era insuportável. Minha conversa tornou-se cada vez mais monossilábica, a cada "Não, fale *você*!", e compreendi que aquela era a atitude errada — eu a deveria estar cativando e descobrindo maneiras mais sutis de separá-los, mas o modo como ele a olhava era intolerável, Leo nunca me olhava daquele jeito, e ela aceitava a adoração com displicência, como uma mulher que esperasse por isso. É claro que isso atraiu Leo; em pouco tempo, ele lhe fazia perguntas sobre castros e enrubesceu quando ela disse ter lido seu último livro.

Servi *clafoutis* caseiros, por serem o doce favorito de Ali, mas ele nem sequer os mencionou, apenas mastigou, distraído, incentivando Emily a contar histórias, os "você se lembra de quando", dos dois, enquanto Leo rolava de rir e servia mais vinho à jovem. Ela era todas as mulheres de quem eu já havia me ressentido, um hemisfério inteiro de amargura e insegurança voltado contra aqueles dentes brancos demais, que reluziam à luz das velas, aquele pescoço longo, curvando-se para trás, e os dedos constantemente entrelaçados do casal.

Levantei-me abruptamente, recolhi os pratos e os levei para a cozinha, para recobrar a compostura. Enquanto os lavava, manobrando ferozmente a esponja, como se fosse uma arma, sobressaltei-me ao sentir um par de mãos em meus ombros. Era Ali, chegando para o momento do "e então, o que achou?".

— E então, o que achou? — cochichou, pegando um pano de prato, como se fosse ajudar.

Engoli em seco e consegui proferir um "ela parece legal", doendo de amor e saudade, porque sempre lhe dera a aprovação que ele desejava, mas agora, na hora mais importante, não conseguia dar o melhor de mim, nada sequer perto disso. No entanto, por sorte ou azar, Alistair estava alheio, cego de amor. Meu endosso desanimado foi percebido como ardoroso, e ele se pôs a contar todas as coisas que eram incríveis na moça: sua intensa dedicação ao trabalho, do qual ela voltava coberta de giz, o fato de ela falar espanhol, e a razão de gostar de aranhas, por achar que eram bonitinhas, comparadas às de sua terra natal.

Em seguida, ele deu um suspiro e deslizou a mão pelo cabelo, exatamente como Leo.

— É claro que, um dia, ela vai querer voltar.

Eu mal ouvia, muito concentrada em passar a impressão de que escutava, mas essa fala rompeu o bloqueio.

— Voltar para onde?

Ele largou o pano de prato no balcão, com ar desamparado.

— Austrália.

E essa palavra solitária abriu um facho de luz, à medida que comecei a compreender o que ele dizia. Esse relacionamento tinha prazo de validade. Seria divertido enquanto durasse, mas o final chegaria. E eu precisaria estar presente para recolher os cacos. O peso opressivo desapareceu e eu poderia dançar pelo cômodo e abraçar essa amante de aranhas, falante de espanhol e corredora matutina que havia enfeitiçado meu filho, mas viria a quebrar o feitiço.

— Ah — falei, pegando o pano e começando a enxugar os pratos, para que ele não visse a exultação em meu rosto. — Bem, é a casa dela, suponho. E ela deve ter família por lá.

— Sim — confirmou ele. — Eu sabia que você compreenderia. Você entende. Eu sabia que entenderia. — Aproximou-se por trás de mim, tornou a apertar meus ombros e, juntos, fizemos o café e o levamos para a sala de jantar.

Mais tarde, quando eles tinham ido para o quarto de hóspedes, e Leo e eu estávamos outra vez no nosso, de novo nos despindo, eu massageando os pés doloridos, ele espiando as sobrancelhas cada vez mais cheias no espelho, Leo captou meu olhar refletido e as arqueou.

— E então?

Dei de ombros.

— Ela parece boazinha. Meio hippie.

Ele sorriu.

— Devo dizer que você está aceitando tudo muito bem.

— Como assim?

— Toda essa história da Austrália.

Pendurou a gravata em uma cadeira e começou a levantar as cobertas.

Assumi uma expressão solidária.

— Vai ser difícil para Ali, é claro. Mas ele conhecerá outras moças. E não pode pedir a ela que abra mão de tudo por ele. É o outro lado do mundo.

Leo parou em meio ao ato de afofar os travesseiros e me olhou, com ar intrigado.

— Missy.

Tirei os anéis e comecei a passar creme nas mãos.

— Sim?

Ele me fitou com ar sério por um segundo e balançou a cabeça.

— Nada. Vamos ver como isso evolui.

— É claro. — Deitei-me a seu lado e ele estendeu a mão para apagar a luz. — Boa noite.

— Boa noite, sra. Carmichael.

No escuro, ouvindo sua respiração regular, perguntei-me o que ele teria começado a dizer.

Capítulo 30

Minha vontade era ficar em casa, lambendo as feridas, mas Bobby não quis deixar. Eu podia estar contemplando um Natal solitário e infeliz, me perguntando se algum dia reveria meu filho e meu neto, mas minha cadela só queria saber quando poderia esvaziar os intestinos, e assim lá fomos nós para a rua, em um dia cinzento de garoa em que a friagem úmida parecia se infiltrar em meus ossos, ainda doloridos da dança da véspera. Eu não suportaria exibir bom humor e animação pós-festa, comentando sobre a bebedeira e fazendo piadas sobre os quadris de Miguel, e por isso mantive a cabeça baixa sob a chuva e não vi ninguém, até Bobby se agachar para o último xixi e eu tornar a prender a guia na coleira, para tomarmos o rumo de casa.

— Ora, se não é a Melindrosa Carmichael!

Era Sylvie, com Decca e Nancy saltitando a seu redor, com seus casaquinhos Barbour. Tentei sorrir, mas o que saiu foi uma careta. Não seria capaz de suportar a pena de Sylvie; ela sabia quanto eu havia ansiado pela vinda de Ali e Arthur para casa.

— Eu estava torcendo para topar com você — continuou Sylvie, pondo a mão no bolso e pegando o celular. — Você que perguntou sobre peru ou ganso para a ceia de Natal, não foi? Tenho uma sugestão.

Com o rosto ainda congelado em um sorriso torto, aproximei-me, fingindo interesse, o tempo todo pensando em um jeito de me livrar. Parecia fazer séculos desde que eu havia pedido uma dica. Na época em que eu achava que teria hóspedes. Na época em que não sabia que ficaria sozinha. Que bom seria voltar àquela época e esquecer o e-mail da noite anterior.

— Você me contou sobre aqueles Natais em Yorkshire — disse Sylvie, deslizando furiosamente a tela. — E eu pensei: que tal uma galinha realmente saborosa? Você tem razão, peru é seco: toda aquela salmoura e os enfeites para torná-lo palatável. Descobri uma fazenda orgânica não muito longe de Hebden Bridge, perto de onde sua tia morava. O que poderia ser melhor do que um par de belas galinhas gordas de Yorkshire?

Era perfeito, uma sugestão maravilhosa e atenciosa, e tornou tudo muito pior. Mas Sylvie não tinha como saber, e assim, sorri, assenti e pedi licença, afastando-me o mais rápido que pude, com medo de que ela se ofendesse com minha retirada apressada. Eles eram todos muito gentis, Sylvie e Denzil e Angela, quando não estava bêbada e reclamando, e todos os donos de cachorros que tinham comprado para mim a cama de Bobby. Minhas lágrimas se confundiam com a garoa.

De volta em casa, preparei uma bolsa de água quente, pronta para me aconchegar no sofá pelo resto do dia, ou, pelo menos, até a caminhada vespertina de Bobby. Acendi a lareira, enquanto ela rodava em círculos e se deitava em sua cama, e me sentei para ficar pensando em como as coisas sempre davam errado.

Passei vários dias assim, ligando para a biblioteca e dizendo que estava doente, sem me dar ao trabalho de sair, exceto para as voltas com a cachorra, das quais eu dava conta o mais depressa possível, andando em marcha acelerada, de cabeça baixa, circulando pelo parque durante o tempo necessário e voltando para me deprimir mais ainda e ir dando fim ao xerez do Natal, ignorando os vários envelopes que chegavam na caixa do correio, por serem apenas as contas de praxe. Angela mandou algumas mensagens de texto, mas Sylvie não, e imaginei que tinha ficado ofendida com a minha reação brusca a suas galinhas de Yorkshire. Inquietei-me com isso por algum tempo, mas depois pensei: que diferença faz? O resultado era sempre o mesmo: sozinha em minha casa velha e desolada, pensando nas pessoas que haviam partido.

Acabei me arrastando para fora de casa e arrisquei uma ida a algumas lojas, para me reabastecer, mas me contraí ao ver as vitrines cheias de enfeites, enquanto lá dentro tocavam alto, sem parar, as canções natalinas populares. Assim, tornei a me recolher ao casulo que era minha casa e a me sentar recurvada no sofá, lendo os romances de Nancy Mitford que tinham pertencido a Mel, cercada por meus velhos álbuns com as fotos de todos nós, "presos no tempo, feito moscas no âmbar", enquanto eu era inexoravelmente carregada para cada vez mais longe daqueles dias.

Estava sentada assim na penumbra, em uma tarde de sábado, com as brasas do fogo extinguindo-se na lareira, quando alguém bateu forte na porta. Engolindo o restinho do xerez, fui abri-la, com Bobby latindo nos meus calcanhares, ávida por alguma distração — minha apatia a deixava bastante entediada. Fui saudada por uma massa verde, uma copa de pinheiro que pressionava a moldura da porta — meu próprio exemplar vindo da floresta de Birnam. Depois de muito farfalhar, a cabeça de Angela emergiu.

— Bem, não fique aí parada, me ajude, cacete! — resmungou ela, suspendendo a árvore para cruzar a porta.

Atordoada, segurei um dos galhos maiores e o puxei para o saguão, espalhando agulhas de pinheiro por toda parte. Bobby ganiu e voltou correndo para a sala de estar. Juntas, manobramos a árvore até deixá-la em pé e Angela a segurou no lugar, ofegante e corada, por causa do esforço. Otis entrou de fininho atrás dela e foi direto para a cozinha, à procura de guloseimas. Angela me lançou um olhar triunfal.

— O que acha? Fechei negócio com a sra. Anthony, da mercearia! Duas por cinquenta paus! Esta é sua.

Encarei-a, confusa e irritada. Era verdade que eu tinha falado em comprar uma árvore e deixar Otis decorá-la, mas isso tinha sido quando eu esperava hóspedes, e a ideia agora me parecia absurda. Uma velha solitária não precisava dessas frivolidades.

— Não quero. — Dei um tapa em um dos galhos e fechei a cara diante da chuva de agulhas que eu teria de limpar.

Angela me encarou,

— Quê? Mas eu a arrastei desde lá do Highbury Barn!

— Bem, pois pode levá-la de volta. É grande demais e, além disso, não tenho como pagar.

Ela bufou e disse:

— Você não tem que pagar. Era para ser meu presente de Natal para você.

Senti as lágrimas arderem.

— E imagino que Otis possa ficar para enfeitá-la, enquanto você termina um trabalho, não é? — A frase me saiu da boca antes que eu pudesse impedir.

Otis veio da cozinha, segurando um biscoito, e parou no vão da porta, observando. Angela me fuzilou com os olhos e caíram mais agulhas no chão.

— Ótimo. — Levantou a árvore sobre o ombro, carregou-a até a porta da frente e a abriu com a mão livre. — Achei que você gostaria de ter uma árvore para o Arthur, mas, se vai agir dessa maneira... — Começou a puxar a árvore de novo para o lado de fora. — Venha, Otis, vamos embora.

— Ele não vem. — Pronto, estava dito.

Angela virou-se e me olhou por entre os galhos, mas não pude enfrentar seu olhar.

— Por que não?

Encolhi os ombros, fazendo um gesto na direção de Otis.

— É complicado. — Enxuguei uma lágrima que havia rolado por meu rosto, mas era tarde demais.

— Otis, vá brincar com Bobby — disse Angela, colocando a árvore no chão e tornando a fechar a porta.

Otis começou a protestar, mas ela levantou um dos dedos e o menino saiu correndo. Angela me empurrou para a cozinha e pegou de imediato a garrafa de xerez quase vazia em cima da mesa.

— O que está acontecendo?

— Eles não vêm para o Natal — resmunguei, ocupando-me em pôr a chaleira na chapa quente e em esconder a garrafa em um armário.

— Por quê? Você estava tão ansiosa!

— Emily.

— Quem?

— A mulher de Alistair. Ela sofreu um aborto espontâneo.

— Ah, meu Deus! — exclamou Angela, puxando uma cadeira para se sentar. — Que coisa horrível. Ela está bem?

— Hmm... sim, acho que sim.

— *Acha?* Você falou com ela?

Hesitei.

— Não tenho tanta intimidade assim com Emily. Não sei se ela gosta muito de mim. Mas, enfim, agora eles não vêm.

Eu não estava olhando para Angela, mas percebi que ela me observava e ouvi seus dedos tamborilando na mesa.

— Ela é bem mais nova que Alistair. Eles se conheceram e se casaram muito depressa. Não temos muito em comum.

— Vocês têm o Arthur.

— Sim.

Emily me dera meu neto adorado.

A chaleira ferveu e servi duas canecas, pousando uma diante de Angela, que a envolveu com as mãos. Percebi que eu estava prestes a receber um sermão e me preparei.

— Você nunca fala da Emily — disse, por fim. — Durante todo esse tempo, desde que a conheci, você fala do Arthur e do Alistair, mas nunca a mencionou, nem uma vez. Houve uma época em que achei que seu filho era divorciado ou até mesmo viúvo.

Engoli em seco.

— Para mim, ela é a culpada.

— Pelo *aborto*?

— Não, é claro que não. Por eles terem se mudado. Ela é australiana. Se Alistair tivesse conhecido uma moça inglesa, eles estariam aqui. Eu teria o Arthur. Em vez disso, ele está a milhares de quilômetros, indo à escola e crescendo e se esquecendo de mim. Ele fala com sotaque agora, você sabia? Já nem parece mais meu Arthur. Estou com setenta e nove anos. Quanto tempo mais eu tenho para curtir ele? E esse tempo, esse tempo precioso, está sendo tirado, e me sobram os e-mails e as conversas pelo Skype. Não é o suficiente. Não é o *suficiente*. — Enquanto eu continuava a tagarelar, minha voz falhou e respirei fundo. — Não é o suficiente.

Angela pôs a mão na minha.

— Eu sei — disse. — Às vezes, fico acordada à noite, com medo de Otis crescer e sair de casa. E me deixar. É inevitável. E não aguento isso. Mas você sabe o que dizem. É preciso "deixar para lá". — Ela cantou essas três palavras, como as havíamos cantado para Otis durante todo o verão, e consegui dar um sorriso pálido.

Angela continuou:

— Imagino que ele tenha avós lá em Oz, não é? — Fiz que sim e ela prosseguiu: — Então, um de vocês tinha que sair perdendo. E foi você. É ruim para cacete, mas é isso aí. Você pensa em si como a avó do Arthur e a mãe do Alistair e da Mel, e ainda a mulher do Leo, acho, mas é muito mais do que isso. Admita. — Ela se levantou. — Agora, vou subir ao seu sótão para buscar aqueles enfeites de que você me falou. E depois Otis e eu vamos decorar a sua árvore. Porque eu não tenho nenhum trabalho para terminar.

— Desculpe, eu sinto muito. Não sei o que me fez dizer isso. Você sabe que eu adoro o Otis.

Ela sorriu.

— Eu sei. Mas, às vezes, você sabe ser uma escrota. Vá levar aquela sua cachorra para passear e traga alguma coisa para nós na volta. Nada dessa merda de xerez doce.

Ao ouvir a palavra "passear", Bobby entrou patinando na cozinha. Peguei sua guia e minha bolsa, enquanto Angela pegava a chave do sótão e berrava para Otis ir ajudá-la.

Lá fora, enfrentando o frio de dezembro, seguimos pela rua até o pequeno descampado de Bobby, para ela fazer suas necessidades. Depois, prendi sua guia a um poste e entrei na loja de bebidas, onde comprei uma garrafa de vinho e uns chocolates para Otis. No caminho de volta, desacelerei o passo e olhei para as várias casas por que íamos passando. A cada ano, as pessoas montavam suas árvores de Natal mais cedo, mas até que eu gostava disso, aproximando as festividades e sentindo o prazer da expectativa, a parte mais doce e recompensadora. Cada casa era uma janela para um mundo diferente, e a árvore, um reflexo dele, quer fosse enfeitada por bolas das mais ecléticas e malfeitas, quer adornada por requintados bonequinhos em tecido de lã xadrez. Quando suas luzes piscaram para mim, absorvi seu brilho e senti um vago palpitar da esperança.

— Talvez eu fique bem sozinha, afinal — comentei com Bobby, que farejava uns matinhos entre as rachaduras da calçada. Ela me olhou com tanta afeição que me senti comovida. — Tem razão. Eu nunca estaria sozinha. Tenho você.

Mais tarde, ao ver Angela e Otis desembrulharem os enfeitezinhos queridos de Jette, soltando exclamações e pendurando as peças, pensei em todas as outras coisas que eu era. Classicista, bibliotecária, bruxa (e escrota) nas horas vagas, caminhante e dançarina e, ao menos por enquanto, dona de Bobby. Tomei meu vinho e apontei os galhos sem enfeites para Otis, e Angela virou-se para mim e sorriu: talvez eu fosse amiga também. Ou, pelo menos, podia tentar ser.

Enquanto Otis e a mãe penduravam os últimos bonecos e bengalas pintadas, dei uma fugida ao sótão e remexi nas coisas até encontrar o que procurava. Descobri no quarto de hóspedes uma sobra de papel e embrulhei depressa dois presentes, e então tornei a descer e entreguei timidamente minhas lembrancinhas.

—Vocês vão para a Irlanda no Natal, não é? Então, melhor dar isto agora, para o caso de eu não os ver até lá.

Otis veio correndo, ansioso, e Angela o seguiu mais devagar para receber seu embrulho. No do Otis estavam seus amados carrinhos da Dinky, meio surrados, mas ainda prontos para entrar em ação. Ele deu um grito de alegria e se mandou, roncando e fazendo *vruum* pelo corredor. Quando o laço caiu do presente de Angela, revelou-se o vestido verde de melindrosa de Jette, sedoso e deslumbrante, cintilando com as continhas pequeninas e com as plumas delicadas esvoaçando. Ela o fitou por um segundo e olhou para mim, com o rosto corado à luz da lareira.

—Você não deveria ter feito isso. É da sua avó. E deve valer uma fortuna! — disse, apertando-o junto ao peito.

Dei de ombros.

— Fortuna, não. De qualquer modo, é melhor que vendê-lo a um colecionador qualquer. Use-o. Dance com ele. Fique bêbada com ele. Seduza alguém com ele.

Angela deu um sorriso maroto.

— Não na Irlanda. Minha mãe ia surtar. — Ela me deu um abraço. — Obrigada. Lamento não estar aqui no Natal. Mas você vai ficar bem.

— Não se preocupe comigo. Eu tenho Bobby. — Apontei para ela, que roncava junto ao fogo. —Vamos comer salsicha empanada e jogar canastra. O que aconteceu com o seu Clark Kent, aliás?

Angela, ainda afagando o vestido, ergueu os olhos.

— Quem?

— O americano? O da festa? Ele me pareceu interessante.

Ela deu de ombros e começou a guardar o vestido na embalagem:

— Jack. Teve que voltar para Nova York. Foi divertido enquanto durou.

— Ah. Bem, há muitos outros peixes no mar. Ou super-heróis disfarçados.

Foram-se embora, Otis empurrando um dos carrinhos, Angela agarrada ao vestido, e fechei a porta, sorridente. Mas meu sorriso desbotou-se quando me voltei para minha casa vazia. Não havia como negar que a perspectiva de um Natal solitário me intimidava.

Mas, então, vi a árvore encantadora em minha sala aconchegante, onde Bobby abriu um dos olhos, sonolenta, e balançou o rabo ao me ver voltar, e me sentei no sofá, pensando que, juntas, faríamos o melhor possível.

Fui à cozinha preparar um chocolate e vi o laptop na mesa. Classicista, bibliotecária, bruxa (e escrota), caminhante, dançarina, dona de cachorro, amiga. E sogra. Sentei-me, puxei o laptop e abri meu e-mail.

"Querida Emily", comecei.

Capítulo 31

Sem nada por que esperar, o Natal foi chegando mais devagar que de hábito. Em geral, eu estaria atolada em preparativos, as noites ficando cada vez mais curtas à medida que o grande dia se aproximava, mas, nesse ano, os dias foram passando ociosos. Fui visitar Mel em Cambridge, já que ela ia passar o fim de ano na Itália, com os pais de Octavia. Minha filha foi efusivamente solidária, mas ela e a esposa estavam ocupadas comprando o novo apartamento e de fato não tinham tempo para minhas tristezas natalinas. Assim, em vez de ficar lá, resolvi sair e perambular pela cidade, caminhando pelas ruas de calçamento de pedra e admirando as vitrines das lojas; depois, arrisquei uma entrada nos pátios quadrangulares, para ver as luzes acesas nos quartos enfurnados atrás daquelas trepadeiras vermelhas de outono, e pensei em quem estaria lendo e conversando e se apaixonando dentro deles.

Ao embarcar no trem de volta, pensei com meus botões, *ora, por que não?*, e comprei uma dessas garrafinhas horrorosas de vinho, como se fosse uma garota de vestido curto pronta para sair para uma noitada. Deve ter sido uma visão estranha para os outros, eu sentada ali com meu copo de plástico e minha vira-lata ao lado, mas havia aprendido a não me incomodar, e fui fazendo carinho em Bobby e vendo passar, célere, a paisagem escura como breu.

De volta a Finsbury Park, fui até o ponto de táxi e consegui achar um carro com um motorista que não se importava em levar cachorros. Na verdade, ele mesmo tinha o seu, um schnauzer gigante chamado Stanley, que tinha medo das bombinhas que soltavam no Natal e se encolhia toda vez que uma delas explodia. Mostrou-me, em seu celular, uma foto de um belo cachorro preto, cuja expressão imperscrutável era toldada por uma franja de pelo encaracolado. Ao chegarmos a minha casa, meu motorista apaixonado por cães pulou do seu banco para me abrir a porta, e fez um bom afago na cabeça de Bobby, quando ela saltou do carro.

Entrei em casa, ainda rindo ao pensar em Stanley, o schnauzer, tremendo diante das bombinhas. *Cosaques*, era esse o nome original delas, inspirado nos soldados cossacos que davam tiros para o alto com suas armas — não era de admirar que os cachorros se assustassem. Perguntei-me se isso aconteceria com Bobby. Leo tinha feito uma bombinha para mim, uma vez, no antigo formato bombom, com uma amêndoa e um poema grego em seu bojo. Demorei um pouco para traduzi-lo, porque não me era familiar, mas fiquei contente quando terminei. Um dia desses, tinha achado no sótão o papel manuscrito, junto com minhas anotações rabiscadas, enfiado em um dos álbuns de fotografias.

Só sei cantar porque você me amou
durante todos estes anos,
ao sol, na sombra do sol,
na chuva e na neve.
Só sei cantar porque você me amou.
Desde que pousou as mãos em mim,
naquela noite em que me beijou,
desde então, ando feliz feito um lírio aberto.
E sinto um frêmito no coração,
só por você ter pousado as mãos em mim.

Um frêmito no coração dele. Era isso que eu era. Pousei as mãos nele e não o soltei.

Em casa, peguei a correspondência e fui direto para a sala acender as luzinhas da árvore, que derramavam um brilho cálido sobre minhas diversas bugigangas. Sentei-me e iniciei a triagem das contas inevitáveis, mas achei entre elas um envelope creme mais grosso, com meu nome e endereço lindamente grafados em letra elegante. Dentro havia algo parecido com um cartão de Natal — um charmoso bico de pena retratando uma praça no estilo das de Islington, com uma árvore no centro e um coral cantando ao redor dela. Quando o abri, porém, em vez dos cumprimentos costumeiros pelas festividades, li:

A sra. S. Riche
Solicita o prazer da companhia
da sra. M. Carmichael (e de Bobby)
no domingo, 25 de dezembro de 2016,
às doze horas
Lennox Square nº 14

O poema de amor mais ardente do mundo não teria proporcionado uma leitura mais doce.

— Bobby! — exclamei, em um arquejo. — Recebemos um convite!

Ela veio trotando para ver o que era, farejou o cartão, desconfiada, e abanou o rabo. Abracei-a, radiante, mas já comecei a me preocupar. Poderia aceitar? Não seria uma imposição terrível? O que Sylvie faria em relação a Aphra, sua gata terrivelmente mandona? Peguei o celular e liguei para Angela. Ela atendeu ao primeiro toque.

— Deixe-me adivinhar. Você recebeu o convite de Sylvie e está com receio de aceitar.

— Sim.

— Sua grandessíssima idiota. Aceite.

— Mas... quem mais estará lá?

— Não sei. Pergunte a ela, ela sempre convida um grupo misto. Você vai se encaixar perfeitamente.

Como era de praxe no meu relacionamento com Angela, eu não soube se deveria ficar contente ou ofendida.

— Ela também convidou Bobby.

— Ótimo, vai ser como um daqueles desenhos animados antigos, com todos os bichos perseguindo uns aos outros.

— Talvez eu aceite — admiti.

— Puta que pariu. Muito obrigada. Feliz Natal.

Capítulo 32

Passei os dias seguintes em uma maravilhosa agitação, consultando Sylvie, comprando e embrulhando presentes (grata por meu salário da biblioteca, por menor que fosse), vasculhando o sótão em busca de um vestido e dando uma boa escovada extra em Bobby, apesar de seus protestos. Na véspera do Natal, fui deitar com o conhecido frisson de expectativa, absorvendo no ar noturno aquela centelha mágica que deixa as crianças extasiadas. Parecia que mesmo sozinha eu era capaz de me comprazer com ela.

Na manhã seguinte, nós duas saímos com aparência muito refinada, o rabo de Bobby balançando, macio como seda. Embaixo do velho casacão preto, eu estava usando uma das roupas de minha mãe, feito por Jette: um vestido vermelho de festa, com saia evasê e folhas de azevinho bordadas na barra. Mamãe o usara em um Natal em Yorkshire; a saia havia coberto o banco do piano, enquanto ela tocava "Adeste Fidelis", e eu ficara sentada a seus pés, mexendo nas drupas de azevinho. O conteúdo daquele baú era como um pen drive da indumentária, e cada vestimenta desencadeava uma torrente de memórias.

No caminho, paramos rapidamente para levar flores para Leo. Prendi Bobby do lado de fora do portão e ela esperou pacientemente, como sempre fazia, enquanto eu ia deixar as flores e me sentar um pouco, contemplando o carvalho dele e tentando pensar em algo para dizer. Tal como Melanie, eu ansiava por falar com ele, e por isso, de vez em quando, contava-lhe o que estávamos fazendo, ou simplesmente rememorava. Nesse dia, contei-lhe a história de um Natal antigo, quando Mel deixara de acreditar em Papai Noel e mergulhara numa tristeza profunda, que só havia se dissipado quando ela abrira seu presente. Escolhido por Leo, era um belo violão de mogno, e o grito de alegria soltado por ela, ao abrir o estojo, fizera Alistair chorar. Os Natais eram muito ruidosos naquela época.

Resgatando uma Bobby agitada, segui com ela em nossa jornada e cheguei ao pequeno patamar georgiano de Sylvie às doze horas em ponto. Havia uma camada de neve cobrindo seus canteiros e a guirlanda de eucalipto na porta, e pude ver pela janela as luzes amarelas e quentes de sua árvore cintilando. Apreensiva, levantei a aldraba e, passado um momento, Sylvie apareceu, usando um avental de Mamãe Noel, debruado de falso arminho branco, e enormes brincos de bolas. Decca e Nancy saltitavam a seus pés, ambas usando galhadas de rena. Era tão exagerado que não resisti e caí na gargalhada. Sylvie abriu um sorriso radiante e estendeu as mãos.

— Entre, querida, estamos prestes a abrir o champanhe — disse, e foi entrando. — Isto foi presente do Denzil — continuou, apontando o avental. — Adorei.

— Tem certeza sobre Bobby? — perguntei. — Onde está Aphra?

— Não se preocupe, ela está na casa dos meus vizinhos aqui do lado, esbaldando-se com um siamês chamado Tyson. Vai se divertir horrores.

Denzil e Miguel já estavam na cozinha, Denzil sacudindo um termômetro de carne, enquanto Miguel dobrava uma pilha de guardanapos brancos feito neve na forma de cisnes. Entreguei à Sylvie uma garrafa de champanhe e o meu mais recente e bem-sucedido panetone caseiro, e os dois resultaram em exclamações, além dos elogios ao meu vestido de azevinho. Em seguida, começaram a chegar os outros convidados de Sylvie, em primeiro lugar Desiderata Haber, a historiadora que estivera na festa de Denzil, e em segundo, Hanna, a garçonete de minha cafeteria favorita.

— Eu não sabia que você conhecia Sylvie — falei, quando ela se aproximou para me cumprimentar.

Sylvie se aproximou para encher nossas taças.

— Eu dou um curso de desenho em Chelsea e a Hanna foi uma de minhas alunas mais brilhantes.

— Agora eu estudo na Royal College of Art — disse Hanna. — Sylvie me arranjou o emprego na cafeteria, para ajudar a financiar o meu trabalho.

Olhei para Sylvie, que ia zanzando por entre os convidados, servindo bebidas e pressionando todo mundo a provar suas invenções culinárias, tal como tinha feito na primeira vez que nos vimos. No início, ela me fizera lembrar Leo, mas, na verdade, essa era uma comparação injusta. Leo era bastante jovial e gentil, mas seu interesse por outras pessoas era fugaz, tal como tinha sido o meu. Existíamos em nossa bolha, flutuando pela vida, sem realmente nos darmos ao trabalho de aprofundar as coisas, ou, Deus nos livre, furar nossa película protetora. Mas pensar nisso me deixava envergonhada e triste, e, por isso, tomei meu champanhe e sorri para os últimos convidados a chegar, que estavam sendo apresentados — Simeon, o marido da Desi, que tinha ido estacionar o carro, e seu filho adolescente, Sam, que parecia totalmente horrorizado por estar ali, embora tivesse ficado um pouco menos chateado ao receber uma taça de champanhe.

Circulamos pela cozinha de Sylvie, provando canapés, bebendo e fofocando, enquanto Ella Fitzgerald cantava melodiosamente para nós e a própria Sylvie corria para lá e para cá, regando carnes, mexendo panelas, mantendo um fluxo constante de comida e bate-papo. Os cachorros babavam sob a ilha, abocanhando de vez em quando uma fatia de salmão defumado ou um naco de carne. À uma hora, Sylvie bateu palmas e todos seguimos em fila para a sala de jantar, revestida de papel verde-escuro e iluminada por dezenas de velas, com fios de azevinho descendo do console da lareira. Descobri-me sentada entre Miguel e Simeon, um homem de óculos e ar intelectual, ligeiramente recurvado, que olhava o tempo todo para a mulher, sentada defronte. Achei que poderia se sentir desapontado por estar sentado junto a mim, mas percebi aos poucos que era apenas muito tímido e devotado à esposa.

Sylvie e Denzil trouxeram o primeiro prato com fanfarra — uma sopa de castanhas decorada com um zigue-zague de creme fresco e salpicos de salsa. Puxamos os fios das bombinhas de Natal — os disparos dos cossacos — e os cães retiraram-se imediatamente para a cozinha, enquanto nos apressávamos ao nosso banquete. Usando coroas douradas, nos fartamos, parabenizando a chef, que, como de hábito, ficou imensamente satisfeita consigo mesma. Sylvie tinha uma capacidade maravilhosa de "*philautia*", o mais ousado dos amores gregos: o amor-próprio — uma qualidade muito melhor que o narcisismo, com o qual é muitas vezes confundida. No narcisismo, tal como eu o via, a pessoa ficava apenas contemplando seu reflexo em um lago; na *philautia*, ela se esbaldava no lago e convidava os outros a se juntarem a ela. As pessoas que realmente gostavam delas mesmas pareciam possuir maior capacidade de fazer amizades, de abrir as portas para as outras. Talvez fosse por isso que eu, no passado, sempre fora bastante solitária. Mas gostava de pensar que estava começando a mergulhar um dedo do pé na água.

Foi um almoço barulhento, cordial e delicioso, pontuado por piadas e elogios, com uma aprovação estrondosa quando Sylvie trouxe duas galinhas gordas da fazenda de Hebden Bridge, deitadas sobre batatas assadas e douradas. Na primeira garfada, foi quase como se eu tivesse voltado para aqueles dias na reitoria de Kirkheaton, com tia Sibby rondando em seu avental, enquanto devorávamos Elspeth ou Marigold, ou qualquer pobre galinha que fora sacrificada para nossas festas.

Simeon teve de repreender Sam, que havia bebido um pouquinho demais do Pouilly-Fumé, mas, depois de ele lidar com o filho, perguntei por seu trabalho e me encantei ao descobrir que era arqueólogo, conhecia Alistair e até havia lido um de seus artigos. Fiquei com as bochechas ardendo de orgulho e lhe contei tudo sobre o trabalho de campo de Ali. Denzil discutia com Miguel por ele não ter comido suas batatas e, assim, Desiderata veio sentar--se conosco. Era muito atraente, com o cabelo preto longo e revolto, olhos amendoados e sensuais e um jeito lânguido encantador; era compreensível que Simeon fosse tão apaixonado.

— Sylvie me disse que você é esposa do famoso Leonard Carmichael. Sou grande admiradora do trabalho dele — disse Desi, bebericando seu vinho.

Senti um lampejo de inquietação. Quanto ela saberia sobre Leo? Se ele estivesse ali, certamente a teria admirado. Mas não estava, e, assim, servi mais molho para mim e tentei recordar a fofoca de Angela na festa.

— Angela Brennan disse que você estava escrevendo um livro sobre Elizabeth I, não é? Parece muito interessante.

Ela riu e afastou o cabelo do rosto.

— A história do lesbianismo? Minha agente me sugeriu que a escrevesse, porque isso poderia render um seriado na BBC — disse, com a fala arrastada. — A gente precisa deixar a própria marca.

— E Elizabeth *era* lésbica? — perguntou Sylvie, completando nossas taças.

— Talvez. Talvez não. Estamos todas no mesmo espectro, com certeza — respondeu Desiderata, tirando uma última batata assada do prato, com mãos lindamente tratadas, e comendo-a como se fosse uma maçã.

Seu filho estava vermelho de vergonha, engasgando-se com a água, e achei melhor mudar de assunto.

— Já fizemos as brincadeiras e charadas das bombinhas de Natal? — perguntei, e todos voltaram a investigar os tubos de papelão cintilante.

— O que Papai Noel respondeu quando perguntaram a ele se roía as unhas? — perguntou Denzil.

— Não falem! — gritou Sylvie, enfiando a garrafa de vinho no cooler. — Essa eu sei! — Sentou-se e pôs os dedos nas têmporas, de olhos fechados. Depois de ruminar por um segundo, arregalou os olhos. — Ho ho ho! — exclamou, triunfante.

— Correto — disse ele, jogando seu papel de volta na mesa.

— Como um boneco de neve mata um vampiro? — perguntou Simeon.

— Essa é fácil. A sangue-frio. Próxima!

A partir daí, a brincadeira passou a consistir em adivinhar a charada antes de Sylvie, mas sua capacidade de adivinhar trocadilhos era tal que ela superou a todos.

— Onde ficam as renas do Papai Noel? — perguntou Desiderata.

— Hmm... no Polo Norte?

— Não. Você desiste? — implicou Desi, agitando o papel.

— Desisto — respondeu Sylvie. — Quero buscar a sobremesa.

— Entre nós. *En.tre.nós* — disse Desiderata, com um risinho zombeteiro.

Sylvie levantou-se:

— Isso é sofisticado demais para uma charada. Você deve ter inventado. — E se retirou num rompante, fingindo-se zangada.

O risinho de Desi alargou-se num sorriso.

— Se tudo der errado, já tenho uma segunda carreira. Charadas eruditas de Natal.

— Doutora em charadas — disse Simeon, com ar impassível.

Desiderata estendeu a mão e afagou o rosto do marido, e Sam tornou a corar de vergonha.

Sylvie voltou, curvando-se sob o peso de uma bandeja enorme.

— Sonhos de Chanucá, em homenagem aos nossos amigos judeus — disse, curvando-se para os Haber e para Hanna, e baixou uma travessa de pãezinhos doces recheados cor de bronze, cobertos de açúcar de confeiteiro.

Peguei um deles e mordi: o creme aromatizado com canela escorreu por meu queixo. Ao buscar um guardanapo, pensei melhor e, em vez de usá-lo, raspei o excesso com um dos dedos e o lambi. Notei que Bobby tinha voltado, furtivamente, agora que os estalos das bombinhas haviam diminuído, e estava arfando aos meus pés; assim, depois de minha segunda dentada, ofereci-lhe uma raspa de creme, que ela lambeu avidamente.

Passamos então aos queijos, atacando um brie cremoso e um comté salgadinho, com aroma de nozes, servidos com biscoitos de aveia e geleia de marmelo. Depois, de barriga cheia, fomos em bando para a sala de estar, onde as luzes da árvore e as chamas da lareira reluziam mais intensamente, em contraste com a luz que esmaecia do lado de fora. Ali abrimos presentes ao som de Nat King Cole, enquanto os cachorros farejavam os papéis de embrulho descartados.

Sylvie ficou encantada com o vaso de Murano e saiu imediatamente para fazer nele um arranjo com crisântemos brancos. Eu havia comprado para Denzil alguns de seus charutos favoritos e, para Miguel, uma biografia de Ninette de Valois, por quem eu tinha uma admiração particular, porque minha mãe a vira dançar na Royal Opera House na década de 1920. Dei a Desiderata um exemplar autografado da biografia de Disraeli escrita por Leo — de um historiador para outro — e, ao Simeon, uma garrafa de vinho do Porto, porque Sylvie me dissera que ele gostava. Ela também dissera que eu não precisava levar nada para Sam, porque os adolescentes detestam tudo, mas eu não quis deixá-lo de fora e, com a ajuda de Angela, havia comprado um aparelhinho que transformava o celular em um projetor de parede. Para Hanna, eu tinha comprado uma echarpe com lantejoulas, uma lembrancinha, mas havia lágrimas em seus olhos quando ela me abraçou. Todos pareceram tão satisfeitos com seus presentes que senti que tinha valido a pena o trabalho na busca por eles. Em troca, recebi presentes maravilhosos — luvas de caxemira da Sylvie, brincos de prata do Miguel, uma linda coleira nova de couro para Bobby, do Denzil, um livro chamado *Receitas de petiscos para cães*, oferecido pelos Haber, e uma caixa de biscoitos de amêndoa da Hanna. Até Bobby ganhou um saquinho de biscoitos para cachorros.

Sam montou seu novo aparelho e projetou na parede da sala um vídeo do YouTube que mostrava gatos fugindo de pepinos. Bobby, em especial, ficou absorta, inclinando a cabeça e rosnando para as imagens que piscavam. Corri os olhos pela sala, vendo todos aconchegados e sorridentes, curtindo os presentes que eu havia comprado, e não consegui me lembrar de um Natal mais magnífico. No ano anterior, eu tinha estado preocupadíssima, checando se estava tudo perfeito, muito ansiosa por causa da comida, aflita para saber se todos estavam se divertindo e detestando quando tudo acabou, lavando e arrumando e desfazendo camas naquele silêncio horrível.

Sylvie pôs mais música para tocar e dançamos um pouco, tomando depois café com trufas caseiras e fatias do meu panetone, que tinha ficado ótimo. Mais tarde, Desiderata e Simeon pediram licença para se retirar, já que Sam estava bêbado, e Denzil e Miguel acharam melhor ir andando, porque o voo de Miguel era na manhã seguinte, e Hanna se foi porque seu turno começaria cedo no dia 26. Assim, no final, restamos apenas Sylvie e eu, cuidando da arrumação. Ajudei a pôr a louça para lavar, e, quando a máquina passou a gorgolejar, com as taças de cristal de Sylvie lá dentro, nós duas nos sentamos para um gole de conhaque na cozinha, cercadas por sobras embrulhadas em papel-alumínio.

— O que você achou? — perguntou ela, beliscando um naco de galinha.

— Foi excelente — suspirei. — Muito obrigada. Que dia maravilhoso!

— Acho que Bobby se divertiu — observou Sylvie, apontando-a com o pé.

As três cadelas estavam amontoadas em uma cama, o cinza de Nancy e Decca misturando-se com o malhado de Bobby, todas roncando e se remexendo juntas.

— Ela certamente gostaria de passar a noite, mas é melhor irmos andando — falei, ficando de pé.

Bobby bambeou, grogue, abrindo um dos olhos, depois rolou de lado e se levantou, ao ver que eu estava saindo. Aproximou-se, cutucou minha mão com o focinho e eu lhe dei um tapinha afetuoso. Sylvie me levou à porta e me ajudou a vestir o casaco e o cachecol.

— Excelente panetone — disse. — E obrigada outra vez pelo Murano. Lindíssimo.

— Eu que devo agradecer — respondi. — Por tudo.

— O prazer foi meu — disse ela.

Na alameda entre seus canteiros, olhei para trás e a vi banhada pela luz do saguão.

— O que o mar disse a Papai Noel? — perguntei.

Ela sorriu e respondeu:

— Pare de onda.

Já em casa, após outro trajeto sinuoso por ruelas e praças, acendi as luzes de minha árvore e me sentei no chão, perto de outro montinho de presentes que havia empilhado. Dei primeiro o de Bobby — que mordiscou o papel até revelar um coelhinho de pelúcia molengo e maravilhosamente macio. Depois de fitá-lo com cuidado, com as patas esparramadas, uma para cada lado, ela o farejou e me olhou com ar inquisitivo.

— Sim, minha querida. Feliz Natal. — Olhei em volta, para as luzes piscando na árvore que Angela havia comprado, iluminando o atravancamento artístico criado por Sylvie, as fotografias de minha família, os presentes sob a árvore. — Você merece. Você me deu o melhor presente de todos.

Olhei para ela, um montinho castanho e dourado, com seus dentes à mostra e seu focinho com os pelos bagunçados. Minha Bobby, que pulava para o jardim de manhã, focinho levantado na brisa, para farejar o que o dia poderia trazer. Cujos membros traseiros se aninhavam na curva das minhas costas toda noite, desafiando os demônios. Que me ouvia como ninguém jamais tinha ouvido. Ela era animada, presente, calorosa, vital. O melhor presente que qualquer um poderia receber.

Ela olhou para o coelho que descansava entre suas patas, deu um pinote e o carregou imediatamente para ser destruído. Enquanto mordia carinhosamente o novo brinquedo em sua cama, cuidei do resto de minha pilha. Mel e Octavia tinham me dado um par de galochas de cano alto e uma caneca de café portátil, com uma frase de *Blackadder*. Alistair me enviara uma bela parca azul-marinho, com o capuz imitando pele de animal. Experimentei-a e me olhei no espelho acima da lareira. Quando enfiei as mãos nos bolsos, descobri outro presente embrulhado. Ao tirá-lo, uma etiqueta dizia "Para a vovó, com amor, do Arthur", numa letrinha infantil e redonda. Quando o abri, descobri o prometido pen drive. Ainda de casaco, fui direto à cozinha e o encaixei no meu laptop.

Demorei um pouco para achar os arquivos, mas, quando entendi que estavam em uma pasta, descobri não só as fotos que eu tinha perdido, mas também outras, novas; foto após foto de Arthur desfrutando de sua vida na Austrália. Na praia, no terraço, perto de uma churrasqueira, sentado no sofá com um gigantesco urso de pelúcia, à mesa de jantar com os avós australianos, com a mãe da Emily parecendo tão apaixonadamente dedicada quanto eu. Ele sorria em todas, banhado de amor e luz. Depois, mais fotos do Natal que passáramos juntos, no ano anterior, ele sentado no sofá comigo, assistindo a *O homem de neve*, e minhas mãos afagando seu cabelo, enquanto eu o olhava. E, por fim, uma última foto de Alistair, Emily e Arthur na praia, desfraldando uma bandeira que dizia "Feliz Natal, Vovó!", todos bronzeados e radiantes, sorrindo para a câmera. Analisei todos eles, pensando em como era trágico Emily ter perdido seu bebê, mas pensei também na sorte deles, por ser tão perfeito — tão completamente perfeito, tão comovedoramente perfeito — o menino que já tinham.

Fechando o laptop e piscando para afastar as lágrimas que faziam meus olhos marejarem, apaguei as luzes e subi, com Bobby em meus calcanhares. Dei um tapinha na cama e ela subiu de um salto, pronta para se aninhar. Encolhemo-nos juntas e, ao baixar a mão, percebi que ela trouxera consigo o coelhinho de pelúcia. Aparentemente, nossa família — nosso pequeno *oikos* — compunha-se agora de três.

Parte 4

"Transit umbra, lux permanet —
A sombra passa, a luz permanece."

Capítulo 33

Na véspera do Ano-Novo, concordei em ser babá da Decca e da Nancy, que tinham medo dos fogos, enquanto Sylvie ia a uma festa em Maida Vale. Eu não me importava de passar essa noite sozinha, pois sempre havia considerado o evento exagerado demais — um excesso de expectativas, para não falar da exigência de ficarem todos acordados até meia-noite, o que me parecia um tipo agressivo de etiqueta de festas, equivalente a dizer aos convidados que tipo de vinho trazer ou obrigá-los a passar para dois lugares adiante à mesa, na hora do jantar.

Fiquei muito feliz por me sentar com as cachorras no sofá, vendo televisão e comendo a torta de carne com purê trazida por Sylvie, como agradecimento. Todos pareciam contentes em ver o ano pelas costas, como se todas as coisas terríveis que haviam acontecido no mundo viessem a se evaporar ao soar a meia-noite. Mas tinham sido doze meses tão auspiciosos para mim, pessoalmente, que eu preferiria continuar com eles. Talvez, se estivesse dormindo ao soarem as doze badaladas do relógio, eu pudesse levar adiante comigo um pouco da magia.

Nessa noite, enquanto eu dava de comer às cadelas e arrumava a cozinha, veio uma batida na porta, que fez Bobby entrar em sua costumeira agitação, dessa vez acompanhada por Nancy e Decca. Era Angela na varanda, com um aspecto magro e pálido, cabelo preso em um coque bagunçado, segurando uma sacola que cheirava a vinagre.

— Você se incomoda se eu comer isto aqui com você? Minha mãe voltou da viagem comigo e está me deixando louca. Derramei o leite todo na pia, só para ter uma desculpa para sair e comprar mais. Mamãe tem que se despedir do ano e do resto todo com uma xícara de chá. Posso entrar?

— É claro.

Afastei-me para deixá-la passar, e ela foi atrás de mim para a cozinha, onde continuei a lavar a louça, enquanto as cadelas comiam a ração fazendo barulho. Angela abriu a sacola na mesa da cozinha e se sentou, mergulhando as batatas fritas no ketchup e contemplando as numerosas fotos de Otis coladas com durex na minha geladeira.

— Como foi o Natal? — perguntei, empilhando meu prato no aparador.

— Tenso — resmungou, com a boca cheia. — Mamãe só fica feliz quando me fala de gente que morreu e, ainda por cima, é abstêmia. Tipo, a última vez que ela tomou uma sidra foi em 1992, e diz que qualquer pessoa que bebe sozinha é alcoólatra. Além disso, acha que eu deveria ter me casado com o pai de Otis, o Sean, apesar de ele ser um babaca inútil. Mas é um babaca inútil da nossa cidadezinha, logo, é perfeito como marido. E agora, ela veio me fazer uma visita, e estou dormindo no sofá, e ela quer saber por que ainda não comprei uma casa. "É por causa desses imigrantes todos?", ela perguntou. "Pelo amor de Deus, EU SOU imigrante!", respondi. E ela: "Não use o nome do Senhor em vão."

— Ai, meu Deus — falei, tentando não rir. — Quer beber alguma coisa?

— Não. — Ela suspirou. — Ela vai sentir o cheiro no meu hálito e fazer um escarcéu. É como voltar a ser adolescente, mas sem a parte do sexo escondido.

Pendurei o pano de prato e fui me sentar à mesa com ela, enquanto as cachorras, depois de limparem suas vasilhas, ficaram rondando, na esperança de alguma sobra.

— Sylvie foi à tal festa? — perguntou Angela, indicando Decca e Nancy, que babavam diante de seus joelhos.

Assenti.

— Vou ligar o rádio quando começarem os fogos, coitadinhas. Você tem alguma resolução de Ano-Novo?

Leo e eu costumávamos fazer uma lista juntos, três resoluções para cada um. As dele eram sempre as mesmas: terminar de escrever um livro, começar outro e parar de comer chocolate — tinha uma fissura particular por Toblerones e costumava trazê-los de suas viagens a trabalho. Em geral, conseguia cumprir as duas primeiras resoluções, mas nunca a terceira. As minhas mudavam todo ano e costumavam girar em torno de novos hobbies. Houve um ano em que resolvi aprender violoncelo e cheguei até a ficar de olho em um deles em uma loja da Church Street, mas o preço me desanimou. Leo implicava comigo por causa disso, me chamando de Jacqueline Du Pré e me perguntando como iam as coisas com o Elgar. Eu ainda gostaria de aprender um dia.

Angela engoliu e lambeu os dedos engordurados.

— Parar de fumar.

Dei-lhe um sorriso indulgente. Ela estava tentando parar desde o dia em que eu a conhecera, e substituía seus amados cigarros por várias outras coisas. Esses acessórios apareciam e desapareciam; os cigarros ficavam.

— Quais são as suas? — perguntou, jogando uma batata para Decca, que a abocanhou no ar e se afastou de Nancy para saboreá-la sossegada.

Bobby arfou, pacientemente, esperando sua vez.

Hesitei, mas disse:

— Não sei. Acho... Estou bem neste momento.

Jogando uma batata para Nancy, Angela virou-se para mim, estreitando os olhos.

— Isso é bom. — Jogou uma batata para Bobby, que abocanhou o ar e a deixou cair no chão, onde ela foi imediatamente apanhada por Decca. — Ai, coitadinha da Bobs. Tome outra aqui, menina. — Estendeu outra batata e Bobby a pegou, com muito cuidado.

— Ela nunca foi muito boa nisso — comentei, levantando-me para pôr a chaleira para esquentar.

Angela riu e despenteou a pelagem sedosa de Bobby.

— O que você vai fazer quando Fix a quiser de volta?

Permaneci de costas para ela, enquanto enchia a chaleira e me virava para colocá-la na chapa quente. O relógio da parede tiquetaqueou. Bobby mastigava sua batata embaixo da mesa. O pano de prato estava ligeiramente torto no gancho e eu o coloquei no lugar.

— Hein? — disse Angela, em tom gentil.

Virei-me para ela, que me pareceu apreensiva, até preocupada, enquanto Bobby punha a cabeça no seu colo, esperando mais.

— Eu... não tinha pensado nisso, para ser honesta — respondi, e a voz falhou. — Ela a *quer* de volta?

Eu tinha esperança de que Fix decidisse seguir em frente com sua vida nova, sem cachorro, enquanto eu levava adiante a minha, com a cadela. Éramos como navios que se cruzam na noite, com Bobby como o barco salva-vidas entre nós.

Angela suspirou e esfregou o nariz.

— Não sei direito. Quase não tenho notícias dela, e, do pouco que sei, não tenho muitos detalhes. No início, Fix disse que precisaria de vários meses, até de um ano. Mas o plano sempre foi tê-la de volta, um dia. A cachorra é dela.

Mas olhei para Bobby, que lambia os beiços, e pensei: não é, não; é minha. E me dei conta, naquele instante, de que faria qualquer coisa para ficar com ela.

— Desculpe — disse Angela, registrando minha expressão. — Eu não deveria ter tocado no assunto. É só que... eu não esperava que tudo corresse tão bem. Vocês são ótimas juntas. É uma pena... Bem, você sabe o que eu quero dizer.

A chaleira apitou e fui servir o chá.

— Tente não se preocupar — disse Angela. — Pode ser que Fix não a queira de volta por muitos meses, ou mais até. Não precisa entrar em pânico.

Ela parecia falar tanto para si mesma quanto para mim.

Tomamos nosso chá e Angela falou de Otis, que estava ansioso para que as aulas voltassem, mas não consegui me concentrar na conversa, pensando em minha mãe e em Jonas, o labrador, e no dia em que recebemos o diagnóstico de Leo. Um nó surgiu na minha garganta e fiquei reparando nas partículas de sujeira sobre peças da cozinha, louca para achar um desinfetante e me distrair das sombras que avultavam no horizonte, toldando minha visão. Bobby, a minha Bobby, meu *oikos*.

Por fim, Angela disse que era melhor ir andando, ou sua mãe despacharia uma equipe de busca; desejou-me feliz Ano-Novo, jogou no lixo a sacola cheirando a vinagre e desapareceu na noite, quando os primeiros fogos começavam a espocar. As cadelas puseram-se a andar de um lado para outro, inquietas, orelhas encolhidas, e decidi dar o dia por encerrado. Lavei o rosto e escovei os dentes no banheiro, atentamente observada por três pares de olhos, Bobby no meio, com seu coelho na boca. Ligando o rádio, para abafar o barulho, deitei na cama e dei um tapinha nas cobertas. As três subiram de um salto e começaram a se ajeitar, dando voltas e se enroscando para encontrar a melhor posição, sem se importar muito com a minha. Com as pernas pesadas de tanto cachorro, fiquei ouvindo os estouros e gritos distantes, só levemente abafados pela música clássica no rádio. Estava tocando Elgar. Não o concerto para violoncelo, mas as Variações Enigma, que sempre adorei, em especial "Nimrod". Nessa hora, porém, os acordes do tema me pareceram incomodamente portentosos, anunciando o Ano-Novo e o que ele viesse a trazer. Ao soarem as sonoras badaladas do Big Ben, eu ainda estava acordada, olhos fixos na janela, vendo um ou outro dos fogos brilhar contra a escuridão. O ano 2017, meu octogésimo primeiro ano na Terra.

Intuindo meu mal-estar, Bobby cutucou meu braço e encostou a cabeça nele. Abracei-a e afaguei seu pelo macio, aspirando seu aroma quente, embalada pelos suaves suspiros e roncos que me cercavam. No ano anterior, eu havia desejado muito que as coisas fossem diferentes, mas agora, queria que tudo continuasse igual. *Semper eadem*. Era essa a minha resolução de Ano-Novo, bem ali. Continuar como estávamos.

Capítulo 34

Depois que Sylvie veio buscar as cadelas, eu e Bobby fomos ao café do parque para comer torradas, no primeiro dia do ano. Sentamos do lado de fora, na varanda, observando os transeuntes, e eu lhe dei casquinhas amanteigadas e me lembrei de minhas caminhadas solitárias por ali, um ano antes, quando eu lamentava por tudo que perdera e planejava uma visita a um lago poluído, para ver uns peixes tomarem choques. Agora, ali estávamos nós, juntinhas, cumprimentando os conhecidos, tanto humanos quanto caninos, planejando as atividades do dia, cheias de expectativas quanto à semana seguinte. Brincando no nosso lago e convidando todo mundo a entrar.

Tirando da cabeça qualquer pensamento ligado à partida de Bobby, aproveitei o retorno à rotina. Angela voltara ao trabalho, Otis voltara à escola e eu voltara para a biblioteca, catalogando livros, lendo para crianças e ajudando as pessoas a encontrarem aquilo de que precisassem. Também ouvia Deirdre falar de suas preocupações, tensa com os cortes nas verbas de financiamento e como isso afetaria o trabalho. Vez por outra, ela se inflamava muito, citando estatísticas e me dizendo que havia 280 milhões de visitas às bibliotecas da Grã-Bretanha, todo ano, e que as pessoas iam com mais frequência a bibliotecas do que a jogos de futebol, teatros, prontos-socorros e igrejas, tudo somado.

Uma visita a uma biblioteca a cada nove segundos, segundo Deirdre. Eu gostava de pensar nisso e, de vez em quando, sentava em minha cadeira da recepção, contava os tique-taques do relógio e imaginava gente entrando nas bibliotecas de todo o país, com pedidos semelhantes aos que eu escutava todo dia. "Alguém me recomendou um livro, não consigo lembrar o nome do autor nem do título... Como faço para usar o computador...? Pode me ajudar a preencher este formulário...? Preciso de alguma coisa que me ajude a entender Shakespeare... A senhora tem aquele filme novo que tem um tubarão? Não é *Tubarão*, é um outro." Meu conjunto pessoal de Variações Enigma para decifrar.

O tempo foi ficando mais frio e úmido e fiquei grata por meu casaco e botas de cano alto novos, à medida que as caminhadas com Bobby tornavam-se cada vez mais lamacentas. Começamos a perceber quem só passeava com os cachorros quando o tempo estava bom, ou, pelo menos, a notar a ausência dessas pessoas quando começaram as chuvas. Denzil sempre aparecia, embora sem Miguel, que tinha voltado para a Espanha. Maddie e Simon saíam com sua cadela border terrier e com o bebê recém-nascido, Timothy, apesar de ambos parecerem pálidos e exaustos. Tim não era muito de dormir: "Chegamos à conclusão de que preferimos a Tiggy, afinal." Eu via Phillip e Dexter, se bem que não ao mesmo tempo. Dexter era o primeiro a passar correndo, orelhas balançando, carregando na boca o que parecia ser um rato morto, e atrás vinha Phillip, arfante. "Você o viu? Para onde ele foi?"

Depois, tomávamos o rumo de casa, onde sempre havia uma guloseima, uma lareira em frente à qual nos sentarmos ou uma visita a receber, fosse ela Sylvie, dando uma passada para uma fofoca rápida, ou Hanna, que começara a aparecer para uma xícara de chá e um bate-papo, querendo melhorar o inglês. Não víamos tanto Angela, mas ela andava ocupada com o trabalho — ou talvez estivesse com medo de admitir que não vinha cumprindo sua resolução.

Eu zanzava para lá e para cá, toda contente, desmontando e guardando meus enfeites, arrumando as últimas coisas que faltavam no sótão, mandando um e-mail ocasional para contar as notícias recentes a Alistair, e catando o coelho de pelúcia da Bobby nos cantos mais aleatórios. Otis o batizara de Coelhinho Bruce, e agora o brinquedo já não tinha uma orelha e estava bem encardido, mas Bobby vivia com ele, ternamente carregado na boca e largado em vários lugares, para que eu o achasse. Depois de "enterrá-lo" sob almofadas, tapetes e camas e de esquecer onde o havia posto, Bobby perambulava pela casa, choramingando, até Bruce ser desencavado, ao que os dois tinham um reencontro apaixonado, e o coelho era levado para o cantinho dela, para uma inspeção completa. Bobby era uma cadela esquisita, e eu a amava muito.

Uma noite, quando havíamos perdido e achado Bruce e eu estava prestes a me sentar com um prato de massa, para assistir a um novo drama de época, fomos interrompidas por um telefonema de Sylvie.

— Você tem visto Angela? — perguntou.

— Não. Acho que ela anda trabalhando muito. Por quê?

— Ela acabou de me ligar e parecia estranha.

— Será que tinha bebido?

— Não, não era isso. Estava tensa. Foi como... Como se tivesse telefonado para me dizer alguma coisa, e depois tivesse resolvido não falar.

— Quer que eu dê uma passada lá?

— Você faria isso? Eu ficaria mais tranquila.

Assim, pus meu casaco e as botas novos, peguei a guia de Bobby, que não iria queria perder a chance de um passeio, e fomos pela rua rumo ao apartamento de Angela. Havia uma luz acesa, e, sendo assim, toquei a campainha. Durante algum tempo, nada aconteceu, e então ouvi a voz dela, baixa e rouca, pelo interfone. Ela abriu a porta e enfrentamos os extensos lances de escada, Bobby se espremendo à frente e, a cada poucos degraus, virando-se para me esperar. Quando chegamos ao topo, eu estava sem fôlego e levemente zonza, por isso, assim que Angela abriu a porta, tive que passar por ela e me sentar no sofá, para me recuperar.

— O que está fazendo aqui? — perguntou, de forma um pouco brusca.

Tossi.

— Pensei em dar uma passada, já que não a vejo há algum tempo. Tudo certo com você?

— Tudo bem.

Ela continuava a segurar a porta aberta e, passado um segundo, fechou-a, meio relutante.

— Onde está Otis? — perguntei, olhando em volta.

Angela franziu o cenho.

— Está dormindo. São quase nove horas.

— Ah — falei, tornando a tossir e procurando ganhar tempo.

Angela parecia desleixada, com fios brancos nos cabelos e olhos vermelhos, como se houvesse chorado.

— Eu estava pensando... você gostaria de dar uma volta comigo amanhã?

Seria sábado, e era comum ela e Otis me acompanharem nos fins de semana.

Angela ia começando a protestar, mas pensou melhor e deu de ombros.

— Está bem.

Demorei-me um pouco, para ver se ela me convidava para ficar e beber alguma coisa, mas ela apenas se postou junto à porta, claramente à espera de que eu saísse.

Levantei-me com esforço, ainda meio arfante.

— Passo para buscar vocês às dez, está bem? Podemos tomar um café.

Angela assentiu e voltei para o patamar, encostando-me na porta para prender a guia na coleira de Bobby. Acenei em despedida, mas ela já estava virando as costas para mim, de modo que descemos devagar e voltamos para casa.

— Tem alguma coisa errada — murmurei, com a cachorra trotando a meu lado, no escuro.

Bobby parou, farejando um poste de luz, e deu uma tossida, como se estivesse com um osso de galinha entalado na garganta. Aquilo me pareceu uma observação tão boa quanto qualquer outra.

Na manhã seguinte, voltamos, como prometido, para buscar Angela e Otis. Esperamos no portão e os dois apareceram, minutos depois, ambos agasalhados em casacos de inverno, pois fazia um dia gelado, com uma camada grossa de gelo cobrindo tudo que o sol ainda não tocara. Angela estava tão coberta que eu mal podia distinguir seu rosto, com um cachecol cobrindo a boca e o gorro bem puxado para baixo. Otis estava com tudo que era necessário, mas em um arranjo precário, o cachecol já arrastando no chão, o casaco caindo do ombro, o gorro torto. O normal seria Angela ter parado para fechar o zíper direito, enrolar de novo o cachecol e ajeitar o gorro em Otis, mas, nesse dia, parecia não ter notado, e coube a mim endireitá-lo, enquanto ela encarava o chão e esfregava o sapato nas pedras.

Fomos andando sem falar nada, o que não era incomum, mas pareceu diferente nesse dia. Nosso silêncio costumava ter uma sensação de camaradagem, sem ser forçado, não havendo necessidade de rompê-lo com banalidades. Mas eu sentia agora uma necessidade de tagarelar, fazer comentários sobre o tempo, qualquer coisa para provocar nela algum tipo de reação. Otis, pelo menos, estava alheio a tudo, correndo por todos os lados, pegando gravetos, correndo atrás de passarinhos e pulando em poças.

Abri a boca para falar algo e tornei a fechá-la, relembrando os silêncios de Jette e mamãe me dizendo, um dia, que falar não fazia diferença; para minha avó, não era nada além de um ruído vazio, o chiado de um rádio fora da estação. Assim, em vez de falar, olhei para as árvores enrijecidas, nuas, e pensei no dia em que me sentara naquele banco com Sylvie, ao nos conhecermos, sem realmente conversar, apenas comendo croissants e vendo o ondular dos ramos no alto. Entrei na cafeteria e comprei café para nós duas, um biscoito para Otis, e ficamos paradas no parquinho, enquanto ele pulava na cama elástica, com o casaco cheio de farelo de biscoito.

— Preciso que você cuide de Otis para mim.

Franzi o cenho, confusa. Angela estava olhando fixo para o filho, que continuava a saltitar.

— É claro, sempre que precisar.

— Quero dizer, preciso que você passe a noite com ele. Só uma noite. Você pode?

Virou-se para mim, e havia em seus olhos algo que me inquietou.

— Sim, ele pode passar a noite comigo. Quando seria?

Angela tornou a virar a cabeça e a olhar o filho descendo da cama elástica e indo para o balanço, onde impulsionou o corpo para a frente e para trás, as perninhas magras indo e vindo, a respiração criando lufadas de vapor no ar.

— Não sei. Uma noite dessas, logo. — Comprimiu mais os dedos em volta da xícara de café e o soprou. — Tudo bem?

Fiz uma pausa, pensando em várias perguntas e descartando todas.

— Sim — respondi, enfim. — Quando você precisar.

— Obrigada — disse Angela.

E senti como se tivéssemos feito um pacto, mas um pacto que não voltaríamos a discutir, e assim, chamamos Otis e dissemos que estava frio, e ele reclamou, e Angela retrucou dizendo que ele poderia tomar chocolate quente em casa, e todos fizemos o percurso de volta. Deixei-os em seu portão e os vi desaparecerem no interior do prédio, antes de ir para casa, pensando no que significaria aquilo tudo.

— Uma noite inteira? — perguntei a Bobby. — Qual seria o motivo?

Mas Bobby fazia tão pouca ideia quanto eu. Mandei uma mensagem de texto para Sylvie, dizendo que estivera com Angela e ela me parecera bem, porque, embora fosse óbvio que não estivesse, achei, por algum motivo, que dizer outra coisa seria trair sua confiança. Pensei em um momento sobre invernos frios e fogões a gás, mas me tranquilizei com a ideia de que não teria como Angela estar planejando fazer alguma idiotice, quando, contrariando todas as expectativas, era evidente que tinha conseguido manter sua resolução de Ano-Novo. Não tinha fumado uma única vez durante toda a caminhada.

Capítulo 35

Lancaster Villas
Kensington W8

15 de fevereiro de 1955

Querida Sibyl,

Receio não ter tido forças para lhe contar por telefone, o que foi de uma covardia sem limite, e mal suporto contá-lo por escrito, mas sempre concordamos em dizer tudo uma à outra. Mamãe não teve um derrame, como estão falando. Houve uma espécie de carta. Quando Henry e eu a encontramos, ela segurava a velha abotoadeira em uma das mãos e um pedaço de papel na outra: "Todo esse abotoar e desabotoar." Isso é uma citação, creio, de outra pessoa que desistiu de tudo. Eu sinto muitíssimo, mas acho que não chega a ser uma grande surpresa, depois da morte de papai — nem sequer é surpresa, na verdade. Ela sempre viveu em seu próprio mundo triste.

Henry está abafando o acontecido — diz que de nada adiantaria as pessoas ficarem sabendo. Mas não sei se concordo com ele. Mamãe nunca tocou no assun-

to, e o problema talvez tenha sido esse. Mas todos preferimos fazer as coisas do nosso jeito, e ela preferia fazer tudo reservado, de modo que talvez seja melhor assim. Mas vamos para sempre lembrar dela, através das coisas que ela fazia e de que gostava — estou lhe mandando o dedal favorito dela, mas você precisa vir aqui e buscar qualquer outra coisa que queira.

Da sua irmã amada,

Lena

A abotoadeira e o dedal estavam no sótão, junto com a carta. Passei os dedos delicadamente no dedal de latão, com suas reentrâncias minúsculas: a ponta do dedo de Jette protegida do espetar da agulha, enquanto o restante dela não tinha proteção alguma contra as constantes facadas e agulhadas da vida, até que ela não aguentou mais. Murro, jab, murro. Havia um limite para a costura terapêutica que uma mulher era capaz de suportar. Mas fora mesmo diferente, para minha mãe, sucumbir a uma doença da qual poderia ter sido curada?

Quando adoeceu, Leo chegou a cogitar isso, e até insinuou que eu poderia ajudá-lo, mas eu me recusei a escutar, e depois ficou tarde demais, por assim dizer. Depois que ele se foi, eu mesma considerei a ideia, mas algo me impediu — um fiapo de otimismo, suponho, que era o que sempre havia faltado a Jette, capaz de fazer coisas lindas, mas nunca de ver a beleza que havia nelas. Todo aquele abotoar e desabotoar. Os próprios botões, ou os dos outros. Eu entendia como tudo podia tornar-se difícil demais.

Era muito mais fácil ser como Fa-Fa; menos introspectivo, arranjando outra pessoa para lidar com o trabalho pesado, interessado apenas em saber de onde viria o próximo cachimbo. Ou como tia Sibby, a mulher do vigário que só se importava com suas galinhas, mas, apesar disso, dispunha-se a torcer o pescoço delas quando lhe convinha. A paz de espírito exigia certa crueldade, além de falta de imaginação. Porque não era só uma questão de a pessoa se contentar com a *própria* sorte, era? Incluía não se preocupar com a de mais ninguém. Assim que se começava a fazê-lo, abriam-se as comportas.

Demorou quase duas semanas até eu voltar a ter notícias de Angela, no começo de fevereiro, quando ela apareceu à minha porta, em um fim de tarde, de rosto inchado e olhos vermelhos, pedindo que eu cuidasse de Otis na noite seguinte. Não quis entrar, apenas balançou a cabeça e se retirou pela alameda da entrada, cambaleante. Passei uma noite insone, observando as sombras nas paredes, seguida por um dia frenético, arrumando a casa para a chegada do menino, refazendo a cama de Arthur com o edredom de dinossauro, assando uma fornada de biscoitos sob o olhar atento de Bobby, que babava, e dando uma passada na biblioteca para buscar um DVD indicado por Deirdre.

Busquei Otis na escola às três e meia, perguntando a mim mesma o que Angela teria falado a ele sobre passar a noite fora de casa, mas ele pareceu satisfeito por ficar comigo e resistiu a minhas perguntas relutantes sobre o humor de sua mãe. Dado que não era capaz de lembrar o que havia comido no almoço, era improvável que me desse alguma informação valiosa sobre o estado de ânimo de Angela. Demos uma volta rápida no parque com Bobby, porque já estava escurecendo, e voltamos para casa, onde o instalei em frente à televisão com biscoitos e leite, e não tardei a ouvir suas risadas por causa do filme, enquanto eu preparava linguiças com batata assada. Fiquei pensando se teria notícias de Angela, mas não recebi nada, nem mesmo uma mensagem. Otis jantou na cozinha, com Bobby por perto, e pareceu gostar da comida, embora tivesse questões com a torta de maçã caseira, por ela ter maçãs. Eu o vira comer várias maçãs, mas, ao que parece, ele achava que cozinhá-las era uma abominação. Assim, comeu a massa e o creme, e depois fomos para o sótão brincar com o velho trenzinho de Henry até a hora de dormir.

Pulamos o banho dele, que estava um pouco além das minhas possibilidades, mas supervisionei enquanto escovava os dentes, ajudei-o a vestir o pijama dos Minions e o levei para o quarto de Arthur, onde nos aninhamos para ler um novo livro da biblioteca sobre um dragão aflito para arranjar emprego. As pálpebras de Otis foram ficando pesadas enquanto eu lia, e, depois de lhe dar um beijo na testa, sentei-me em uma cadeira no canto, até ele pegar no sono. Dormiu como se tivesse caído no chão, de bruços, esparramado feito uma estrela, cílios escuros se agitando, dedo na boca.

Saí do quarto de mansinho e encontrei Bobby no corredor, sentada ereta, me olhando fixamente. No que lhe dizia respeito, éramos ela, Bruce e eu, e a mudança do status quo a deixou desconfiada. Assim, levei-a para baixo, dei-lhe um pedacinho de linguiça deixado por Otis e a acomodei em sua cama. Jantei na sala, folheando uma revista de decoração de interiores que Sylvie deixara em sua última visita. Depois, servi a ração para Bobby e arrumei a cozinha, ao som de sua nova coleira batendo na tigela enquanto comia. Denzil me dissera que não se deveria pôr o nome do cachorro na etiqueta, porque isso só incentivava os ladrões de cachorros; em vez disso, era preciso colocar o nome do dono. Como Angela me lembrara, eu não era a verdadeira dona de Bobby, mas, mesmo assim, tinha ido ao sapateiro e lhe pedido para gravar "Carmichael" de um lado e meu telefone do outro. Gostei da visão da etiqueta, reluzindo na coleira que fora seu presente de Natal.

Depois do jantar, Bobby ficou agitada e trouxe Bruce para brincarmos de cabo de guerra. Sentei-me no sofá e puxei o coelho esfiapado e úmido, e ela fingiu rosnar e deu pulos. Ainda estávamos nessa brincadeira quando meu celular tocou. Larguei o coelho e peguei o aparelho, distraída, vendo Bobby disparar, abocanhar o brinquedo e sacudi-lo até ficar suficientemente convencida de que o havia "matado". Feito isso, deitou-o com carinho no chão e o lambeu inteiro.

— Alô?

— Sou eu. Estou aqui fora. Não quis que Bobby latisse. Você pode abrir a porta para mim?

Fui até a entrada, segurando o focinho de Bobby, para abafar o latido indignado. Quando endireitei o corpo e olhei para o rosto de Angela, manchado de lágrimas, pensei em seu pedido estranho, em não estar fumando nem bebendo e, de repente, tudo ficou claro, e pensei em como poderia ter sido tão burra, tão irritantemente cega. Eu, justo eu, deveria ter percebido os sinais, deveria ter me preparado melhor para este momento. Abri os braços e ela se jogou neles, soluçando.

— Desculpe. Desculpe — murmurou, aninhada em meu ombro. — Eu não sabia de outro lugar para ir.

— Calma, passou — acalmei-a. — Passou.

Levei-a para a sala de estar, achei os lenços de papel e me sentei a seu lado, enquanto ela assoava o nariz. Depois, deixei-a no sofá com Bobby e fui fazer um chocolate, que Angela não chegou a beber, apenas segurou, deixando o calor da caneca aquecer seus dedos, enquanto contemplava as brasas quase extintas da lareira. Mais tarde, enchi uma bolsa de água quente e levei Angela para o quarto de hóspedes, onde Alistair e Emily costumavam dormir quando ficavam em minha casa. Era meio austero e frio, mas peguei minha manta na sala e cobri Angela com ela, que tiritava de frio na cama. Sentei-me a seu lado, segurei sua mão e pensei em todas as coisas que queria dizer, mas não podia. Não conseguia encontrar as palavras certas, querendo confessar, mas incapaz de arrancar de dentro de mim a confissão certa, nem mesmo nessa hora.

— Eu votei Sair.

Angela se virou para mim, com um olhar perplexo.

— O quê?

— No plebiscito. Eu votei para que o Reino Unido saísse da União Europeia. Não consegui contar para você e me sinto muito mal por ter feito isso, foi uma estupidez, e eu estava errada e me senti péssima ao pensar que Otis não vai mais poder viajar, e o que fizeram com a porta da Hanna e as verbas de financiamento da Mel e todas as outras coisas que deram errado. Sinto muito.

Parei de falar, mordiscando o lábio, incapaz de enfrentar seu olhar.

Passado um segundo, Angela começou a rir, de leve, a princípio, depois para valer, a ponto de perder o fôlego e de brotarem novas lágrimas, só que estas eram positivas.

— Sua idiota de merda — disse ela, por fim. — O que deu na sua cabeça?

— Achei que era o que Leo teria preferido. Mas não era, Mel me contou depois.

— Porra, realmente espero que não. — E bufou.

— Desculpe — repeti.

E ela apertou a minha mão e deitou, de olhos fechados. Não a soltei e, muito depois de ela adormecer, continuei ali, ainda segurando sua mão, pensando em Bertie e no que eu tinha feito, tantos anos antes.

Capítulo 36

Eu o chamei de Bertie desde o momento em que percebi que estava grávida, naquele verão de 1956, depois de Leo ir embora e de eu ter voltado a Lancaster Villas para passar as férias, em tese me preparando para meu terceiro ano na Newnham. Demorei um pouco para entender, talvez porque não o quisesse, mas os enjoos, que não se limitavam às manhãs, acabaram por deixar tudo muito claro. Passei algumas semanas enjoada em segredo, entrando furtivamente no banheiro, para segurar a pia com força e tossir a bile presa na garganta, antes de desabar no chão, trêmula e suando. Mesmo quando o enjoo passava, eu me engasgava com a desgraça e o pavor daquilo, ao contemplar o abismo de confusão, esperança e horror em que havia caído.

Lá embaixo, mamãe e suas amigas se ocupavam organizando sua cruzada mais recente, distribuindo panfletos, fazendo cartazes, saindo em passeatas. Ela se lançara na campanha pela abolição da pena de morte, arrasada e indignada com a execução de Ruth Ellis no ano anterior. Por isso, era comum participar de manifestações em frente às prisões de Wandsworth ou Holloway, e não percebia sua filha definhando, vomitando em silêncio pela casa, à espera de ser descoberta. No fim, tive que lhe contar, por não ter ideia do que fazer. Ela ficou parada em nossa sala, ainda segurando um cartaz que dizia "Não matarás", enquanto eu balbuciava minha confissão, incapaz de encará-la. O silêncio que se seguiu, eu encolhida e chorando, seguido pelo imenso alívio, quando ela baixou o cartaz e senti seus braços me envolverem os ombros. "Calma", disse ela. "Calma, não chore."

Nunca duvidei da força de minha mãe e, nos dias seguintes, ela canalizou para mim essa energia ardorosa. Arranjou-se dinheiro, fizeram-se indagações discretas, marcaram-se consultas. Mas, junto com a ferocidade resoluta com que mamãe lidou com tudo, houve uma ternura e uma aceitação absoluta que me deixaram tocada e me fizeram sentir mais culpa do que nunca, porque eu não as merecia. Parte de mim queria que mamãe esbravejasse e me repreendesse, assim como outra parte de mim queria dizer a ela que eu deveria ficar com o bebê. Era filho de Leo, afinal. Bertie, mesmo que eu nunca viesse a descobrir se era menino. Bertie, mesmo que ele nunca viesse a nascer.

Consultei dois psiquiatras e mamãe disse que eu precisava parecer mentalmente desequilibrada. Mal foi preciso fingir, já que, àquela altura, estava delirante de enjoo e insônia, entrando nos cômodos e me esquecendo do que fora fazer neles, enrolando o cabelo nos dedos e arrancando grandes mechas.

Consultei-os em dias diferentes, na mesma rua do centro de Londres. Ambos me fizeram algumas perguntas, tomando notas, para não terem que olhar para mim. Na primeira vez, fiquei sem ar e tive que pôr a cabeça entre os joelhos para controlar a tonteira. Na segunda, caí em uma espécie de limbo e fiquei olhando para o nada, mal percebendo a voz que me cutucava os tímpanos, nada mais do que um eco. Eu não sabia ao certo se algo daquilo era real, ou se era apenas uma grande encenação essencial para me tirar daquela situação. Ao sair do segundo consultório, tive um vislumbre das anotações do médico: "histórico de doença mental na família". Tal como tia Sibby, torcendo o pescoço de suas amadas galinhas, mamãe estava disposta a fazer sacrifícios.

Fomos de táxi para a clínica de Ealing, de onde guardei pouquíssimas lembranças, exceto os lençóis brancos e o cheiro de desinfetante. Quando mamãe perguntou e eu lhe contei, ela disse "Graças a Deus". Senti dor e sangrei por um ou dois dias, muito menos do que merecia, e passei esse tempo deitada na cama, olhos no teto, sentindo-me eufórica e amargurada, esperançosa e aflita, cheia de cólicas e com o problema resolvido. Mamãe me deu chá com torradas sem a casquinha, que não comi e deixei ressecarem-se na mesa de cabeceira, pensando nos sanduíches de cenoura no pão velho, nos porões da guerra. Depois, passados três dias, ela disse para eu me levantar e começar a estudar.

— Fizemos isso por um motivo.

Fiquei em primeiro lugar com louvor em letras clássicas, o que ninguém esperava na Newnham, muito menos meus coordenadores perplexos. Mas esse fora meu presente para mamãe, meu refúgio na adversidade; era a única coisa que eu podia fazer, depois de submetê-la e submeter a mim mesma a tudo por que passamos. Ficava até tarde na biblioteca, assistia a todas as aulas, devorava todos os livros, conjugava até o último verbo. Deixei de ser uma pocinha e virei um rio profundo, mesmo que tudo aquilo não significasse nada, sem Bertie.

Saí de Cambridge com meu esplêndido diploma e meu ventre vazio, com o braço de mamãe sobre meus ombros, orgulhosa. Mas, quando Leo voltou e ficamos noivos, mamãe ficou horrorizada. Como é que eu podia me casar com esse homem, considerando o que acontecera? Ela me puxou num canto no dia do casamento — "Tem certeza, querida?" — e fiz que sim, porque ele era meu Odisseu, meu destino. Desde a primeira vez que o vira, eu sabia que pertencíamos um ao outro. Ninguém podia fugir dos problemas — a flecha sempre acharia uma brecha, em algum lugar —, mas, com a pessoa certa, quando a vida a derrubasse, você poderia levantar de novo. Para o alto e avante, como dizia Leo. Ao me casar com ele, tive enfim a sensação de estar consertando as coisas — ficando de pé novamente — e de que, quando eu tornasse a conceber, Bertie se ergueria outra vez.

Como foi que guardei isso comigo durante tantos anos? Que tipo de casamento era aquele? Um casamento desigual, como eu sempre soubera que seria, sobrecarregado por meu amor e meus segredos, enquanto Leo seguia despreocupado. Mas fomos navegando, ele e eu, a âncora e a boia, e nossa canção murmurada nunca chegou a ser totalmente abafada. Ainda pude ouvi-la nessa hora, apesar de muito vaga, sentada ali em nosso quarto de hóspedes, segurando a mão de Angela, pranteando o filho perdido dela e o meu, enquanto minha cadela ouvia pacientemente minha confissão.

Capítulo 37

Na manhã seguinte, deixei Angela dormir e me levantei com Otis em um horário infame; dei cereal para ele e deixei que assistisse à televisão, mantendo fechada a porta da sala, para não acordar a mãe. Não lhe contei que ela estava em casa, embarcando, em vez disso, no trabalhoso processo de aprontá-lo para a escola, catando meias, buscando sua mochila e lutando para fazê-lo vestir a roupa, enquanto ele tentava brincar com trenzinhos, desenhar o retrato de um monstro e enrolar seu cachecol em Bobby. Quando enfim saímos de casa, eu estava suada e sem fôlego por causa do esforço, e só depois de deixá-lo na escola e vê-lo partir em disparada, com a mochila batendo nas pernas, me dei conta de que Bobby continuava com o cachecol do menino. Tirei-o e o guardei no bolso, aproveitando a oportunidade para afagar o pescoço dela.

Ao voltarmos de nosso passeio, Angela estava na cozinha, tomando chá e ouvindo rádio. Continuava pálida, mas menos abatida que na noite anterior. Abaixou-se para fazer carinho nas orelhas de Bobby e ergueu os olhos para mim, meio tímida.

— Dormiu bem? — perguntei.

Ela assentiu, bebericando o chá.

— Nada mal, considerando tudo. Obrigada por levar Otis para a escola. Como ele estava?

— Ótimo. Hoje ele vai pôr a mesa do almoço, o que parece ser um enorme privilégio.

Angela sorriu.

— É engraçado como eles conseguem transformar afazeres domésticos em coisas prazerosas. Nunca soube como fazer isso.

Servi um chá para mim e comi um pouco de cereal, porque não tivera tempo para o desjejum durante minha batalha com Otis, mas continuei de olho em Angela, para avaliar seu estado de espírito.

A magia da noite anterior tinha sido rompida, e ela voltara a se esconder em sua carcaça. Quando terminei de comer, me levantei e deixei a tigela na pia.

— Hanna disse que o patrão dela agora permite a entrada de cachorros na cafeteria. Pensei em levar Bobby para tomar um café; quer ir comigo, ou prefere descansar?

Isso a agitou, como eu esperava que fizesse.

— Vou com você — respondeu, indo buscar o casaco.

Fazia um dia bonito, com uma brisa fria e leve, e caminhamos lentamente para a cafeteria, Bobby abrindo caminho e me arrastando para cá e para lá, compelida como sempre a experimentar o aroma de cada poste, lata de lixo, matinho e graveto da vizinhança. Angela andava com as mãos nos bolsos, cabeça baixa, olhando para as botas.

— Por que você não contou a Sylvie?

Angela ergueu os olhos, semicerrados diante da pergunta.

— O quê?

— Ela disse que você telefonou para falar de alguma coisa, mas decidiu não falar.

Angela hesitou.

— Porque ela é muito legal. E nunca quis ter filhos.

— E isso não teria sido útil?

Ela balançou a cabeça e caminhamos em silêncio por um tempo. Depois, ao nos aproximarmos da cafeteria, disse:

— Eu queria muito que Otis tivesse um irmão ou uma irmã. Sou filha única e nunca desejei o mesmo para ele. Mas percebi que não seria capaz de fazer tudo de novo, sozinha. Simplesmente não posso.

Pensei no dia em que Ali tinha vomitado no tapete, meus dois filhos gritando e chorando, a dor no tornozelo, a inundação de raiva e frustração, a terrível impotência do momento em que tudo se torna demais. Em matéria de filhos, dois eram mais do que dois; com apenas um dos pais, não era difícil entender o motivo de o número se tornar infinito e impensável.

— Você contou... ao pai?

— Ao Jack? Não. Ele está em Nova York. Isso foi completamente inesperado. Nunca deveria ter acontecido, foi um erro estúpido, estúpido. — Ela respirou fundo e ajeitou o rabo de cavalo. — Vamos pegar aquele café?

Entramos na cafeteria, quentinha e receptiva como sempre, e nos sentamos à nossa mesa habitual. Bobby, empolgada por estar em um lugar novo, começou imediatamente a farejar, o focinho agitado em frente ao balcão dos bolos. Puxei-a e a enfiei embaixo da minha cadeira, onde ela se deitou com um suspiro de reprovação, as sobrancelhas se mexendo.

— O Leo foi um bom pai?

Angela mordeu um cubo de açúcar, com a palma da mão em concha por baixo, para coletar os fragmentos que caíam.

Fiz uma pausa, mexendo o café.

— Não, acho que não, em muitos sentidos. — Um arrepio de susto e alívio com essa admissão. — Ele era muito divertido, sabia brincar, algo em que nunca fui muito boa. Mas sua paciência tinha limites. Ele não queria se envolver nos detalhes e, quando a coisa ficava maçante ou confusa, simplesmente se mandava para o seu escritório ou viajava para uma conferência. E sobrava para mim arrumar tudo e seguir em frente. Mas, por outro lado, também não sei direito se fui uma boa mãe. O máximo que posso dizer é que sempre estive presente.

Os olhos de Angela brilharam com as lágrimas não derramadas.

— Estar sempre presente é o melhor que se pode fazer, acredite em mim.

— Você ainda é jovem, pode ter mais filhos, facilmente. Otis não tem que ser filho único e, se for, bem, há coisas piores.

— Estou com trinta e sete. Sean e eu ficamos juntos, entre idas e vindas, por treze anos. Acho que não tenho saco para conhecer outra pessoa. Para fingir que não sou maluca ou que não como que nem uma desgraçada.

Pensei em meu modo cuidadoso de agir com Leo, na recusa de convites, em toda aquela reserva, toda aquela aplicação furtiva de maquiagem. Senti-me muito contente por estar velha demais para enfrentar aquilo tudo de novo.

— Da próxima vez, talvez você possa, sei lá, apenas ser você mesma? — sugeri.

Ela me encarou por um segundo, e as duas rimos.

— Ora, que ideia! — exclamou. — Até parece!

Quando parei de rir, senti a alma lavada, como se tivesse chorado.

— Vai dar tudo certo. Você vai ficar bem.

Terminamos nosso café e Angela sentiu-se cansada, de modo que pagamos a conta e saímos, e o simpático patrão da Hanna, Ahmed, aproveitou a oportunidade para nos cumprimentar, fazer um afago em Bobby e nos garantir que os cachorros eram bem-vindos em seu estabelecimento.

— Então, sabe — disse Angela com ar soturno, ao caminharmos para casa. — Vamos ter que conversar sobre o Brexit, mais cedo ou mais tarde.

Arqueou as sobrancelhas e afundou mais as mãos nos bolsos, me encarando.

Parei na calçada, com Bobby puxando a guia, impaciente.

— Preferia nunca ter falado nada. Sei o que você pensa sobre isso. Mas, no dia do plebiscito, eu só queria que as coisas mudassem. Não teve nada a ver com a votação, na verdade. Foi mais como... dar um tiro no ar, para assustar os pombos.

Angela deu uma bufada.

— Está mais para dar um tiro no pé. Pensei que você fosse melhor que isso. Você é uma mulher instruída. Viveu a guerra, pelo amor de Deus.

— Eu sei. Eu me senti péssima com isso. Sinto muito.

— Não peça desculpas a mim, peça desculpas ao país. — Percebi que um discurso estava vindo e me dei conta de que Angela devia estar se sentindo um pouco melhor. — Este pobre país, que vai ser largado aos cachorros... Desculpe, Bobby. — E afagou-lhe a cabeça. — Não vai ser ruim para mim, tenho passaporte irlandês, mas vocês vão se ferrar, pode crer. Condenados a ficar à margem dos acontecimentos, como uma merda de império de segunda classe perdido. Soberania, uma ova. Eu sinto o sangue *ferver*...

Nesse momento, Angela parou de andar e sua voz ficou presa na garganta. Acompanhei a direção de seu olhar e vi um homem alto, corpulento, parado com uma das mãos no portão da casa dela, olhando para nós.

— É o Adrian — murmurou. — O marido da Fix.

Fomos nos aproximando, desconfiadas, com Bobby mais atrás, farejando. Ao chegarmos a ele, Angela fez um aceno rígido com a cabeça.

Uma das mãos se apoiava de leve na grade de ferro, mas havia em seu corpo uma espécie de tensão reprimida, como um felino antes de saltar. Os olhos de Adrian me atravessaram, mal registrando minha presença, antes de pousarem em Angela, com uma expressão indecifrável. Mesmo sob a intensa luz solar de inverno, não pude ver a cor deles, que pareciam ser só pupilas, totalmente negros. Olhos de caçador. O homem não disse nada, apenas continuou a fitá-la.

— Adrian. Eu não esperava ver você.

As mãos de Angela tremiam de leve e ela as enfiou nos bolsos, mantendo-se muito ereta.

Adrian inspirou devagar, inflando as narinas.

— Vim ver a Felicity.

— Ela não está aqui. O que o fez pensar que estivesse?

— Já fui a todos os outros lugares.

A mão que segurava a grade apertou mais firme.

— Não sei onde ela está — disse Angela. — Mas tenho certeza de que ela entrará em contato, se quiser que você saiba.

Adrian deu um risinho.

— Bem, sabe, acho que ela não quer que eu saiba. Mas eu, sim, eu quero... muito... saber.

— Sinto muito, não posso ajudar.

Angela estava assustada; percebi a tensão em seu corpo trêmulo. Pensei no que ela havia acabado de passar, em como estava vulnerável, e senti medo por ela.

— Ah, Angela, tenho certeza de que você *poderia* me ajudar, se realmente quisesse.

Nessa hora, ele já segurava a grade com as duas mãos cerradas, os nós dos dedos bem brancos, em contraste com o portão de ferro preto.

Senti uma fúria começar a se avolumar dentro de mim. Como é que esse sujeito se atrevia a aparecer na casa de Angela e a intimidá-la, feito um vilão de novela, com suas insinuações ridículas, bancando o durão? Eu podia estar com medo por Angela, mas, de repente, minha raiva transbordou e dominou tudo. E, para variar — ao contrário daquele dia terrível em que havia gritado com Melanie em minha cozinha —, eu ia me enfurecer com a pessoa certa, na hora certa e do jeito certo.

— Ah, vá embora — falei, dando um passo à frente e colocando minha própria mão no portão.

Ele olhou para mim, como se me enxergasse pela primeira vez, e ficou atônito ao me ver passar. Não era *tão* alto assim.

— Não enquanto eu não vir minha mulher — respondeu, tornando a se virar para Angela.

— Bem, ela não está aqui, portanto você pode muito bem deixar a gente em paz — retruquei, dando meia-volta e subindo um degrau, para poder olhá-lo de longe com desdém.

Ele era todos os homens cheios de poder e egoístas de que eu passara a ter nojo: aquele frouxo do Sean, os ladrões que assaltaram minha casa, o sujeito que saiu com Angela e roubou a gorjeta do garçom, e Percy, o da investida, já se iam muitos anos. Era até, em algum canto obscuro da minha mente, Leo, que se retirara quando deveria ter ficado.

— Não suporto homens como você — disparei, em tom ríspido. — Aparecendo como se fosse dono de tudo, como se todo mundo tivesse que fazer fila para dar o que você quer. Vou dizer o que *eu* quero. Quero que você trate de cair fora da casa da Angela, neste instante, senão eu chamo a polícia.

— E vai dizer o que a eles? — retrucou Adrian, baixinho, ameaçando de verdade agora, as mãos agarradas no portão.

Inclinei a cabeça de lado.

— Vou dizer a eles que você fez *isto*. — Segurei a frente da blusa e a rasguei de cima a baixo, fazendo os botões de pérola saltarem e se espalharem pelo chão. Depois, comecei a torcer a pele junto à clavícula, com força. — Velhinhas ficam com hematomas com muita facilidade — murmurei, apreciando a expressão de susto dele.

Adrian deu um passo para trás, perplexo.

— Você é maluca.

— Sou. — Eu ri feito uma bruxa velha. — E nem me dou ao trabalho de esconder. — Abaixei-me e esfreguei um pouco de terra na testa. — Ai, meu Deus, eu caí. Acho que talvez tenha tido uma luxação no braço.

— Eu só quero ver minha mulher.

Tornou a se virar para Angela, quase implorando.

— E a situação fugiu um pouco do controle, não foi? — rebati, bagunçando a trança e desarrumando o cabelo.

— Sua vaca idiota — sibilou ele, virando outra vez para mim.

Mas, quando tornou a segurar o portão, ouvimos um rosnado e Bobby apareceu entre nós, dentes arreganhados, puxando a guia. Adrian recuou; houve um lampejo de reconhecimento em seu rosto e ele tornou a olhar para mim, vermelho de fúria e confusão.

— Essa cachorra é minha — gaguejou, apontando.

— Não. — Balancei a cabeça. — Ela era a cadela da Felicity e agora é minha. Por isso, CAIA FORA daqui, antes que eu a solte em cima de você.

Com Bobby ainda rosnando, estendi a mão para Angela, que veio tropeçando pela entrada na minha direção, enquanto Adrian observava, sem saber ao certo o que fazer.

— Dez segundos para se decidir, querido, e então eu chamo a polícia — avisei, pegando o celular.

Iniciei a contagem regressiva, trêmula de raiva e euforia, além de insegurança, pois na verdade não sabia bem o que fazer se ele não fosse embora antes que eu chegasse ao zero. No seis, porém, ele bateu o portão com força, fechou-o com ambas as mãos e recuou.

— Está bom, eu vou. Não precisa fazer nada disso.

Deu meia-volta e saiu marchando pela rua, ombros recurvados sob o paletó, e ficamos observando sua partida, para ter certeza. Sapatos baratos com salto embutido, sujeitinho desprezível. Virei-me para Angela e passei um dos braços em volta dela.

— Vai ficar tudo bem — disse, abraçando-a. — Você vai ficar bem.

Ela ergueu os olhos, dividida entre o choro e o riso.

— Puta merda — arfou, abaixando-se para se sentar nos degraus da varanda. — Puta merda, Missy. Você foi... incrível.

— Não fiz nada.

Também me sentindo muito zonza, de repente, arriei e me sentei ao lado dela, olhando para a blusa rasgada e me perguntando se conseguiria prender de novo as pérolas, caso as achássemos. Bobby postou-se diante de nós, balançando o rabo, e lhe fizemos uma festa enorme; ela fora magnífica. Passamos um tempo sentadas ali, chorando e rindo juntas, enquanto Bobby lambia nosso rosto e nos cutucava para ganhar guloseimas; e então Angela disse que eu deveria parar de me expor daquela maneira indecente para todo o bairro de Stoke Newington, de modo que levantamos, sacudimos a poeira e entramos, à procura de vinho e de um saquinho de biscoito para Bobby.

Mais tarde, depois de Angela buscar Otis na escola, ele estava na própria cama novamente, comemos pizza e assistimos a um drama leve, e ela me lançou um olhar matreiro por cima dos óculos.

— Eu disse, mais cedo, que não falei com Sylvie por ela ser muito legal. E me senti mal com isso, como se quisesse dizer que você não era.

— E não sou — concordei. — Não como Sylvie.

— Não. — Ela concordou com a cabeça. — Mas, às vezes, é preciso ser mais do que legal. E foi o que você fez hoje. E ontem à noite.

— Essa é uma das coisas mais legais que alguém já me disse.

Angela riu.

— Não vá se acostumar. Mas vou dizer uma coisa. Depois daquele seu voto, agora estamos quites. Está tudo bem.

Sorri para ela, sentindo que um peso saía dos ombros.

— Obrigada. — E em seguida, falando mais sério: — O que você vai fazer, se ele voltar?

Angela não titubeou.

— Eu bato na minha cara e chamo a polícia.

— Muito bem.

Estávamos servindo o restinho da garrafa quando houve um baque surdo, vindo do quarto, seguido pelo som de passinhos miúdos.

— Mããããnheee! — chamou Otis, esfregando os olhos.

A frente do pijama estava encharcada.

— Ai, meu Deus! — exclamou Angela. — Eu me esqueci de levá-lo para fazer xixi antes de dormir.

— É só limpar — falei, virando o copo.

Eu gostaria de ajudá-la, mas não era tão legal assim. Em vez disso, pensei em Adrian e na satisfação que me dera baixar um pouco a crista daquele merdinha. Quando o quarto passou um tempo em silêncio e Angela não voltou, fui até lá e encontrei os dois dormindo, Otis aninhado nos braços da mãe em sua cama de solteiro. Ajeitei o edredom sobre os dois e saí, pé ante pé, estalando os dedos para Bobby.

Descemos a escada juntas, Bobby trocando as patas para se equilibrar e virando-se para trás, no meio da descida, para sorrir para mim, com a língua cor de rosa pendurada. Eu podia lidar com qualquer coisa desde que ela estivesse comigo.

— Acho que *você* é mais do que legal — falei a ela.

E juntas saímos do apartamento, descemos os lances de escada e voltamos pela rua, com o rabo dela balançando a meu lado, em nosso trajeto para casa.

Capítulo 38

Passamos cerca de uma semana tensas, pensando se Adrian voltaria, até que Angela recebeu uma mensagem de Felicity, dizendo que decidira prestar queixa. Ao mesmo tempo, recebi um e-mail do policial que me visitara depois do assalto, um ano antes, para dizer que o crime fora investigado "até onde era razoavelmente possível" e que a investigação fora encerrada, "à espera de novas oportunidades investigativas que venham a surgir". Mais uma vez, senti-me imensamente grata pela presença de Bobby e torci para que o processo de Fix tivesse um resultado melhor.

Dias depois, achei um ramo de flores na porta, acompanhado por um bilhete de Sylvie. "Você É tão legal quanto eu", dizia. Gladíolos roxos, do latim *gladius*, que significa "espada". Eu gostava da propensão de Sylvie para o simbolismo das plantas; era uma espécie de linguagem secreta nossa, e torci para que significasse que Angela tinha lhe contado a história toda, não apenas essa parte.

Março chegou, trazendo consigo a primavera exuberante, e o parque tornou a explodir em vida, com a lama fria secando, botões desabrochando e o verde retornando aos poucos. Nossas caminhadas tornaram-se mais quentes e relaxantes, agora menos sofridas pelo frio. Havia mais gente com quem conversar ao perambularmos, sem falar dos corredores de que precisávamos desviar, já que todos intensificaram o treinamento. Agora que eu era uma amante autêntica, *bona fide* (ou deveria dizer de pedigree?), de cachorros, xingando sem pensar duas vezes quando os corredores passavam chispando entre nós, ou estalando a língua quando se esquivavam do bando, ou gritando quando um ciclista passava rápido demais. Nós, passeadores de cachorros, éramos a polícia autodesignada do parque, os policiais benevolentes que patrulhavam e davam informações aos guardas florestais quando havia um cisne machucado no lago ou um grande ninho de vespas nas toras caídas.

Eu adorava essas manhãs, quando nos reuníamos à mesa de piquenique para um café e um bate-papo, enquanto os cães se esbaldavam e faziam travessuras. Phillip e Dexter tinham sido matriculados em uma aula de adestramento no Finsbury Park, e Dexter fugira com a prancheta do adestrador; Maddie e Simon haviam procurado um especialista em sono para ajudá-los com Timothy — gastaram duzentos e cinquenta libras e o bebê tinha dormido três noites inteiras, antes de voltar a seus gritos de praxe, mas os pais acharam que o dinheiro fora bem gasto, em troca de algumas noites abençoadas. Denzil tentara comprar um interruptor de luz em uma exposição de Martin Creed, antes de descobrir que realmente não era nada além de um interruptor de luz: "economizei dez mil paus". Sylvie tinha redecorado a sala de estar de uma dona de casa com grama artificial, em vez de carpetes: "ela disse 'traga o jardim para dentro', a tolinha". Conversávamos sob o sol hesitante de primavera, em meio a traseiros balançantes, e depois Bobby e eu voltávamos saltitantes para casa, cercadas por acenos de mãos e de rabos.

Em um sábado, após um passeio agradável, Sylvie sugeriu que fôssemos à Upper Street e, depois de deixarmos as cadelas na minha casa, pegamos um ônibus e seguimos pela movimentada rua principal. Para minha surpresa, Sylvie me pegou pelo braço e me fez entrar em um salão de beleza de aspecto muito elegante. Ao chegarmos à recepção, a jovem atrás do balcão sorriu e me entregou uma taça de champanhe.

— Bom dia, sra. Carmichael. — disse.

Virei-me para Sylvie, perplexa, e ela deu uma piscadela.

— Você é minha convidada.

Levaram-me até uma cadeira giratória de couro, onde um rapaz muito descolado, com diversos piercings, apresentou-se como Barnaby.

— O que vamos fazer hoje, querida? — perguntou, fazendo-me sentar e girando a cadeira para me deixar defronte do espelho.

— Não sei — respondi, fitando meu reflexo intrigado.

— Mas eu sei — disse Sylvie, pairando atrás de mim com sua taça de champanhe. — Vamos cortar tudo.

Ignorando meus protestos, Barnaby esfregou as mãos e pôs um pente atrás da orelha cheia de piercings. Sylvie pousou as mãos em meus ombros e olhou para mim pelo espelho.

— Confie em mim — disse. — Está na hora de uma mudança.

Assim, fiquei quieta e deixei Barnaby pôr uma capa sobre meus ombros. Ele e Sylvie tiveram uma rápida discussão sobre cortes retos, ondas e mechas escuras, e em seguida ela nos deixou, enquanto a moça da recepção me trazia um brownie em um pratinho branco minúsculo. Barnaby girou-me para lá e para cá, soltando meu cabelo e deixando-o cair em volta dos ombros, pôs os dedos em minhas têmporas e olhou atentamente para o espelho. Depois, levou-me para a bacia e, ao sentir o calor da água morna escorrendo por meu couro cabeludo, comecei a divagar.

A experiência inteira foi de um relaxamento total. Barnaby não falava, por estar ocupado me puxando de um lado para outro, cortando e prendendo e dobrando pedaços de papel-alumínio, e tamanha era a sua concentração que me descobri me soltando assim como minha trança. *Luó; do grego λύω — soltar, desatar, liberar.* Mais de duas horas depois é que, de repente, voltei a mim, ao ouvir o som de palmas. Pisquei e vi Angela e Otis no espelho, ambos sorrindo.

— Uau — exclamou Angela.

Mesmo confusa com a aparição repentina deles, ainda assim fiquei encantada. Meu cabelo tinha recebido um corte reto e curto, com sua ondulação natural aprimorada em leves cachos. Barnaby não tentara esconder o grisalho, apenas havia acrescentado algumas mechas mais escuras, para equilibrá-lo um pouco. Isso fez meus olhos parecerem mais verdes. Estava com uma aparência elegante — chique, até. Por trás da flacidez e das rugas, eu me parecia com mamãe e com Jette e Melanie, e, por alguma razão, estava mais parecida comigo mesma do que jamais me sentira.

Sorri para Angela pelo espelho.

— Nada mau para uma velhota.

— Nada mau? — retrucou ela. — Eu já disse: Sylvie é um gênio! Agora, venha comigo.

E Angela me levou às compras, em uma loja charmosa em que eu nunca estivera e na qual jamais me atreveria a entrar. Ela andou de um lado para outro, retirando peças das araras e despejando instruções à vendedora, que havia começado a nos atender com um ar arrogante. Otis ficou brincando com seus carrinhos do lado de fora, e Angela me entregou um par de calças pretas e uma blusa de chifon em tom verde-oliva. Saiu à procura de acessórios enquanto eu as vestia.

Prestei pouquíssima atenção às roupas, por estar muito distraída com meu cabelo, balançando a cabeça e puxando mechas para trás das orelhas. Leo sempre gostara do meu cabelo comprido e, nas poucas ocasiões em que eu me cansara dele e sugerira um corte, havia protestado com tanto vigor que eu tinha abandonado a ideia, lisonjeada por ele levar o assunto tão a sério. Perguntei-me o que ele diria, se me visse agora.

Angela ressurgiu com várias peças de roupa no braço e me olhou de cima a baixo.

— Sim.

Em seguida, desviou-me do espelho e me ajudou a vestir um cardigã e calçar os sapatos, e enrolou alguma coisa em meu pescoço, puxando e ajeitando.

— Certo, você está pronta.

Fez-me dar meia-volta e ambas admiramos meu novo eu. Alta e esguia, como sempre, agora havia uma nova elegância em minha compleição, com o corte de cabelo no estilo anos 1920, as calças bem cortadas, ligeiramente curtas, para revelar os sapatos de camurça verde e saltos retos e altos, que combinavam com o cardigã verde-água de caimento suave e com a blusa mais escura por baixo. Fiquei com uma aparência refinada e atraente que nunca havia conseguido obter — blim, blão, lá se foi a bruxa.

Pouco antes da morte de tia Sibby, fui visitá-la, definhando em seu quarto em Yorkshire. Na época, estava com quase noventa anos, uma idade nobre, mas, apesar disso, foi doloroso vê-la. Ela não falou coisa com coisa durante a maior parte da visita, entrando e saindo da lucidez, em um instante perguntando quem estava cuidando de seus animais, no seguinte falando com seu marido Randolph, morto fazia muitos anos. Mas uma coisa dita por ela me ficou na lembrança: "Detesto como estou feia", falou em voz áspera. "Sou tão bonita por dentro, por que o exterior não pode ser igual?" À medida que fui envelhecendo, a pele tornando-se flácida e as manchas e rugas da idade insinuando-se aos poucos, entendi o que ela quisera dizer. Havia uma parte de mim que acreditava que eu ainda deveria ter a aparência daquela noiva apaixonada que erguera os olhos para Leo já fazia tantos anos. Eu tinha perdido essas versões de mim mesma — a menina dos porões, a estudante, a noiva, a jovem mãe —, porém, nesse momento, reconheci vestígios daqueles eus anteriores gravados nas linhas de meu rosto, e senti carinho por todos eles.

Deslizei os dedos pelas contas negras no meu pescoço.

— É lindo, mas não tenho como pagar tudo isso.

— Bobagem — retrucou Angela em tom firme. — O corte de cabelo foi presente da Sylvie, e isto aqui é meu e do Denzil. Principalmente do Denzil. Mas ele não gosta de fazer compras.

— Mas... mas... — gesticulei, mostrando a roupa. — Isto é demais.

— Besteira — disse ela, recolhendo minha roupa velha. — Otis quer que sua avó adotiva fique descolada. Só estou cumprindo ordens.

Ao emergirmos dos provadores, Otis desmanchou-se em lágrimas:

— Não está parecendo a Missy! — reclamou, com o lábio trêmulo.

Angela estava conversando com a vendedora animada, por isso me ajoelhei junto dele e segurei sua mão.

— Ainda sou eu — afirmei. — Só um pouquinho mais arrumada.

Ele fungou e enxugou o rosto na manga.

— Mas você ainda é uma bruxa?

— É claro. Sempre serei. Agora esse é nosso segredinho. Ninguém mais vai ficar sabendo.

Ele assentiu, satisfeito, e saímos da loja com minha roupa velha em uma sacola. Do lado de fora, fomos recebidos por Sylvie, com os olhos brilhando ainda mais do que de costume.

— Maravilhosa! — exclamou ela, ajeitando as contas do meu colar. — Você está sensacional. Não sei vocês, mas toda essa arrumação me deixou com vontade de um almocinho. Que tal?

Angela disse que conhecia um lugar pequeno, logo depois da esquina, e, de braços dados, rumamos para lá, com Otis saltitando à frente. Firmemente agarrada pelos dois lados, pensei com meus botões no que teria instigado Sylvie e Angela a embarcarem nessa reforma completa da Missy. E então, ao abrirmos a porta do restaurante e ouvirmos a barulheira ensurdecedora, tudo ficou claro.

Fomos recebidos por uma aglomeração, todas as pessoas segurando taças, circulando e gritando. Denzil e Miguel, Deirdre, da biblioteca, Hanna, da cafeteria, Simon e Maddie com seu bebê Timothy, Philip, muitos outros passeadores de cachorros e, por fim, Mel e Octavia, de mãos dadas e expressão radiante. Ao me virar, perplexa, para uma Angela sorridente, deparei com uma enorme faixa pendurada numa parede:

FELIZ ANIVERSÁRIO DE 80 ANOS!

— Surpresa! — gritou Sylvie, total e absurdamente empolgada.

Sem palavras, pensei na outra eu, desolada no sofá, um ano antes, e pareceu impossível que eu estivesse ali agora, com meus trajes elegantes e com todas aquelas pessoas. Voltei a sentir um nó na garganta, mas, dessa vez, foi um nó alegre, prenúncio de lágrimas de felicidade. Assim, engoli-o e sorri para todos, conforme avançaram para me cumprimentar.

O almoço foi esplêndido, todos amontoados a uma mesa comprida, fazendo muito barulho e bebendo muito vinho tinto. Parecia que todo mundo tinha um presente para mim — velas, livros, garrafas e inúmeros chocolates. Fui abrindo e exclamando, e foram feitos brindes, quase todos à Sylvie, que adorava beber em sua própria homenagem em todas as ocasiões. E chegou também a minha vez. Levantei-me, esperando que fizessem silêncio e procurando as palavras.

— Eu não esperava por isso — comecei, provocando risadas. — Não esperava nada disso. Fico imensamente grata por vocês todos estarem aqui, mas também lamento que mais alguém não esteja. — Pensei em Leo, em Alistair e Arthur, tão distantes, mas, para variar, não estava pensando em nenhum deles. — Lamento que Bobby não esteja aqui, porque ela é a razão de eu conhecer vocês tão bem, a razão de vocês estarem aqui. Por isso, gostaria de fazer um brinde a ela.

Levantamos nossas taças e brindamos.

— A Bobby!

Mais tarde, Angela se aproximou e disse:

— Bobby não é a razão — disse, me entregando em seguida um embrulho.

Abri-o e achei um pequeno fio de pérolas; os botões que tinham caído da minha blusa no dia em que enfrentei Adrian. Tinham sido recolocados como berloques em uma pulseirinha delicada, com um pequeno fecho de prata. Segurei-a, alisando as bolinhas em tom marfim como se fossem as contas de um rosário, pensando nelas espalhadas na entrada da casa de Angela e imaginando minha amiga catando as pérolas no chão.

Virei-me para ela, que parecia sem jeito.

— Obrigada — sussurrei. — É perfeita.

E ela baixou a cabeça, agarrou Otis, que ia passando, e fingiu limpar chocolate no rosto do filho.

Melanie e Octavia se aproximaram, ambas ruborizadas e ligeiramente altas.

— Mamãe, eu sinto muito, mas temos que ir. Vamos nos mudar amanhã e temos que terminar de encaixotar as coisas. Foi um almoço adorável. — Mel me olhou como quem me avaliasse. — Você está linda.

Passei a mão no cabelo.

— Obrigada. E obrigada a vocês por terem vindo. Eu realmente não fazia ideia.

Octavia sorriu e me abraçou, e as duas se viraram para sair. Mas, ao chegarem à porta, Mel deu meia-volta, ao mesmo tempo envergonhada e decidida.

— Aquela carta que você mandou no ano passado... Significou muito. Eu nunca soube que você se sentia daquele jeito, mas fiquei contente por ter me contado. E contente por ver que as coisas parecem estar mudando. — Apontou para o grupo reunido, que ainda dava risadas e se divertia. — Você tem bons amigos — disse.

Ela estendeu a mão para mim e eu a segurei entre as minhas.

— Mais do que bons — confirmei, apertando-a. — Mais do que bons.

Capítulo 39

Melanie e eu tivemos nosso grande arranca-rabo no dia em que fiz setenta e oito anos. Ela veio em casa tentar fazer alguma coisa pelo aniversário, mas, com tudo o que havia acontecido com Leo tão pouco tempo antes, eu não estava no clima para comemorações. No entanto, a ocasião tinha que ser lembrada de alguma forma, e assim, em vez de festa, tivemos uma briga. Emoções, barulho, memórias — só que do tipo errado.

Irritada, observei-a atarefar-se na minha cozinha impecável, depois decidi que não podia continuar sem falar nada. Mais uma vez, ela tagarelava sem parar sobre o tamanho da casa e que seria um problema para mim, e por que eu não pensava em arranjar um lugar menor. Minha casa era a única ligação que restava com Leo, e Melanie queria que eu me livrasse dela, junto com todas as outras coisas que me eram preciosas. Os quartos em que Alistair e Arthur ficavam, o sótão, repleto da minha família, o jardim de que eu cuidava, o espaço em que a luz havia penetrado em meu coração pela primeira vez desde que eu perdera meu bebê. Assim, depois de um tempo lançando olhares mal-humorados para Mel, enquanto ela cozinhava aquela bobagem de quinoa, que não tinha nada a ver com um jantar de aniversário, resolvi deixá-la com tanta raiva quanto eu.

— Como deve ser bom ser tão segura de si, aposto que a Octavia gosta. Sem dúvida, vocês duas estão de olho nesta esplêndida propriedade. Devem achar que teriam muito conforto aqui, mas ainda não estou disposta a desistir dela.

Mel virou-se para mim, com um lampejo nos olhos verde-escuros.

— O que você está sugerindo?

Dei de ombros.

— Ora, faça a mãe pentelha cair fora e abra espaço para a nova vida londrina de vocês. Tenho certeza de que ficarei bem em um apartamentinho furreca, enquanto vocês bancam as grandes damas no seu palácio de Stoke Newington.

— Como você se atreve? Até parece! Octavia e eu estamos felizes em Cambridge, muito obrigada. Não temos qualquer desejo de morar nesta velharia decrépita.

— Ah, velharia, é? Nesse caso, deve me servir muito bem, já que sou uma velha caquética, caindo aos pedaços.

Mel bufou.

— Pare com isso. Só quero que você tenha conforto, e esta casa é... muito difícil de administrar.

— E todos nós sabemos como você gosta de administrar as coisas.

— Isso não é justo. Só quero o melhor para você... — interrompeu-se, percebendo como a frase soava batida.

— O melhor para mim seria você me deixar em paz, só isso. Toda essa... bobagem. — Fiz um gesto apontando a quinoa, que não tinha cheiro de nada. — Deixe para lá. Leve isso para Octavia, na sua casa. Não quero. Estou muito bem sozinha. Não quero você.

Ela atirou uma colher de pau na mesa e parou com as mãos no quadril.

— Não, não quer. Na verdade, você nunca me quis.

Eu não queria continuar a conversa, mas travávamos uma luta à beira de um precipício e o impulso nos levava adiante, embora aquilo fosse acabar mal. O ar chegava a estalar de tensão. Passei a língua nos lábios, que estavam secos e feridos.

— O que você quer dizer com isso?

— Você nunca me quis. Só quis o papai e Ali. E Bertie.

Foi como se houvesse explodido um rojão na cozinha, um rojão que silvava e atirava para todos os lados, envolvendo-nos no abalo secundário. Senti um aperto no peito e o campo de visão se estreitar, até eu ver apenas as lágrimas não derramadas e os ombros curvados de Mel, que recuava de seu próprio golpe. Bertie, Bertie, Bertie. Eu quase nunca dissera esse nome, exceto em minha cabeça, como um eco eterno em uma antiga caverna subterrânea. E nessa hora, Mel havia acendido um fósforo e revelado as paredes decoradas com um número infindável de marcas de mãozinhas. Esse lampejo era só o que faltava para eu saltar no precipício.

— Saia daqui. — As palavras saíram de minha boca feito um sussurro rouco, antes que eu me desse conta. — E não volte mais.

Ela baixou os ombros.

— Desculpe... Eu não queria... Sibyl me contou... antes de morrer. Acho que ela não sabia o que estava dizendo. Ela disse... que a vovó tinha contado a ela.

— Não me interessa. Saia. Você tem razão, eu jamais quis você. Portanto, pode ir embora. — A emoção dessa fala foi uma espécie de purificação. O ódio encontrara enfim um canal e corria solto. — Vá embora, vá!

Mel ficou imóvel por um minuto, depois pegou um pano de prato e o pendurou cuidadosamente na barra do fogão. Tirou a panela do fogo e a colocou na pia, que chiou de leve com o choque térmico.

O relógio marcou os segundos.

— Eu falei para ir embora.

Não pude resistir a torcer a faca. Foi uma sensação terrível, o que era melhor do que nada.

Mel virou-se para mim, com a respiração lenta e regular. Odiei o seu autocontrole. De onde vinha? Quanto a mim, eu mal conseguia me conter — ela precisava ir embora, antes que eu perdesse o controle.

— Eu vou. Mas só quero que você saiba. O que você fez... não foi um erro. Sibyl disse que você nunca se perdoou, mas... não havia nada para perdoar. Você não deveria ficar se culpando.

Foi pior do que qualquer outra coisa que ela pudesse dizer. A raiva transbordou e irrompeu do canto escuro em que espreitava, pronta para queimar tudo que encontrasse pela frente. Levantei-me, com as pernas bambas, e coloquei as duas palmas na mesa da cozinha.

— Eu não me culpo — declarei, trêmula. — Mas culpo você.

Ela franziu o cenho.

— O que isso tem a ver comigo? Não estou entendendo.

— Quando você nasceu — certifiquei-me de enunciar cada sílaba —, você não era ele.

Mel recuou em direção à porta, olhos arregalados, apanhou o casaco com as mãos trêmulas, sem se dar ao trabalho de vesti-lo, pegou a bolsa e abriu o trinco da porta. Por um segundo, encostou a testa na madeira, depois se afastou e me fitou nos olhos.

— Feliz aniversário — disse, e se foi.

Comi a quinoa, que tinha o mesmo sabor do cheiro, e fiquei sentada bebendo o vinho tinto que Mel trouxera, tiritando de frio em minha sala árida e me forçando a não pensar. A caverna voltara a ficar escura e vazia, e eu quase poderia ignorar o eco, se ligasse o rádio, ou tomasse outra taça, ou limpasse o fogão, cheio de respingos daqueles grãos idiotas. Quando veio o telefonema, eu tinha as mãos rachadas pela água sanitária e a cabeça zonza, mas, ao atender, pude perceber que ela estava tão bêbada quanto eu.

— Não desligue — disse ela.

Não falei nada, mas também não desliguei. De repente, já não tinha mais a energia. A raiva encontrara seu escoadouro e agora não restara nada.

— Eu só queria dizer que sinto muito. De novo. Não deveria ter dito nada, não é da minha conta, foi um erro eu tocar no assunto. Mas queria que você... tivesse me contado... queria que você... dissesse...

Mas não pude. Como Leo não pudera ou não quisera. Afeição, não amor. "Mãe, todos sabemos que há muito pouca coisa que você goste em mim." E assim, ali fiquei em silêncio, escutando sua voz embargada, olhando para minha taça vazia, até escutar o clique do telefone sendo desligado, calada, e em seguida o tom de discagem, que foi soando, soando, soando sem parar.

Capítulo 40

23B Garrod Street,
Cambridge

15 de maio de 2016

Querida Melanie,

Que maneira estranha de iniciar uma carta, já que nunca a tratei assim. Você nunca foi "querida" para mim, não é? Desde o começo, agi como se você fosse uma aberração, e suponho que era, de certo modo, por não ser Bertie.

O mais doloroso para mim é que você sabia. Por isso, estou duplamente culpada. Você disse que eu não deveria me culpar, mas é difícil deixar de lado uma vida inteira de culpa, que tende a respingar em outras coisas. Em culpar você. Eu a tratei como se, de algum modo, você fosse cúmplice, o que é um absurdo, obviamente. O que eu lhe disse naquele dia foi imperdoável, e eu o disse por estar com raiva — muita, muita raiva — de mim, de seu pai, da própria vida. Mas não de você.

Não estou mais com raiva. Estou triste e arrependida, e sei que deveria ter sido uma mãe melhor para você, minha Melanie, em vez de ser a mãe enlutada de Bertie. Quando a vi hoje, ao lado da Octavia, fiquei muito contente por você ter conseguido encontrar o tipo de felicidade descomplicada que me escapou.

Mas ficar com Bobby — aquela cadela ridícula de laço de fita, que por pouco não estragou sua cerimônia de casamento — abriu alguma coisa dentro de mim. É uma relação direta, lindamente descomplicada, não atrapalhada por segredos obscuros nem exigências desiguais. Cada uma de nós precisa de algo da outra, e ambas o fornecemos. Até aqui, tem-se revelado maravilhosamente benéfico. Quisera eu ter podido ser tão franca assim com você, minha querida.

Parabéns por seu casamento. Você tem minha bênção e, se seu pai pudesse dá-la, o teria feito também. Não que você precise disso. Você é uma mulher independente, e qualquer pessoa teria sorte por chamá-la de esposa ou filha.

Espero que me perdoe, um dia. Não só por aquelas palavras, mas por todo o resto.

Com meu amor,

Sua mãe

Capítulo 41

— E a conclusão é que examinei os planos orçamentários e receio não ter como fazer isto funcionar. Posso lhe pagar até o fim do mês, é claro, e espero que você continue trabalhando até lá, mas compreendo se achar melhor não vir, dadas as circunstâncias... Lamento muito.

Eu não estava escutando as palavras, ocupada demais admirando meu penteado novo na janela de vidro fumê que ficava em uma parede da recepção. Aos poucos, porém, comecei a reconhecer a expressão de remorso de Deirdre, que torcia as mãos no colo, tal como Jette costumava fazer nos porões. *Luó*; desatar, liberar. Eles estavam me demitindo. Ao ver a aflição de Deirdre, apressei-me em dizer que eu compreendia e que estava tudo inteiramente bem; na verdade, o tempo extra viria a calhar. Em seguida, peguei a bolsa e saí, antes que ela visse minha cara de desapontamento.

Passado o susto, tentei ver as coisas pelo lado positivo. O dinheiro a mais tinha sido muito bem-vindo, mas não era como se eu fosse ficar à toa — ainda tinha Otis para cuidar, além de meus amigos e, é claro, de Bobby. Havia muito por que me sentir grata. Assim, fui me encontrar com Angela para almoçar e ela ficou gratificantemente irada, lançando-se em mais um de seus discursos inflamados a respeito dos cortes de verbas, enquanto eu beliscava a salada e procurava me manter positiva, contemplando minha pulseira de pérolas quando ela captava a luz do sol primaveril que se derramava pela janela da cafeteria.

— De qualquer modo, você pode arranjar outro emprego — concluiu Angela, abrindo seu sanduíche e retirando meticulosamente os pedaços de pepino em conserva.

Parei o garfo a meio caminho da boca.

— Não na minha idade! Tenho oitenta anos, pelo amor de Deus! Quem arranja um emprego novo aos oitenta anos?

— Quem arranja um aos setenta e nove? Você conseguiu, e agora conhece aquele sistema não sei quê de computador. Viu? *É* possível ensinar truques novos a cachorros velhos — disse ela, com a boca cheia de batata.

Dei uma risada.

— Acho que vou me ater a cuidar de Bobby e Otis.

— Pois é, a respeito disso. — Uma batata caiu no chão e Angela mergulhou atrás dela, mas, antes que sumisse embaixo da mesa, vi um lampejo de culpa cruzar seu rosto. — Consegui matricular Otis em um clube sobre o qual ele vinha falando, porque todos os amigos frequentam, e agora apareceu uma vaga. — Ela levantou a cabeça de volta para cima da mesa. — Isso vai me liberar, agora que estou com mais trabalho. Ele começa na semana que vem. Vou parar de atormentar você o tempo todo.

Angela continuou tagarelando, evitando meu olhar, mas, quando enfim levantou o rosto, descobri que eu não conseguia encará-la e, em vez disso, fiquei remexendo as folhas de rúcula no meu prato, à procura das azeitonas.

— Bem, isso é ótimo. Ele vai gostar de estar com os amigos.

Angela tinha razão; Otis não queria passar tempo com uma velhota como eu, fazendo casinhas de graveto para insetos. Portanto, lá se iam a biblioteca e Otis, tudo em uma única manhã.

— Você ainda o verá nos fins de semana — disse Angela. — E sempre existem as férias escolares.

Ah, sim. As férias. Achei um último pedaço de frango encharcado de maionese e o espetei.

— Por falar nisso — prosseguiu ela —, Sylvie contou que vai passar o verão na França?

Meu desânimo voltou em marcha acelerada:

— O verão todo?

— Sim. A mãe dela tem que fazer uma operação, e Sylvie vai ficar com ela depois, para ajudá-la.

Angela estendeu a mão sobre a mesa para fazer um afago na minha, porém isso era mais do que eu podia suportar, e a afastei e limpei a boca com o guardanapo.

— Eu achava que o irmão dela morava na França, não é?

— Mora, mas parece que é muito ocupado. Típico.

— Puxa vida, coitada da mãe dela.

Senti-me culpada pelo fato de minha primeira preocupação dizer respeito a minhas próprias perdas, e invejei esse personagem de fora do palco que era capaz de convocar Sylvie e ficar com ela durante todo um verão ensolarado. Se eu fizesse uma cirurgia, será que Mel viria cuidar de mim, junto à minha cabeceira? É claro que sim, e Octavia também, provavelmente. Se bem que as duas me levariam à loucura. Tínhamos feito grandes avanços desde a época em que minha mãe fazia passeatas pelos direitos das mulheres, mas ainda éramos as cuidadoras, de modo geral.

A biblioteca, Otis, Sylvie. Senti meu frágil castelo de cartas balançando e alisei minhas pérolas, nervosa, lembrando-me de minha resolução de Ano-Novo. Angela não tinha voltado a fumar. Mas parecia muito melhor, o que me deixou contente. Ela merecia uma vida feliz, não marcada por remorsos.

Fui para casa, principalmente para me comprazer com a recepção estridente de Bobby — ela precisava de mim e eu precisava de um lembrete de que alguém se sentia dessa forma. Mas, em vez de ficar inquieta em casa, resolvi dar uma volta, proporcionar a nós duas um pouco de ar puro. Ao sairmos, descobri-me perambulando em direção à casa de Sylvie e a encontrei no jardim da frente, podando os canteiros de flores. Ao me ver, ela interrompeu seu manejo feroz da tesoura e abriu um sorriso.

— Missy! Que bom você ter vindo, vamos entrar para um café. Acabei de fazer um bolo de abobrinha, a despeito da escassez.

— E a Aphra?

Segurei firme a guia de Bobby.

— Não se preocupe, ela está por aí, em algum lugar, trucidando bichinhos.

Sylvie largou a tesoura de podar na escadinha da entrada e me levou para dentro, onde fomos recebidas por Decca e Nancy. Elas carregaram Bobby para alguma travessura canina e nos deixaram sozinhas na cozinha, que estava tão agradável quanto sempre.

Um bolo enorme ocupava a ilha, com cobertura de creme de leite e salpicos displicentes de minúsculas espirais de casca de limão. Sylvie pegou uma espátula de prata para bolo e a mergulhou no meio, cortando uma fatia enorme, que pôs na minha frente com uma colher:

— Fique à vontade — disse ela.

Passamos um tempo em silêncio, preservadas em uma espécie de reverência pelo bolo, iguaria de um sabor como eu nunca havia provado. Cada colherada quicava por minha boca feito bola de fliperama, apreciada por cada papila gustativa. Com aquele toque azedinho do limão cortando o adocicado da cobertura, sua aspereza densa era um prazer na língua. Sylvie *era* um gênio, tudo em que tocava parecia transformar-se em ambrosia. Notei que Bobby se reaproximara de nós e estava babando a meus pés. Em geral eu lhe daria um pedacinho, mas esse era delicioso demais para desperdiçar.

— Nossa, estou cheia — disse Sylvie, lambendo a colher e relaxando em sua banqueta, com um suspiro de satisfação.

Assenti com um meneio da cabeça e a boca cheia de bolo. Bobby me bateu com a pata, as unhas arranhando minha perna, e balancei a cabeça para ela, ainda mastigando, deliciada. A cachorra voltou correndo ao encontro de Nancy e Decca, lançando-me um olhar levemente rabugento ao sair.

— E então, quais são as novidades? — Sylvie serviu uma xícara de café da cafeteira e a empurrou para mim.

— Perdi o emprego na biblioteca — murmurei, raspando uma última colherada.

Ela ficou boquiaberta.

— Não! Como assim?

— Cortes no orçamento. Deirdre pediu muitas desculpas.

— *Merde.* Você ficou triste?

— Sim, um pouco. — Fiz uma pausa. — Vou sentir falta de ter um lugar em que precise estar.

Sylvie me olhou por cima da borda de sua xícara de café.

— Hmmm. Por falar nisso, há uma coisa que ando querendo dizer. Estive com Desiderata Haber na semana passada...

— Ah, os Haber foram uns amores. Coitadinho do filho deles.

— É, pobrezinho do Sam, incorrigivelmente paparicado pelos pais amorosos e apaixonados — zombou Sylvie, recolhendo nossos pratos e levando-os para a lava-louças. Manteve-se de costas para mim. — Enfim, começamos a conversar e Desi disse... Quer dizer, mencionou... Espero que você não se importe por eu perguntar...

— O quê? — Detectei uma migalha de bolo na bancada e a peguei, entre o indicador e o polegar.

— Por que você não me falou do Leo? Eu não fazia ideia.

Ouvi a bagunça das cadelas na sala, rosnados e ganidos distantes, conforme elas lutavam e rolavam. Mesmo sem vê-la, reconheci o latido de Bobby. A migalha de bolo caiu dos meus dedos, enquanto eu lutava contra um enjoo crescente, sentindo o cheiro da cobertura me invadir as narinas. Eu havia comido demais. Senti que Sylvie me observava e arrisquei um olhar de relance. Ela parecia apreensiva, segurando a espátula com uma das mãos e um pano de prato com a outra. Continuei em silêncio.

— Missy. Não tive intenção de ser indiscreta. Eu só... Eu sinto muito.

— Não é preciso. Está tudo bem. Eu... Eu... tenho que ir andando. Eu disse que levaria Otis ao parquinho hoje à tarde.

Inclinei o corpo e desci da banqueta, tropeçando e me atrapalhando para pegar a bolsa e a guia de Bobby.

— Obrigada pelo bolo, estava uma delícia. Preciso pegar a receita com você, um dia desses.

Engasgando, eu precisava sair dali antes de me constranger ainda mais. Ao ouvir o tilintar da guia, Bobby voltou correndo à cozinha, mexendo o focinho. Com as mãos trêmulas, prendi a guia na coleira.

— Ai, meu Deus, desculpe-me, eu não pretendia... Eu só... Por favor, não vá embora.

— Preciso ir.

Uma lágrima solitária deslizou pelo meu rosto, mas foi absorvida pela pelagem espessa de Bobby. De cabeça baixa, segui pelo corredor até a porta, sentindo Sylvie e sua compaixão atrás de mim.

— Eu não deveria ter perguntado — ouvi-a dizer. — Mas só queria que você soubesse... se um dia precisar conversar...

— Sim, é claro — falei. — Preciso ir.

Atrapalhei-me com o trinco e abri a porta com um arranco, sentindo a bile subir para a garganta. Fui puxando Bobby, tropeçando nos degraus da entrada e por entre as sebes bem-cuidadas, onde pude ver as primeiras plantinhas da primavera brotando do solo. Ao ouvir a porta se fechar atrás de mim, senti um reflexo de engasgo e dei um puxão na guia de Bobby. Dobramos a esquina antes de eu vomitar um creme amarelo coagulado, que se projetou do fundo da minha garganta e se esparramou na calçada, onde Bobby o farejou, cautelosa, depois ergueu os olhos para mim, com expressão alerta e curiosa.

— Não se preocupe — falei, tateando para achar uma grade em que me segurar. — Eu vou ficar boa em um minuto.

Vomitei mais algumas vezes e, então, me certificando de que ninguém tinha visto aquela indignidade, usei algumas folhas para cobrir a mistura de bolo repulsiva. Vendo seu espaço favorito do xixi, Bobby agachou-se prontamente e fez suas necessidades, o que me causou outra ânsia de vômito. Senti o suor brotar da testa e as pernas ainda trêmulas da purgação. Quando comecei a caminhada para casa, meu celular tocou.

— Escute, estou me sentindo mal, por causa do seu emprego e do lance do clube de Otis — disse Angela, assim que atendi. — Eu não ia chamá-la, porque aniversário de criança é um saco, mas quer vir à festa do Otis, no domingo? Você não tem que fazer nada, só ficar tomando Prosecco e escutar as bolas estourarem, mas talvez goste de vê-lo assoprar as velas.

Pensei no bolo de Sylvie, reluzindo na ilha da cozinha e, mais tarde, vazando na calçada feito um sapo amarelo nojento.

— Eu adoraria — respondi, com a voz rouca. — Obrigada por me convidar.

— Sem problema. Só que você não vai me agradecer no domingo, quando estiver se desviando dos pestinhas. Eu mando uma mensagem com os detalhes.

Angela desligou e guardei o celular na bolsa, tentando me concentrar nessa única coisa pela qual podia ansiar, para banir o fantasma recém-despertado por Sylvie. Se pudesse fazer isso, talvez a sensação de desgraça iminente que eu vinha sentindo nos últimos tempos acabasse por se dissipar. Eu tinha certeza de que Sylvie não voltaria a mencionar Leo e poderíamos apenas esquecer que isso havia acontecido. Às vezes, era melhor não pensar nas coisas — contas, telefonemas, discussões —, porque, desse modo, a gente podia mantê-las à distância, talvez indefinidamente. Se eu conseguisse aguentar por um tempinho, as coisas voltariam a melhorar; eu poderia tornar a esquecer. Só por um tempinho.

Capítulo 42

O domingo amanheceu luminoso e límpido, um desses dias lindos em que era possível sentir o mundo reabrir-se após as portas trancadas do inverno, com tenros brotos subindo encaracolados da terra úmida, o solo desabrochando sob nossos pés, conforme refluía a maré. Quando levei Bobby para passear nessa manhã, cumprimentando meus colegas de passeios caninos e aspirando o ar puro como se fosse um tônico, a primavera tinha voltado ao meu andar. Depois dos episódios inquietantes dos últimos dias, senti-me contente por ir à festa de Otis, por bater palmas quando ele soprasse as velinhas e lhe dar o presente que comprara com tanto cuidado, e vê-lo com seus amigos. Eu absorveria a juventude e a energia deles e deixaria que ela me recarregasse. Que importância tinham o emprego, as contas, os telefonemas, as dores no corpo? O dia era uma criança, o sol estava quente e, com Bobby a meu lado, eu estava ansiosa por ir em frente.

Seis horas depois, estava ansiosa por ir embora. Não fazia ideia de que as festas infantis fossem tão horrorosas. Na minha época, eram eventos muito mais tranquilos — alguns amigos, espetos de linguiça e abacaxi e um pão de ló, no qual a idade era desenhada com confeitos coloridos de chocolate. Lembrei-me de um dos aniversários de Mel, das luzes esmaecidas e da expectativa ofegante quando entrei carregando o bolo, o rostinho dela franzido de concentração em sua espera. Ela sempre se preocupava na hora de soprar as velas: "E se eu não soprar todas de uma vez? O meu desejo ainda vai se realizar?" Passava dias tensa com isso, antes da festa.

Para a festa de Otis, Angela parecia ter convidado trinta diabinhos, movidos a alguma substância química, e seus tratadores de zoológico, movidos a Prosecco e profundamente desinteressados. Os diabretes corriam furiosamente pelo salão apertado da igreja, enquanto os pais se enchiam de espumante e tagarelavam sobre os preços dos imóveis, ignorando por completo sua prole aterradora. A pobre Angela corria de um lado para outro, enchendo as taças das pessoas, oferecendo azeitonas e tirando de mãos pequeninas alguns utensílios cortantes de cozinha.

Fiquei em um canto, pensando que, de muitas maneiras, aquilo me lembrava a festa da *St. Botolph* em que eu conhecera Leo. Quente demais, e muito barulhenta, com coisas sendo atiradas enquanto as pessoas falavam bobagens umas com as outras. Apesar disso, pelo menos eu não seria trocada por outra mulher, não dessa vez. Peguei uma taça com Angela e bebi um gole, abaixando-me quando um palitinho de cenoura passou zumbindo junto a minha orelha. Um dos bichinhos empinou-se diante de mim, rugindo, com o rosto coberto de homus, como se fosse uma espécie de pintura de guerra. Levantei minha taça acima da cabeça e rugi de volta, o que me rendeu alguns olhares de reprovação dos zeladores do zoológico. Momentaneamente repreendido, ele logo se recuperou e prosseguiu em sua correria, derrubando uma cadeira com um chute e abatendo um garoto menor com um soco certeiro. "Horatio!", censurou-o vagamente uma das mulheres, antes de espetar uma azeitona e retomar sua conversa sobre as leis de planejamento municipais.

Precisando escapar, dirigi-me ao fundo do salão, em busca da cozinha, e encontrei Angela sentada a uma mesa pequena, com a cabeça entre as mãos. Ela ergueu os olhos quando entrei.

— Ah, é você. Não está contente por ter vindo? — Tornou a arriar o corpo e pressionou as têmporas. — Eu falei que seria um horror.

Peguei uma taça para ela e servi o que restava de uma garrafa de Prosecco.

— Não posso beber, tenho que arrumar tudo no final e pagar. Deveria ter contratado um animador, mas era muito caro. Eles aparecem e fazem tudo, abrem e agitam uma grande lona com as cores do arco-íris e mantêm as crianças ocupadas, mas custam, sei lá, centenas de libras, e eu pensei: "Eu cuido disso, faço umas brincadeiras e também vai ser divertido." Que ideia de merda! — Bebeu um gole do Prosecco. — Estou com cinco crianças cujos pais não confirmaram presença, então eu não as esperava, e agora não tenho lembrancinhas suficientes e vou ter que dar uma porra de uma nota de cinco para cada uma na saída. Puta merda! — Bebeu outro gole. — E nenhuma das mães gosta de mim, porque sou mãe solo e elas acham que vou roubar seus maridos. Até parece. São todos uns banqueiros babacas, que ficam no trabalho até tarde para não precisar colocar as crianças na cama, e ficam correndo nos fins de semana, para não terem que ajudar a cuidar dos filhos. — Esvaziou a taça. — Por que fiz isso de novo?

— Mamããããnheee! — Ambas nos viramos e vimos Otis à porta. Parecia meio desolado, e meu coração deu saltos no peito ante a visão dele com seu novo traje de robô. — A brincadeira já vai começar?

— Sim, meu amor.

Angela se levantou, ajeitando o cabelo despenteado.

Otis perambulou pela cozinha, em uma exploração displicente.

— Cadê o bolo? — perguntou, enfiando a cabeça na geladeira.

— Lá perto da pia — respondeu Angela, colocando garrafas vazias em um saco de lixo.

— Não está.

Angela virou-se e olhou para a bancada. Ao lado da pia estava uma tábua forrada de papel-alumínio e totalmente desprovida de bolo.

— Cadê a porcaria do bolo? — perguntou ela.

Começou a examinar o cômodo, afastando pratos de papel e guardanapos para um lado, abrindo a geladeira, verificando o interior do saco de lixo, cada vez mais desesperada. Depois de vasculhar todos os armários, voltou para a mesa, segurou uma das bordas com as duas mãos e me encarou com um olhar desvairado.

— Onde está o bolo? — arquejou.

O lábio de Otis começou a tremer.

— Cadê meu bolo? Você se esqueceu dele?

Angela virou-se imediatamente para o filho:

— Não, meu amor, é claro que não. Mamãe vai achar. Por que você não vai brincar lá fora, e a gente começa daqui a um minuto?

Foi empurrando o menino para fora, ignorando seus protestos, e virou-se para mim, esbaforida.

— A porra do bolo sumiu. Precisamos de outro.

— Onde ele foi parar?

— Um desses merdinha deve ter afanado. Safadinhos nojentos, tomara que se engasguem com ele. Escute, temos meia hora, talvez quarenta minutos. Se eu lhe der uma grana, será que você pega um táxi e compra outro?

— É claro.

Fiquei tensa, mas também encantada por ter uma razão real para fugir daquele inferno. Angela meteu a mão na bolsa e sacou um maço de notas.

— Tome aqui, isto deve dar. Você precisa estar de volta às cinco, senão vai baixar a glicemia deles e todos vão surtar, descontrolados.

Sentindo-me ligeiramente histérica, ri ao pegar o dinheiro e guardá-lo na bolsa.

— Ah, e, Missy, precisa ser um bolo de robô.

Virei-me para ela, perplexa.

— Um bolo de robô?

Angela confirmou com uma expressão soturna.

— Ele está obcecado por robôs. Fiquei até as três da manhã pintando a cobertura prateada e fazendo antenas com aqueles biscoitos recheados em forma de disco voador. NÃO PODEMOS DECEPCIONÁ-LO.

Respirei fundo.

— Saindo um bolo de robô!

A sorte estava do meu lado. Um táxi preto parou do outro lado da rua, com a luz acesa, justo no momento que saí, piscando os olhos à luz do sol. Fui depressa, fiz sinal e esperei o motorista fazer a volta para me pegar.

— Para onde?

Acomodada no banco traseiro, hesitei. Onde é que se comprava um bolo de robô de emergência em uma tarde de domingo? Tirei o celular da bolsa e disse ao motorista para ir na direção da Upper Street, e então liguei para a única pessoa em que pude pensar como capaz de salvar essa situação.

— Querida, que bom você ter ligado — disse Sylvie. — Eu sinto muito sobre o outro dia...

— Esqueça isso — interrompi-a. — Preciso da sua ajuda. O bolo de aniversário do Otis sumiu e preciso comprar outro para ele, mas Angela disse que tem que ser um bolo de robô. Tenho o dinheiro, mas não sei aonde ir.

— Onde você está?

— Em um táxi, indo para a Upper Street. Preciso estar de volta às cinco horas.

— Dê-me dois minutos.

Sylvie desligou e eu me recostei e coloquei o cinto de segurança, enquanto as ruas de Highbury iam passando feito um raio.

— Essa é boa — comentou o taxista, me olhando pelo retrovisor.

— Festa de aniversário infantil.

— Ainda bem que passei dessa fase — retrucou, virando na direção de Canonbury.

Quando passávamos aos solavancos por uma sucessão de quebra-molas, meu celular tocou e eu atendi.

— Certo — disse Sylvie. — Ouça com muita atenção. Há um lugarzinho que é de um amigo meu. Ele me deve um favor. Vou passar o endereço, e até você chegar lá ele deve ter feito alguma coisa para lhe dar.

— Muito obrigada.

— Não agradeça a mim, agradeça a Etienne Durand, um dos melhores *pâtissiers* do planeta. Até logo e boa sorte!

Disparamos pelas ruas de Islington, com meu taxista agora inteiramente comprometido com a aventura, prometendo esperar na porta da loja enquanto eu buscasse a encomenda. Contou-me que tinha três filhos adultos, que viviam espalhados pelo mundo e tinham diversas profissões, "É assim que as coisas são, não é? Eles estão longe, cuidando da própria vida", enquanto ele e a mulher moravam em Enfield e esperavam pelos netos.

— Sei que não vamos vê-los muito, eles moram por toda parte, mas são bons de ter, não é? Gosto de ver as fotos.

Recebido o endereço, entramos em uma ladeira com uma fileira de casas georgianas em que cada janela tinha uma falsa sacada, depois fizemos outra curva e nos espprememos por uma viela estreita de paralelepípedos. Em uma extremidade havia uma lojinha de esquina que dava a impressão de que sua localização apropriada deveria ser o Beco Diagonal. Num letreiro acima da porta estava escrito "Durand's" em letra cursiva.

— Tem certeza de que isso é uma loja de bolos? — perguntou o motorista, parando em frente.

— Não acho que o dono chamaria dessa maneira — respondi, saltando e conferindo meu maço de cédulas.

Com cuidado para não tropeçar nos paralelepípedos, bati na porta escura e reluzente e dei um passo para trás. Após uma espera angustiante de alguns segundos, ela se abriu e um homem moreno e alto pôs a cabeça para fora, olhando-me com ar solene.

— Sou Millicent Carmichael — gaguejei. — Sylvie Riche me mandou.

— Sou Etienne Durand — disse ele, fazendo uma mesura e um gesto para que eu entrasse.

Fiz um joinha para o motorista e entrei.

Não parecia em nada com nenhum tipo de loja a que eu já tivesse ido. Não havia bolos em exposição. Ficamos no que parecia ser uma sala de estar elegante, com uma *chaise longue* em uma extremidade e uma mesa redonda de carvalho no centro, cercada por cadeiras. Por alguma razão, o local me lembrou uma funerária. Reprimi um risinho.

— Sylvie lhe explicou? Precisamos de um bolo. Hã... um bolo de robô.

Ele fez uma pequena careta de desagrado.

— Sim, ela explica. *Non* é o que costumamos fazer, mas ela é muito grande amiga.

— O que vocês costumam fazer?

Ele apontou a mesa.

— As pessoas se sentam ali. E eu trago... *les gateaux*. Se senhora espera aqui, eu lhe trago os seus.

Desapareceu por outra porta, no lado oposto da sala, e esperei, consultando o relógio e batendo com o pé. Tínhamos vinte minutos. Quarenta batidas depois, ele ressurgiu, carregando uma caixa enorme.

— Senhora *non* sabe o que tive de fazer para fazer isto acontecer — disse, pousando-a com cuidado na mesa.

Dei um passo à frente e estendi uma das mãos para abrir a caixa. Ele afastou minha mão com um tapa.

— *Non* abra até chegar na sua festa.

Recuei obedientemente. Ele era muito estranho. Eu sempre havia imaginado que os donos de lojas de bolos fossem alegres.

Fiz uma pausa e disse:

— Mas... eu só queria me certificar de que é... um robô.

Ele deu uma bufada:

— É um robô. O melhor robô que senhora já viu. Pode acreditar.

Entregou-me um saquinho de papel.

— Isto é um pequeno floreio que eu acrescento, preste atenção para *non* esquecer.

— Quanto lhe devo? — perguntei, com uma leve náusea e a certeza de que o maço de notas dado por Angela não seria suficiente.

Mas ele afastou a pergunta como havia afastado minha mão.

— *Non* é preciso dinheiro. Isto é um favor para minha amiga Sylvie.

Fiquei zonza de alívio e constrangimento.

— Senhora tem carro lá fora? — perguntou Durand, interrompendo meu agradecimento hesitante.

Assenti e ele tornou a pegar a caixa, ordenando que eu abrisse a porta. Juntos, manobramos a caixa para o banco traseiro do carro. Consultei o relógio. Quinze minutos. Bem a tempo, mas teríamos que ir devagar. Ao roncar o motor, o rosto de *Monsieur* Durand avultou na janela. O homem deu um tapinha no vidro e eu o baixei.

Ele se inclinou para a frente, com ar ameaçador:

— Diga à Sylvie que agora estamos quites, sim? Chega de favores.

Ele abriu um sorriso e seus dentes reluziram na penumbra do táxi. Eram ligeiramente pontudos.

— Com certeza. Eu digo a ela — afirmei, ofegante, e a cabeça recuou. Ele deu um tapa na lateral do carro e seguimos nosso caminho. — Dirija com cuidado — recomendei ao motorista, e o vi assentir, olhos fixos na rua.

Meu coração dava saltos a cada quebra-molas, mas a caixa se manteve em pé. Paramos em frente ao salão às 16h56. Angela rondava do lado de fora. Ao saltar, vi que segurava um cigarro que não tinha acendido.

— Estou só segurando, para me tranquilizar — disse. — Como foram as coisas?

— Não tenho certeza — respondi, e me virei para o motorista. — Derek, quanto é a corrida?

Mais uma vez, no entanto, meu maço de notas foi rejeitado.

— É por conta da casa — disse ele, com animação. — Não me divirto tanto desde o dia em que peguei um cara vestido de Batman e ele apontou para a frente e disse: "Siga aquele carro."

— Oooh! — exclamou Angela. — Ele estava perseguindo um bandido?

— Mais ou menos — disse Derek. — Estava indo a uma despedida de solteiro. — Saltou do táxi e pegou a caixa com o bolo. — E então, onde quer que eu coloque isto?

Inclinei-me e lhe dei um beijo na bochecha.

— Muito obrigada.

— Vamos lá pelos fundos — disse Angela.

Juntos, carregamos o bolo, contornamos o prédio e entramos na cozinha pelos fundos. A tábua de bolo prateada e vazia continuava ao lado da pia.

— Algum sinal do original?

Angela balançou a cabeça, pesarosa:

— Foi aquele merdinha do Horatio, eu sei. Está com tinta prateada no cabelo.

Derek pôs a caixa na mesa. Angela retirou a tampa e todos olhamos para o interior.

— Puta merda — disse ela.

Aninhado na caixa estava o mais glorioso bolo de robô que eu já tinha visto na vida. Bem, para ser honesta, eu nunca vira um bolo de robô até então. Mas nenhum poderia ficar à altura da esplêndida beleza daquele. Era um robô azul-vivo, sentado com as pernas afastadas, cheio de botões vermelhos brilhantes e com uma tela de TV no peito, onde se lia "Otis". A boca de glacê e alcaçuz, em forma de grade, sorria para nós.

— Isso é que é bolo de robô — comentou Derek, dando um passo para trás para admirá-lo.

— Porra, não tenho nenhuma vela — disse Angela, vasculhando as gavetas.

Lembrei-me do "floreio" e dei uma olhada no saquinho que segurava. Dentro dele havia cinco velas e dois palitinhos faiscantes de festa.

— Aqui está — anunciei.

Espetei as velas nas pernas estendidas do robô e pus os palitos cintilantes em sua cabeça, um de cada lado, como antenas. Consultei o relógio e vi que passavam dois minutos das cinco horas.

— Hora de ir.

— Deveria ser você a levá-lo — insistiu Angela. — Você fez tudo.

— Não, eu quero assistir.

Cumprimentei Derek com um aperto de mãos, desejando que seus netos viessem logo, e ele saiu pela porta dos fundos, enquanto eu voltava de fininho para o salão e ia procurar o interruptor.

Assim como observara meus próprios filhos, décadas antes, mantive os olhos no rostinho de Otis no escuro, agitado de empolgação e expectativa, o corpinho trêmulo com a alegria daquilo tudo, os amigos duendes a seu redor, enquanto ele esperava. Até os pais pararam de tagarelar sobre reformas de lofts, por tempo suficiente para apreciar a entrada de Angela. Seu rosto era iluminado pelas estrelinhas prateadas e sorria para os "ooohs" e "aaahs" dos convidados reunidos, e seus olhos se enterneceram e piscaram depressa quando ela viu a reação do filho, seu arquejo de espanto e deslumbramento, enquanto todos começavam a cantar. Ele apagou as velas, semicerrando os olhos com o esforço de soprar e fazer um pedido ao mesmo tempo, e todos deram vivas enquanto as chamas se apagavam, com a fumaça levando aos céus nossas orações. Pensei no que Derek tinha dito. As coisas eram assim mesmo, eles cuidavam das próprias vidas e nós apenas apreciávamos. Por que eu havia esperado tanto tempo para conseguir fazer isso? Bati palmas e dei vivas com todos os outros e, quando a luz voltou a se acender, houve um grito estridente de uma das mães.

— Horatio Lysander Swinton! — berrou ela. — O que é isto?

Todos corremos em sua direção enquanto ela exibia a bolsa, sua bolsa de fivelas em couro queimado, que parecia ter custado vários bônus salariais e que agora estava cheia dos destroços esmagados de um bolo de robô caseiro, com antenas de biscoitos em forma de disco voador. Enquanto as outras mães se aglomeravam a seu redor e lhe davam tapinhas de consolo, pude ouvir Angela rindo na cozinha.

Os pais começaram a se despedir, e as crianças, a clamar pelas lembrancinhas, e por isso Angela ressurgiu, às pressas, curvando-se sob o peso de uma bandeja cheia delas, e revirando os olhos ao confrontar a quantidade de crianças com a de saquinhos. Deslocou-se em meio à aglomeração, apalpada por luvinhas ansiosas, pequenas garras que arranhavam e depois recuavam, para inspecionar e comparar seus prêmios.

Um Otis meio desanimado enroscava-se na mãe feito um gatinho, enquanto ela remexia em sua bandeja, dava tapinhas em bochechas e pequenos puxões em rabos de cavalo, e distribuía suas benesses, com um pirulito na boca. Ainda não havia fumado.

— O bolo estava maravilhoso — disse uma das mães, ao sair.

— Eu mesma o fiz — respondeu Angela, com a maior cara de pau do mundo.

Mais tarde, enquanto Otis abria os presentes no chão, nós duas nos sentamos na cozinha, virando as sobras de todas as garrafas de Prosecco e metendo o pau nas outras mães.

— Que maneira terrível de criar os filhos — disse Angela, com sua pronúncia arrastada, vendo Otis gritar de alegria ao desembrulhar um álbum de figurinhas de *Star Wars*. — Uma das crianças, Tybalt, ou Gawain, ou sei lá o quê, mordeu com tanta força uma outra que chegou a sangrar. E a mãe olhou para a marca da mordida e disse: "O problema das crianças superdotadas é que elas têm toda essa *energia*."

Ri e dei uma espiada no relógio.

— Preciso ir, porque são quase seis horas e Bobby deve estar querendo sair. Quer uma ajuda para arrumar as coisas?

As sobras do bolo de robô estavam guardadas ao lado da pia, impiedosamente despidas, para preencher os saquinhos de lembranças.

— Não, não se preocupe, não falta fazer muito mais e, além disso, hoje você salvou o dia.

— Nem fui eu. Foi Sylvie.

— Guardei uma fatia para ela. É um bolo realmente muito bom.

— *Eu mesma o fiz* — imitei-a.

Angela fez uma expressão de cumplicidade.

— Tenho que levar algum crédito, já que o meu bolo acabou na Hermès da mamãe Swinton.

Despedi-me de Otis e fui para casa, desfrutando o entardecer mais claro, agora que íamos entrando mais na primavera. Ao destrancar a porta da frente, preparei-me e acolhi a habitual recepção extasiada de Bobby, com o Coelhinho Bruce pendurado em um dos cantos da boca.

Saímos juntas para nossa caminhada e, por fazer uma tarde tão agradável, premiei-a com uma volta rápida pelo parque, onde ela poderia dar uma farejada com mais calma, absorvendo os novos aromas da estação. Como sempre, desejei que Leo estivesse ali para desfrutar do parque comigo, e pensei em quanto ele teria gostado de Bobby, e teria passado a adorá-la tanto quanto eu, com suas esquisitices e suas idiotices, sua impetuosa propensão para a vida.

Enquanto o sol se punha sobre a vegetação mais densa, refleti sobre os acontecimentos do dia, rindo comigo mesma ao pensar em Horatio escondendo o bolo e em minha incursão no mundo sombrio dos confeiteiros franceses. E então, o riso extinguiu-se em minha boca, ao sairmos do parque e, com um ganido súbito, apavorante, Bobby se projetar para a frente. Do outro lado da rua, vi um gato, o mais mortal dos inimigos dela, tremelicando o rabo de leve, enquanto nos contemplava, impassível, de seu posto de observação. Com outro ganido estrangulado, Bobby recuou em um arranco e, tal como fizera no casamento de Mel, soltou-se da coleira e disparou para a rua em busca do inimigo.

Aconteceu muito depressa. O carro surgiu do nada e Bobby se transformou em um borrão castanho e âmbar ao ser arremessada pela rua, captada pelo clarão vermelho e prateado que se chocou com ela. Fiquei na calçada, paralisada de susto, lutando para entender o que acontecera, e então desisti e caí no chão, com o cascalho arranhando meus joelhos, enquanto o carro parava, cantando pneus, e o motorista descia e contornava o veículo em um horror crescente, até encontrar o pobre corpo esmagado de Bobby. Pensei no bolo de robô, impecável em sua caixa, depois em pedaços junto à pia. Em um minuto, uma coisa estava intacta, no outro, despedaçada. Desatada, solta, destruída.

Alguém gritou do outro lado da rua e uma figura disparou para se curvar sobre minha Bobby. Então consegui me mexer; ninguém deveria tocá-la, a não ser eu. Corri para a rua, agachei-me a seu lado e aninhei em meus braços sua forma ensanguentada e fraturada, ninando-a para dormir feito uma criança, cantarolando baixinho em suas orelhas sedosas e afundando o rosto em sua pelagem lustrosa pela última vez. Seus olhos estavam abertos, aqueles adoráveis olhos cor de chocolate que me faziam derreter, quando imploravam por guloseimas. Ela ainda estava quente, a coisa mais quente da minha vida. Minha Bobby, a cadela que eu não queria, que não me pertencia, mas que era verdadeiramente minha, de um jeito que ninguém mais tinha sido.

— Eu amo você, amo você, amo você. Volte, por favor.

Solucei em seu pescoço macio, mas não houve resposta, e pude sentir que sua essência desaparecia, um fiapo de vapor que subiu em espiral e se desfez na brisa de primavera.

Ficamos dessa maneira por algum tempo, o motorista gaguejando pedidos de desculpas enquanto nós balançávamos juntas, flores de cerejeira caindo à nossa volta feito neve. Em algum momento, alguém — teria sido Phillip? Ou talvez Simon — apareceu e me ajudou a me levantar, prometendo que levaria Bobby para casa, para ela descansar. Quando me levaram embora, vi o gato, ainda sentado lá, olhando para nós, o rabo mexendo como a raia sob a areia.

Capítulo 43

Uma semana após o diagnóstico de Leo, decidimos assistir a uma queima de fogos.

Tínhamos ficado dias sem fazer nada em casa, Leo no seu escritório e eu na sala, de vez em quando me demorando no corredor, a mão pairando acima da maçaneta de sua porta, querendo entrar, mas sem saber o que dizer quando entrasse. Podia ouvir os movimentos dele lá dentro, mexendo em papéis e livros, tocando Bach e, às vezes — assustadoramente —, chorando. Eu deveria ter entrado nessas ocasiões, mas não tinha palavras para consolá-lo, quando o vazio também me destroçava. O que poderia dizer ao homem que fora meu marido por mais de cinquenta anos que estava sendo implacavelmente destruído por aquela doença terrível? Assim, eu limpava a cozinha e fazia fartos guisados cujo aroma inundava a casa, mas não o tentava.

Tantas coisas não ditas entre nós. Enquanto eu limpava furiosamente e mexia as panelas, as palavras me ecoavam na cabeça, lutando para sair. Mas eu sabia que não sairiam direito e por isso as engolia, como sempre tinha feito. Ao ouvir o barulhinho metálico da caixa de correio, eu ia até lá para buscar a correspondência, enfiá-la em algum lugar, livrar-me dela. A *Gazette* local ficava no capacho e eu a pegava, pronta para transferi-la para a lata dos recicláveis, mas, em vez disso, me pegava sentando em uma cadeira à mesa da cozinha e folheando com displicência o jornal. As preocupações agitadas e corriqueiras da comunidade me acalmavam por alguns instantes — alguém, em algum lugar, tenso com colegiais vadiando nas imediações de uma piscina pública; outra pessoa fazia campanha por mais iluminação em uma propriedade; havia um artigo sobre a falta de latas de lixo para jogar a sujeira de cães. A vida continuava, mesmo que, em nosso mundo, tudo estivesse paralisado.

Uma Associação de Moradores organizara uma queima de fogos em uma praça próxima. Quando morávamos em Cambridge, tínhamos ido à Noite de Guy Fawkes, na Midsummer Common, e eu me lembrava de ter me encostado no grande corpo de Leo, no frio cortante em que o vapor de nossa respiração se misturava, ao olharmos para cima. Parecia uma visão animadora a que me apegar e, quem sabe, até ressuscitar. Assim, levei o jornal para Leo e o encontrei sentado diante da escrivaninha, com a cabeça entre as mãos. Quando ele ergueu os olhos, tinha a expressão mais desolada que eu já vira. Minha vontade foi tomá-lo em meus braços, alisar as rugas de desespero e reconstruir seu eu destroçado com parafusos e porcas, para torná-lo seguro. Em vez disso, balancei o jornal diante de seu rosto e disse:

— Nós deveríamos ir.

— Avante e para o alto — disse ele, como sempre fazia.

Só que tinha errado a ordem. Tentei não deixar que visse minha expressão.

Na noite da queima de fogos, andamos devagar até a praça, tomando cuidado para não escorregar nas folhas em decomposição que cobriam as calçadas. Em um dado momento, Leo segurou meu braço, e eu não soube dizer se era para me impedir de cair ou se para impedir sua própria queda.

— Noite agradável — comentou ele.

Olhei para a nesga de lua crescente que brilhava contra a escuridão. Tal como Leo, ela ia desaparecendo lentamente, até restar apenas uma pequena fresta de luz. Dentro em breve, seria tarde demais. Todas as coisas não ditas entre nós.

Ao chegarmos, constatamos que toda a vizinhança parecia ter ido para lá, agitando-se pela praça com seus copos plásticos. Alguns seguravam velas estrela, bastões luminosos que se eriçavam no escuro quando eles gesticulavam, feito uma série de maestros malucos. Senti cheiro de cachorro-quente e fumaça e balas de melaço e fiquei contente pelo turbilhão sensorial. Mesmos aromas, mesmas tradições, mesmas expectativas, ano após ano. Algo a que me apegar, quando todo o resto me escorria por entre os dedos.

Como tínhamos feito por muitos anos — enquanto recém-casados apaixonados, enquanto jovens pais aflitos, cercados por crianças estridentes, e agora, enquanto um casal idoso, procurando abrigar-se da tempestade do diagnóstico —, encostamos um no outro e olhamos para o alto, na hora em que o céu começou a pipocar e estalar acima de nós. Como sempre, fiquei boquiaberta e me deixei mergulhar no encanto primitivo daquelas estrelas brilhantes e peculiares, que cintilavam, caíam em cascata e se extinguiam, a fumaça decorrente espalhando-se pela praça, em meio aos aahs e oohs da multidão.

E, à medida que meu coração palpitava em sincronia com as detonações, senti um demônio criar raízes. Muitas coisas ainda a serem ditas. Descobri que não suportaria não dizer a mais importante delas, a que eu tinha carregado por todos aqueles anos — de repente, tornou-se imperativo que o não compartilhável fosse compartilhado, antes que fosse tarde demais. Minha boca já estava aberta, restava apenas falar. Bertie.

O nome dele borbulhou em minha garganta enquanto eu contemplava o espetáculo. Minhas pernas fraquejaram. Pude sentir Leo atrás de mim, alto, e me virei um pouco para olhá-lo, tentar ver se de fato era esse o momento. Sua cabeça estava inclinada para trás, os olhos cravados no céu faiscante, e ele se assemelhava tanto ao Leo da juventude, àquele que fora embora, alheio ao desastre, que, mais uma vez, recuei da borda do precipício.

Em vinte minutos estava acabado. Os fogos, e também meu momento de loucura. O espetáculo terminou em uma saraivada de estalos, estouros e assobios, além de um coro de exclamações da multidão e uma última torrente de estouros deslumbrantes. Leo tornou a segurar meu braço e, sem dizer uma palavra, iniciamos a caminhada de volta, enquanto fogos de outros locais estouravam e faiscavam a nosso redor. O pavor remanescente da quase confissão e o barulho dos rojões me fizeram pensar naquelas noites no porão com Fa-Fa — emoção e horror, trevas e luz, abrigo e perigo, ficção e realidade, tudo a se fundir e rodopiar junto, até a gente não saber mais qual era qual.

Já em casa, paramos no portão, aproveitando a gélida quietude do ar e a antecipação de uma casa aquecida, mas, quando Leo estendeu a mão para entrarmos, falei, em um impulso:

— Preciso lhe contar uma coisa.

A mão se deteve no ar e, na fração de segundo antes de ele se virar para trás, senti, de repente, que ele sabia o que vinha. Sua pergunta pairou entre nós, não dita, mas eu já havia ultrapassado o limite e continuei:

— Houve um bebê. Ou, pelo menos, o começo de um bebê.

A expressão de Leo, no escuro, tinha o aspecto de uma casa abandonada. Aos tropeços, prossegui:

— Em 1956. Você foi embora. E eu... não me dei conta.

Ele tirou a mão pousada no portão, mas continuou sem dizer nada.

— Fiquei apavorada. Você sabe como era naquela época. E achei que nunca voltaria a ver você. Por isso, nunca falei nada. E depois, você voltou...

Os olhos dele eram frestas na escuridão, nesgas de luas crescentes.

— O que aconteceu com ele?

Eu tinha ultrapassado a borda, mas agora oscilava sobre um abismo mais profundo.

— Eu... Nós... nos livramos dele. Mamãe e eu. Naquele verão, depois da primeira vez que nós dois... Achei que você tinha ido embora para sempre.

Ele pressionou o polegar e o indicador na ponte do nariz, tentando lidar com a informação.

— Por que você está me contando isso agora? — perguntou, dando de ombros com um ar derrotado.

— Desculpe — hesitei. — Eu tinha que lhe dizer. Antes... Antes que seja tarde demais. — Eu já estava chorando, torcendo as mãos junto ao cachecol. — Eu o chamei de Bertie — murmurei. — Nunca vou esquecer. Nem me perdoar. Mas achei que você tinha que saber.

— Antes que eu vá embora? — retrucou ele, ríspido. — Bela despedida. — Passou a mão pelo rosto, como se para apagar a lembrança.

— Sinto muito — solucei. — Mas isso acabou comigo. Fazer isso. E, depois, não lhe contar. Não quero que haja nenhum segredo entre nós, agora. Sinto muito. Eu... Eu amo você.

Os fogos, que tinham espocado furiosamente à nossa volta durante toda a conversa, cessaram de repente, e o silêncio pairou no ar, interrompido apenas por minha respiração entrecortada. Leo fechou os olhos, deu um suspiro, e foi como se um enorme carvalho sacudisse suas últimas folhas de outono.

— Sinto muito — disse, enfim olhando para mim. — É que... é muita coisa para absorver. Não sei o que falar. Não sei o que você quer que eu diga.

Estendi-lhe a mão.

— Não sei o que quero que você diga. Só sei que eu precisava contar.

Os estouros recomeçaram. Após alguns segundos de hesitação, ele pegou minha mão e a segurou.

— Para nós, nunca foram fogos de artifício, não é, Missy? — perguntou, quase se dirigindo a si mesmo. — Sempre foi uma questão de voltar para casa. — Assenti, não confiando em minha fala. Leo apertou meus dedos. — Venha, vamos entrar e beber alguma coisa quente. Não consigo raciocinar direito aqui fora.

Entramos, batendo os pés e esfregando os braços para afastar o frio, ao tirarmos os casacos. Leo foi pôr a chaleira no fogo e, mais para ter algo que fazer, fui para a sala e comecei a preparar a lareira, amassando jornais e arrumando os gravetos, como se uma disposição cuidadosa pudesse restaurar a ordem em tudo. O fogo ia começando a pegar quando Leo entrou, segurando duas canecas fumegantes, que colocou na mesinha de centro, junto do sofá. Empurrou-me para o lado e, com as juntas enrijecidas, ajoelhou-se para cuidar do fogo, estendendo as mãos enrugadas para as chamas saltitantes. Desajeitado, tal como Fa-Fa.

Levantei-me, igualmente enrijecida, e fui me sentar com meu chocolate, vendo Leo ocupar-se com o atiçador, acrescentar outra tora. Feito isso, ele se pôs de pé e esfregou as mãos.

— Então, vamos beber? — disse ele.

Juntou-se a mim no sofá e passamos algum tempo sentados à luz da lareira, bebendo nosso chocolate. Lá fora, os estampidos continuavam, mas estávamos aconchegados em nosso casulo. Não muito depois, Leo terminou de beber, colocou a caneca na mesinha e se virou para mim, em expectativa.

— E então, Missy, o que você queria me dizer?

Lá fora, uma sucessão de estouros acompanhou esse golpe. Fingi beber mais um gole, embora meu chocolate também houvesse acabado. Tantas coisas não ditas. Depois, ditas. E novamente não ditas. A amargura e a vergonha me percorreram o corpo, enquanto eu fitava o fogo ardente, piscando para conter as lágrimas e me virando para Leo, com um sorriso penoso.

— Nada, querido — respondi, fingindo tomar outro falso gole. — Absolutamente nada.

Capítulo 44

Phillip trouxe Bobby para casa e nós a enterramos no jardim, perto das minhas rosas. Denzil cavou o túmulo e nós nos postamos em círculo enquanto ela era sepultada. Sylvie trouxe um pequeno cipreste, que plantamos acima dela, embora nem Bobby nem eu jamais viéssemos a sentar à sombra dessa árvore.

Angela trouxe Otis, pois queria que ele tomasse conhecimento da morte, mas não suportei olhar para seu rostinho franzido, ao nos ver jogar terra no pequeno monte. Assim, apenas baixei os olhos para uma minhoca que escavava a terra revolvida e pensei em cortar a casquinha dos sanduíches que serviria em seguida.

Bobby teria gostado de seu pequeno velório e circulado em busca de migalhas. Ofereci aos meus poucos convidados sanduíches de presunto e enroladinhos de linguiça, os favoritos dela, e conversamos sobre a cadela maravilhosa que Bobby tinha sido, o que ela também teria apreciado, a cabeça inclinada de lado, atenta ao escutar seu nome.

O pior momento foi a chegada de Felicity. Angela havia telefonado para lhe dar a notícia e, nessa hora, meu luto foi acentuado pela culpa, pois fui obrigada a admitir, mais uma vez, que Bobby não era minha, que eu estivera *in loco parentis* e tinha falhado no cumprimento de meus deveres. Estava preocupada que Fix sentisse raiva de mim, mas, ao nos fitarmos em meu corredor de entrada, o rímel escorrendo em seu rosto, como tinham estado na primeira e única outra vez que eu a vira, percebi que ela me estendia as mãos, e, passado um segundo, segurei-as, mesmo temendo que o que me dissesse a seguir viesse a me destroçar.

— Millicent, eu sinto muitíssimo.

Angela apareceu, vindo da cozinha, mas, ao nos ver, levou um dos dedos aos lábios e apontou para a sala. Sentamo-nos no sofá e, em um tom respeitoso, contei-lhe o que tinha acontecido. Fix não estava tão magra quanto eu lembrava e havia perdido a expressão mortiça de quando eu a vira na cafeteria. Imagino que agora eu que ostentasse essa expressão.

Foi insuportável vê-la mostrar-se tão grata. Ficou me agradecendo por ter acolhido Bobby, como se tivesse sido um enorme fardo, como se eu lhe houvesse feito um favor, não o contrário.

— Também queria lhe agradecer — disse, depois de Angela entrar de mansinho com xícaras de chá — pelo que você disse ao Adrian.

Olhou para minha pulseira de pérolas enquanto falava, porém me senti mais constrangida do que satisfeita; a Missy que tinha enfrentado aquele homem era uma mulher totalmente diferente da criatura rígida e formal que se sentava diante dela nesse momento. Envergonhei-me pelas pérolas, por pensar que eu, uma avó de oitenta anos, havia ficado na rua, expondo os seios para todo mundo. Esse simples pensamento me pareceu vulgar e absurdo. Felicity falou de como essa história a fizera sentir-se confiante, enquanto eu afastava a imagem e me perguntava se deveria pôr mais enroladinhos de linguiça no forno.

E então, com ela sentada ali, torcendo um lenço de papel entre os dedos, apanhei-me dizendo, em um sussurro entrecortado que parecia vir de outra pessoa:

— Eu conversava com ela.

Fix inclinou-se para a frente, para ouvir melhor.

— Perdão?

— Eu conversava com ela. Com Bobby. Bob. Nós conversávamos... Eu lhe contava tudo. Ela me ouvia. Ela entendia.

Fix tornou a segurar minhas mãos.

— Ah, Millicent. Os melhores cachorros *fazem* isso.

Eu tinha deixado meu chá esfriar. Quando bebi um gole, ele me fez engasgar, o que trouxe um acesso de tosse, e as lágrimas que eu fizera tanto esforço para conter escorreram livremente, enquanto eu tossia e tinha ânsias de vômito. Angela retornou, para saber o que era aquele barulho, e levou Fix até as outras pessoas que tinham conhecido e amado Bobby, deixando-me sozinha para me recompor.

Quando elas saíram, passei um tempo pensando em Leo e na última carta que havia chegado naquela manhã, e então, quando acabei de pensar nisso, levantei-me e voltei à cozinha, onde Angela e Sylvie estavam arrumando tudo. Coloquei na geladeira os enroladinhos de linguiça não aquecidos e embrulhei a sobra de sanduíches de presunto em papel-alumínio, pensando que me serviria de jantar, mais tarde. Um dos desenhos mais recentes feitos pelo Otis caiu da porta da geladeira quando a fechei — um desenho de Bobby e eu do lado de fora de nossa casa. Com o descaso infantil pela perspectiva, a cadela era da altura das janelas do segundo andar. Será que ela sempre seria daquele tamanho para mim no que me restava de vida? Otis me desenhara ainda com o cabelo comprido.

Angela e Sylvie foram embora, com abraços e promessas que mal escutei, tão ansiosa estava por tornar a ter a casa só para mim. Assim que elas saíram, voltei à cozinha e peguei a garrafa de xerez, ouvindo o tique-taque do relógio e o silêncio atrás dele. Servi um cálice, depois outro, e mais outro.

Levei a garrafa e fui me sentar no escritório de Leo, na cadeira dele, afagando sua escrivaninha enquanto bebia. Em um impulso, fui até a estante e comecei a tirar os livros dele — *Os assassinos de uma rainha*, que ele chamava de seu best-seller. Pressionado pelos editores a escrevê-lo, tinha detestado o processo e o resultado. Depois, *As três ambições de Archibald*, sobre Archibald Rosebery — outro primeiro-ministro da rainha Vitória de quem Leo menos gostava quanto mais descobria sobre ele. Depois, *O primeiro vitoriano*, sua biografia de Disraeli — que alguns diziam ser seu melhor livro. Foram todos saindo, um a um, até eu chegar ao volume de *A crise das Damas de Companhia*, o primeiro livro de Leo — o que havia financiado nosso sofá. Quando o tirei da prateleira, ele escorregou e caiu no chão, suas folhas abrindo e esvoaçando e delas caiu um pedaço de papel. Quando vi a letra de Leo nas páginas, senti calor e frio ao mesmo tempo, esperança e desespero, aflita para ler e com pavor do que poderia vir.

Levei o papel para a escrivaninha e o desdobrei completamente, com as mãos trêmulas.

"Querida Missy", li. E parei. Uma carta para mim. A última carta dele.

Capítulo 45

Querida Missy,

Há inúmeras razões pelas quais eu gostaria de não precisar escrever isto. A primeira é óbvia — tenho que escrever enquanto ainda posso. Em algum momento as brumas descerão e me tragarão por completo, e o Leo que você conhece será varrido do mapa para sempre. Assim, enquanto possuo este breve e terrível período de clareza, tenho que dizer o que precisa ser dito. Perdoe meus garranchos — estou escrevendo às pressas. Não para terminar logo, mas para ter certeza de que seja feito da maneira apropriada, antes que seja tarde demais.

Em primeiro lugar, o dinheiro. Horace Simmonds ficará de olho em nossos investimentos e ainda devemos conseguir ir levando por um bom tempo, mas, se for necessário, você deverá fazer o que achar conveniente. Não se preocupe comigo. Deixarei de ter qualquer opinião sobre o assunto, de qualquer modo. Mas saiba que, decida o que decidir, você terá minha bênção.

Segundo, Melanie e Alistair. Sinto muito por não ter avisado sobre os planos de Alistair, que eram evidentes para mim. Achei que talvez não viesse a acontecer, mas, agora que aconteceu, por favor, Missy, quando eles finalmente partirem, despeça-se dele com um sorriso. No dia em que o levamos para aquela residência sombria em Selly Oak — não me lembro do que comi hoje, no café da manhã, mas me lembro do seu rosto naquela tarde, dos seus dedos agarrando o suéter dele —, você sorriu com muita valentia e deve fazer isso de novo. Porque, se não fizer, vai perdê-lo, mesmo assim.

Quando ele partir, apoie-se em Melanie. Ela sempre foi minha princesa, não é? Desde o momento em que nasceu, minha ouricinha enroscada. Mas sei que os espinhos dela irritaram você. Você a acha difícil pela mesma razão que eu a admiro tanto: ela me lembra você. Tente reconhecer as belas qualidades de Mel como sendo as suas e confie nelas para conduzi-la por este processo. Mel será sua rocha.

Não mereço tal distinção. Um de meus maiores arrependimentos é não ter sido um marido mais verdadeiro e mais dedicado para você. Agora, sentado em meio a todos os livros que escrevi, eu me pergunto se não poderia ter escrito um pouco menos e sido um pouco mais atencioso. Você sempre esteve a meu lado, sempre presente, sempre amorosa, por mais que tentasse esconder, enquanto eu... Bem, talvez meu destino seja adequado: estar ausente de vez.

Meu outro grande arrependimento — a principal razão pela qual eu gostaria de não ter que escrever esta carta — é tê-la deixado na mão. Eu me lembro de Bertie. Daquela noite em que você me contou — fiz tudo errado. O choque, a raiva e a tristeza... e depois, foi tudo soprado para longe, em uma dessas nevascas medonhas em que tudo vira um borrão e mal consigo me ater a quem sou. Mas voltou, pouco a pouco, e tornei a juntar os pedaços. Por isso, eu me lembro de quando você me contou dele. E sinto tanto não ter conseguido dizer, naquele momento, o que posso escrever agora: deixe para lá. A culpa, a dor, a perda, tudo que você tem carregado consigo não deve ser carregado apenas por você. É minha responsabilidade agora e, quando partir, vou levá-la comigo.

Tivemos momentos muito felizes, você e eu, e é a eles que desejo que você se apegue. Mais de meio século nos dando bem, e isso é algo de que não me arrependo. Você sempre foi a mulher certa, Missy. A que vi do outro lado da sala na festa da St. Botolph, *bebendo vinho e parecendo tão deslocada. A que andava pela avenida Sidgwick com o sol nos cachos do cabelo. A que dançou comigo nos porões da Cambridge Union, com lágrimas no rosto. Você pensou que eu não tinha visto, mas vi. Só não disse nada. Nunca disse.*

Sinto muito por todas as coisas que eu não falei, todas as coisas que não fui. Mas espero que você não lamente. Não passe o que lhe restar de vida sentindo culpa ou se desculpando — siga em frente. Para o alto e avante, sra. Carmichael.

Eu vou esquecê-la e você tem minha permissão para fazer o mesmo. Desprenda-se. Mas saiba disto: podemos ter cantado músicas diferentes, e houve momentos em que desafinamos, mas, no fim das contas, acho que nos harmonizamos bastante bem. Não acha?

Capítulo 46

O xerez sempre foi meu nepente, minha droga de escolha para afastar a tristeza, para aplacar toda dor e todo conflito. Depois de ler a carta de Leo, tomei outro cálice, vesti o casaco — o velho, preto, não minha parca do Natal — e saí.

Não era uma caminhada longa e, além disso, eu a fazia com muita regularidade. O trajeto habitual, indo pela pequena viela e descendo o bulevar, até chegar a um prédio baixo e comprido, revestido de madeira no primeiro andar e com tijolos vermelhos no segundo. Nós o escolhêramos juntos e Leo tinha feito graça dos tijolos vermelhos; ainda fazia piadas naquela época. Ele sempre me fez rir, desde o começo. Mesmo quando me aborrecia com ele, meu marido conseguia me tirar do mau humor com uma brincadeira, persuadir-me a dar uma risada a contragosto. Dizem que o riso é o melhor remédio, mas não pôde salvá-lo, no fim.

— Boa noite, sra. Carmichael.

Não cumprimentei Rachel como de hábito, pois tinha que entrar e acabar com aquilo, antes de perder a coragem. Assim, passei direto por ela e desci o corredor do carpete macio até a última porta à esquerda. De fundos, com o janelão que dava para o carvalho. Era esse que ele tinha escolhido. Girei a maçaneta e entrei, aspirando o vago perfume dos narcisos que tinha levado para ele fazia uma quinzena. A essa altura, deviam estar murchando.

— Oi, Leo, meu querido.

Por um momento, ele se manteve de perfil: aquela testa enrugada, o nariz romano protuberante, o queixo firme. Um rosto tão forte e amado. Depois, ele se virou e me deu um sorriso enevoado e levantou um dos dedos do braço da poltrona, antes de se inclinar de novo sobre suas cartas. Ao fundo, as Variações Goldberg tocavam baixinho; eles sempre se certificavam em garantir que Leo ouvisse música — tinha sido uma das orientações dele. Aproximei-me e sentei na poltrona a seu lado. Por um tempo, observei-o distribuir suas cartas em uma vaga aproximação do jogo Paciência, mas é claro que, olhando mais de perto, via-se que a ordem não tinha pé nem cabeça, assim como já não havia pé nem cabeça em Leo.

Ele ainda era bonito, meu marido por quase sessenta anos. Ainda empertigado, com a cabeleira farta, quase toda prateada, mas com alguns fios do ouro de sua juventude. Seu corpo envelhecera muito bem. Era uma grande tragédia, pois eu sabia qual das duas coisas ele teria preferido, sentado ali em sua poltrona, virando as mesmas cartas, olhando para a mesma árvore, dia após dia. Depois de algum tempo, pigarreei e iniciei minha fala, querendo pôr tudo para fora antes que passasse o efeito do xerez.

— Leo, há uma coisa que eu quero lhe dizer.

Ele tornou a se virar e seus magníficos olhos azuis me focalizaram por um momento. Não era o olhar penetrante do seu auge, é claro, mas continuava a ser incomum, e tirei coragem dele.

— Aquela noite, quando fomos ver os fogos de artifício. Eu lhe falei... do Bertie.

Leo franziu de leve o cenho e tornou a encaixar uma carta errante no lugar.

— Leo, escute.

Ele se virou, obedientemente, e tornou a fixar em mim aquele olhar azul luminoso.

— E, em seguida, você se esqueceu. Logo depois de eu lhe contar, logo depois de eu ter reunido coragem, você se esqueceu. E então eu simplesmente definhei por dentro, porque senti como se houvesse falhado. E então acolhi Bobby, a cadela... eu lhe falei de Bobby, não é? E foi como se tivesse sido curada um pouco. Como se eu pudesse ser digna de amor, afinal. Só que agora ela morreu, e eu não sabia o que fazer. Mas, aí, encontrei sua carta. Leo, você se lembrou! Você se lembrou! E me escreveu, e aquela carta, aquela carta... Ela foi tudo.

— Noz — disse ele, tristonho.

— O quê?

— Noz — repetiu. — Enrugado. Como uma noz.

— Ele se chamava Bertie — falei, a voz trêmula com o esforço. — Eu o chamei de Bertie. Sempre pensei nele como um menino. Com os seus olhos.

— Bertie — disse Leo.

Ele me fitou com aqueles olhos, aqueles lindos olhos vazios, e, de repente, pegou minha mão na sua, o que não tinha feito em meses, até anos. Segurou minha mão e a afagou, e então disse:

— Eu te amo, Missy. Você sabe disso, não sabe?

Olhei para o carvalho dele, emoldurado pela janela. Leo o contemplava todos os dias, e, enquanto as pessoas entravam e saíam, e as folhas se abriam, se enrolavam e caíam, o tronco permanecia firme. Era alguma coisa a que se apegar, quando todo o resto lhe escapava das mãos.

— Também amo você, Leo. Muito, muito.

Não parecia haver muito mais que pudéssemos dizer e, assim, retribuí seu carinho e ali ficamos, sentados, de mãos dadas, até terminar o horário de visitas. Então, chegada a hora, soltei com delicadeza os seus dedos dos meus e larguei sua mão, e o deixei sentado em sua poltrona, minha brilhante corrente de ouro, olhando para seu carvalho verde.

Capítulo 47

Eu sentia tanta saudade do antigo Leo que era como um latejar constante em minha garganta, e, na maior parte do tempo, só conseguia me obrigar a visitar o novo Leo na esperança de ter algum vislumbre do homem que ele tinha sido. Certa vez, quando eu estava arrumando suas flores e mantendo um fluxo de conversa aleatório, de repente ele me olhou e disse: "Francamente, Missy! Pare de tagarelar!" E foi tão próximo do tipo de coisa que ele teria dito, nos velhos tempos, que tive um sobressalto e as rosas me espetaram os dedos, quando as apertei. Suguei o sangue e olhei para Leo, na esperança de algo mais, porém ele apenas voltou para o livro que estava lendo. Ainda lia livros; tinha uma pequena pilha na mesa a seu lado e costumava sentar-se e virar as páginas, cuidadosamente, com atenção. Vez por outra, segurava-os de cabeça para baixo. A luz se apagara e não havia ninguém em casa, por maior que fosse a frequência com que eu batia à porta.

Às vezes, eu deixava as lágrimas caírem depois de me despedir dele, e então chorava no trajeto para casa, para aquela morada vazia e silenciosa, cheia de lembranças para todos os lados que eu olhasse. Mas, na noite em que visitei Leo e ele disse que me amava, saí de lá com os olhos secos. Quando passei pela recepção, Rachel me chamou, "Sra. Carmichael!", mas eu a ignorei, como vinha ignorando todas as cartas e os telefonemas de Horace Simmonds fazia meses. Sabia que o dinheiro estava acabando, mas, como todo o resto, achava que, se desviasse os olhos, talvez as coisas se resolvessem. *Semper eadem*. Só que nada continuava realmente como antes, não é? O cabelo era cortado, o bolo era comido e os cães fugiam para o meio da rua. E, por isso, eu teria de admitir que o dinheiro havia quase acabado e lidar com o que isso significasse.

Teria que vender minha casa. Meu enorme imóvel, em uma localização privilegiada, em Stoke Newington, teria que ser posto à venda, para custear os cuidados com Leo. Eu teria que comprar um apartamento minúsculo em algum lugar, provavelmente bem longe, a julgar pelos preços dos imóveis nas imediações, e teria de usar o restante para pagar nossas dívidas e manter o precioso status quo de meu marido. Eu tinha que fazer uma mudança, para que ele pudesse continuar como estava.

Não suportava perder minha casa. Sabia que ela seria arrematada por alguma família inteligente e ambiciosa, com 2,4 filhos, um carro híbrido e um cachorro, mistura de cocker spaniel e poodle. Eu lera as revistas de Sylvie: eles arrancariam tudo da minha cozinha e instalariam equipamentos lustrosos, substituindo a parede dos fundos por vidro temperado e instalando aqueles pisos para interiores/exteriores que fazem o espaço "fluir". E nesse meio-tempo eu estaria enfurnada em uma daquelas áreas desoladas da zona norte de Londres a que os corretores de imóveis se referem, em tom otimista, como "emergentes", em um apartamento que faria o de Angela parecer uma cobertura.

Eu perderia todos os meus amigos. Ninguém se daria ao trabalho de ir até lá, e eu iria definhar vez por outra indo visitar o marido que não me reconhecia. Ao contemplar essa vida, não era de admirar que eu tentasse fingir que ela não era uma opção.

No entanto, por mais que me impedisse de pensar no assunto, parece que eu já pensara muito nele e já tinha tudo planejado. Assim, cheguei em casa e fui direto ao xerez. Levei um cálice e a garrafa para a sala e me sentei no meu sofá, olhando para a cama de Bobby junto à lareira. A linda e suntuosa cama que as pessoas que passeavam com seus cachorros haviam comprado para mim. O felpo estava achatado no formato do corpo dela. Tomei um cálice, depois outro, e então fui à cozinha e peguei dois sacos grandes de lixo em uma das gavetas.

De volta à sala, enfiei a cama de Bobby em um deles, empurrando com força para espremer tudo lá dentro. Em seguida, fiz o mesmo com todas aquelas quinquilharias idiotas que Sylvie tinha espalhado por ali — fotos, vasos, canetas, ornamentos, tudo foi posto no outro saco de lixo, até a sala voltar a ficar nua. Todo aquele atravancamento. Quanta insignificância. Parei no meio do trabalho, com a respiração arfante, ainda zonza com o álcool. O toque da campainha interrompeu meu estupor. Imaginei Bobby latindo furiosamente, correndo até o hall de entrada, ao mesmo tempo empolgada e indignada com a intromissão. A campainha tocou de novo e a ignorei mais uma vez, olhando em volta, à procura de mais coisas para jogar fora.

A voz de Angela entrou pela caixa de correio:

— Missy, me deixe entrar! Eu sei que você está aí.

Sentei-me no sofá e me servi de outro cálice de xerez, enquanto considerava meu próximo passo. Não tinha certeza de poder levar a escrivaninha para o sótão sozinha, mas ela teria que ir embora.

— Estou vendo a luz acesa! Deixe-me entrar, por favor!

Olhei para o retrato de meu pai, cujo rosto inteligente e sensível me abria um meio sorriso. Provavelmente, esse eu poderia levar comigo para o lugar novo. Porém mais nada. Tudo teria que ir embora.

— Estive conversando com Sylvie. Ela me falou do Leo. Por que você não me contou?

Desi Haber havia falado com Sylvie sobre Leo, exatamente como eu temia que fizesse, e Sylvie tinha contado a Angela. Imaginei que o mundo dos historiadores fosse pequeno. Não que isso tivesse importância, agora. Pensei naquela briga terrível que tivera com Melanie. Passáramos meses sem nos falar, depois disso, até que um dia ela havia telefonado e eu amolecera o bastante para conversar. Mas, aí, ela tinha que trazer novamente à tona a questão dos cuidados com Leo, recusando-se a acreditar que tivéssemos economias suficientes para arcar com o custo, e sugerindo que eu o transferisse para um asilo que ela havia conhecido em Cambridge e comprasse para mim um apartamento lá perto. Moradia assistida, ela o havia chamado. Eu tinha batido com o telefone.

— Podemos dar um jeito nisso, Missy. Eu juro.

Apaguei a luz da sala e fiquei sentada na penumbra até Angela ir embora. Depois, enrolei o tapete Aubusson, tal como tinha feito, muitos anos antes, e o carreguei para o sótão. Agora era velha demais para isso. Quando terminei, estava suando e com um princípio de dor de cabeça. Assim, desci e me preparei para dormir, tomando um paracetamol, para prevenir a inevitável ressaca.

Eu tinha muito a fazer no dia seguinte. Embora Bobby não estivesse mais comigo, não me dei ao trabalho de fazer minha ronda de verificação — quem se importava com o que havia nos armários? Quando me deitei e estiquei as pernas, senti um volume sob o edredom e, estendendo a mão, desencavei o coelho de Bobby. Deveríamos tê-lo enterrado com ela. Tarde demais. Em vez disso, eu o abracei e fiquei olhando para a parede, discernindo formas nas sombras, até estar escuro demais para eu continuar a ver qualquer coisa.

Capítulo 48

Passei três dias sem sair de casa, sentada de camisola no sofá, olhando fixamente para o retrato de meu pai, lendo outras cartas de minha mãe e vendo fotos de Arthur. Queria absorver tudo do meu passado, para que me ajudasse a lidar com o que viria pela frente. De vez em quando alguém batia na porta ou gritava pela abertura da caixa de correio, mas aprendi a ignorar e, quando aparecia um rosto na janela, eu simplesmente fechava as cortinas e prosseguia como estava.

Comi as sobras do velório — sanduíches de presunto velhos e enroladinhos de linguiça gelados. A massa estava gordurosa e insossa; dela caíram lascas no sofá, e não havia Bobby para recolhê-las. Eu estava solitária como sempre fora, desleixada e instável, uma confusão de pensamentos emaranhados e impulsos aleatórios. O álcool havia acabado, o leite também. Quando acabei com os sanduíches e os enroladinhos de linguiça, comi cereal seco e liguei para o corretor, pedindo-lhe para marcar uma avaliação. Ouvir a empolgação em sua voz, quando lhe dei o endereço, e imaginá-lo salivando por sua comissão tornaram-me incomumente ríspida ao telefone. Mais tarde, tive que arrumar minha cozinha planejada, lavando com intensidade os módulos e esfregando o piso até tudo reluzir como uma castanha-da-índia recém-caída da castanheira.

Já era fim de tarde e, esgotada, subi ao sótão, atraída pelos antigos baús de minha mãe. Na penumbra, fiz uma triagem de alguns vestidos, deslizando as mãos por sedas e chiffons e deixando as plumas e contas passarem por entre meus dedos. Em um impulso, escolhi um vestido eduardiano comprido, de gola alta, e o segurei junto ao corpo, vendo-me no espelho inclinado que ficava em um canto. Era lilás, a cor do luto. Tirando a camisola, comecei a enfiar o vestido pela cabeça, lentamente, e ele foi caindo em dobras sedosas por meus ombros, ajustando-se às curvas e reentrâncias do meu corpo como se tivesse sido feito para mim. No lusco-fusco, fiquei parecida com a minha avó, com as mãos irrequietas puxando a saia rodada. Jette e sua Singer, distraindo-se com as batidas do pedal e o zumbir da máquina, tentando ignorar o fantasma que havia nela. No fim, não funcionou — a única coisa que funcionava era livrar-se da própria miséria por completo. Feito Jette. Tome os comprimidos, desista do fantasma.

— Missy.

Dei um grito de susto. No espelho atrás de mim estava Angela, pálida e de olhos vermelhos. Virei e ali estava ela, parada no meu sótão.

— Como você entrou aqui?

Sem dizer uma palavra, ela levantou uma chave — a que eu tinha dado a Sylvie. Em seguida, houve um tropel na escada e lá estavam a própria Sylvie e — respirei fundo — Melanie. Seus olhos vagaram pelos cômodos, antes de pousarem no vestido que eu usava.

— Desça e vamos conversar — disse ela.

Pensei em me recusar a descer e em passar o que me restasse de vida espreitando aqueles cômodos do sótão, como o tipo de assombração que me fazia ficar checando os armários, mas um olhar para os rostos decididos de Sylvie e Angela sugeriu que elas seriam perfeitamente capazes de me arrastar, fisicamente, lá para baixo. Assim, segurei a barra do vestido e passei por elas de cabeça erguida.

Na cozinha, comecei a preparar um chá, mas lembrei que não havia leite. Ao me ver hesitar, Melanie enfiou a mão em sua bolsa e pegou uma caixa. Tirei-a dela, ressentida. Enquanto as três conversavam sobre o tempo esplêndido que vinha fazendo, preparei um bule, coloquei tudo em uma bandeja e a levei para a sala de estar. Sylvie deu uma olhadela rápida nas paredes vazias quando entrou, mas não disse nada.

— Alguém aceita um chá?

Uma anfitriã perfeita, com meu elegante vestido de uso diurno, servi uma xícara para cada uma e me acomodei no sofá, preparando-me para um sermão. Depois que elas se fossem, eu ligaria para outro corretor — era melhor ter uma variedade de avaliações antes de estabelecer um preço. Arqueei as sobrancelhas para Melanie, mas, para variar, ela parecia não saber o que fazer.

Em vez dela, foi Sylvie quem pôs a xícara na mesinha, levantou-se e caminhou até a lareira, para fitar o retrato de meu pai.

— William Jameson — disse, com um tapinha na moldura. — Andei lendo sobre ele. Você não me contou que ele foi um herói de guerra.

A xícara tremeu junto a meus lábios.

— Ele não gostaria de ninguém fazendo estardalhaço — retruquei, e tomei um gole do chá para me acalmar, queimando a língua.

— Ele salvou vinte e três soldados britânicos e norte-americanos de um galpão ucraniano. Todos fugiram, mas ele levou um tiro de um guarda russo. A guerra já tinha acabado. Ele poderia ter ido para casa. Mas ficou.

— Ele segurou firme — murmurei.

— E sua mãe, Helena Jameson. Ela deu aulas de autodefesa e de direção para mulheres... em segredo, para que os maridos não descobrissem. Ensinou centenas de mulheres a dirigir e a se defender. Nunca aceitou nenhum pagamento. Todas aquelas mulheres tornaram-se mais seguras e independentes graças a ela. Ela também foi uma heroína.

— O que você está querendo dizer?

As lágrimas ameaçavam, mas eu as engoli com o chá fervente.

Angela tirou a xícara das minhas mãos e a segurou nas suas.

— Ela quer dizer que eles ajudaram pessoas. As pessoas ajudam outras pessoas. Você me ajudou. Agora, nós queremos ajudá-la.

— Ninguém pode me ajudar.

Eu não via por qual motivo alguém gostaria de me ajudar. Eu não era um herói de guerra, como William Jameson. Nem uma ativista, como Helena Jameson. Era apenas Missy Carmichael.

— Errado — afirmou Sylvie, com um tapa no console da lareira. — Eu tenho uma ideia, e, como você sabe, minhas ideias são sempre excelentes.

— É tarde demais. Você não sabe a confusão em que estou.

— *Au contraire*. Sei exatamente em que tipo de confusão você está, e sei como tirá-la disso.

Melanie, sentada na poltrona do pai, interveio:

— Eu contei tudo a elas, mamãe.

Fuzilei-a com os olhos.

— Já discutimos isto. Não vou me mudar para um casebre pavoroso em Cottenham, para jogar bridge com velhotas e fazer passeios de ônibus.

— Deus do céu, não! — disse Sylvie, com veemência. — Melanie, tenho de concordar que esse era um plano terrível. O meu é muito melhor.

— O custo da casa de repouso do papai é enorme — explicou Melanie. — Ali e eu teríamos prazer em ajudar, se ela deixasse, mas, mesmo assim...

Mesmo assim, não teríamos como bancá-lo. Eu tinha feito as contas, quando comecei a receber as cartas do banco, e sabia que não poderíamos aguentar por muito mais tempo.

— Não quero que ele se mude — resmunguei. — Ele está feliz lá. De certa maneira.

— Você não vai precisar tirá-lo de lá — disse Sylvie. — Ele pode ficar exatamente onde está. E você também.

Passei a mão por meu cabelo curto e ouvi o vestido rasgar-se em minha axila.

— Como?

Sylvie sorriu.

— Tudo começa pelos cômodos do sótão — disse.

Eu sempre havia pensado em minha casa como um bem, mas só no sentido de que ela poderia ser vendida. Sylvie enxergou outra coisa. Todos aqueles quartos, todo aquele espaço. Todo aquele potencial para ganhar dinheiro de outra maneira.

— Vamos reformar o seu sótão — anunciou. — Tenho todos os contatos, os pedreiros, os decoradores. Vou projetar tudo. Poremos um pequeno toalete *en suite* e você poderá alugá-lo, e usar o dinheiro para pagar os cuidados com Leo.

— Mas quem vai morar lá? — perguntei.

— Eu — disse Angela. — Eu e Otis, nós vamos nos mudar para cá. Estou de saco cheio do meu senhorio. Prefiro pagar aluguel para você. E o melhor: terei uma babá residente e Otis, um suprimento constante de biscoitos, e sobretudo... — parou de falar e me olhou por baixo dos cílios.

— Sobretudo o quê?

Ela sorriu.

— Poderemos ter um cachorro.

De repente, senti um tremor no coração e prendi a respiração, hipnotizada.

— Um cachorro? Meu?

Sylvie interrompeu:

— E há também o quarto de hóspedes. Podemos ajeitá-lo um pouco e você pode pôr um estudante lá. Mais dinheiro. Mais companhia.

— Mas como vou pagar isso tudo? Não tenho dinheiro para reformar um loft, nem para redecorá-lo ou acrescentar banheiros ou... coisa alguma. Não sobrou nada.

Sentei-me, novamente desanimada. Por um momento, eu tivera um fiapo de esperança.

—Você *vai* pagar tudo. Denzil vai lhe fazer um empréstimo. Não, espere! — Levantou um dos dedos, quando eu ia começar a protestar. — Um empréstimo. Ele pode fazer isso e, além do mais, você vai pagar tudo quando puder. Vamos vender coisas. Tudo aquilo que está no sótão, para começar. E os livros do Leo. Eles valem milhares de libras.

— Os livros do Leo? Mas...

— Mas coisa nenhuma. O dinheiro fará muito mais bem a ele do que a biblioteca. Phillip Kingston é negociante de livros usados, tem uma loja na Charing Cross Road e vai fazer um bom preço por todos eles. Simon Charles é construtor e Maddie, a mulher dele, é bombeira hidráulica. Eles estão esperando para medir o espaço e ver o que podem fazer. Estamos todos prontos.

— Eles estão esperando...?

— Estão todos lá fora, no seu jardim. Vá dar uma olhada.

Levantei-me e saí da sala, cruzei o corredor e a cozinha e fui até a porta dos fundos. Ao abri-la, deparei com uma aglomeração de pessoas e cachorros no meu gramado, junto ao cipreste de Bobby — Denzil com Badger e Barker, Phillip com Dexter, Simon e Maddie com Tiggy e o pequeno Timothy, Octavia, Hanna e Otis com Decca e Nancy, todos conversando ao sol. Ao me verem na porta, todos acenaram e me cumprimentaram. Meu coração tornou a se inflar e levei a mão à boca. Ali estava o meu nó górdio, displicentemente desatado, solto, destruído de um só golpe pelas pessoas que eu amava, que me amavam. Elas não o diziam; não era necessário, porque transparecia em tudo que faziam.

— Está vendo? — disse Sylvie no meu ouvido. — É um ótimo plano, não é? O que acha? Eles podem entrar?

Ela, Angela e Melanie, todas me olhavam cheias de expectativa, à espera de uma resposta. Mas eu não podia falar, podia apenas olhar. Seus rostos, iluminados pela empolgação e pelo carinho, fervilhando com suas ideias e seus projetos. Olhei para todos os meus amigos no jardim, prontos a dedicar suas habilidades e seu tempo para mim. A ajuda estava à minha porta e tudo que eu tinha que fazer era deixá-la entrar.

— Eu acho — consegui dizer, enfim, virando-me com um sorriso para Mel e colocando a mão em seu rosto, enquanto recuperava lentamente a voz — que vamos precisar de muito mais leite...

Capítulo 49

— E assim, todo o andar de cima foi transformado, você não acreditaria na diferença. Só de lavar as janelas já mudou tudo, elas estavam superimundas. Mas agora estão reluzentes e o lugar ficou muito mais claro. Transformamos uma das extremidades em quartos para Angela e Otis; agora cada um tem o seu, embora, é claro, o do Otis seja bem pequeno. E do outro lado ficam uma salinha de estar e um banheiro. Está um encanto, Sylvie é muito inteligente.

Terminei de fazer o arranjo das flores de Leo — madressilvas do meu jardim — e dei um passo para trás para admirá-las no jarro. Leo estava sentado em sua poltrona, olhando para fora, como de hábito, com um dos dedos mexendo-se ao ritmo do Prelúdio que tocava. Mas eu sabia que ele me escutava porque, às vezes, quando eu parava de falar, ele segurava meu braço e fazia uma espécie de gesto, como quem dissesse "continue". Por isso, continuei.

— E embaixo, repintamos o quarto de hóspedes e Maddie pôs nele uma pia nova, de modo que está tudo pronto para o rapaz, Aleksander, mudar-se para lá. Eu tinha esperança de que Hanna quisesse ficar com o quarto, mas ela acabou de se mudar para um lugar novo com o namorado. Aleksander é amigo dela, estuda na Real Academia de Música e toca violoncelo. Acho que vai ser muito útil voltar a ter um homem em casa, embora, é claro, ele só tenha vinte anos. Ficamos preocupadas de que ele fosse ensaiar dia e noite, mas ele diz que faz tudo isso na faculdade e só quer um lugar para dormir e comer. Mas talvez toque para nós à noite, seria agradável.

Depois de lhe dar seu chá, empilhei os livros de Leo na mesa a seu lado e abri uma janela, para deixar entrar um pouco de ar fresco. Ainda fazia calor e restavam algumas horas de luz do dia. Alisando para trás seu cabelo rebelde, beijei-o na testa e apanhei uma carta que havia caído no chão, acrescentando--a a uma de suas fileiras. Depois, sentei-me em sua cama e, como para ele era hora de dormir, comecei a lhe contar uma história.

— Apolo era um deus bonito, acostumado a fazer as coisas do seu jeito.

Lá fora, a brisa mudou de direção, como se os deuses estivessem do meu lado, incentivando-me a prosseguir.

— Elene era uma jovem linda, mas muito tímida. Um dia, enquanto caminhava pela floresta, deparou com Apolo, que estava caçando por lá. Não havia acertado nada nesse dia, até aquele momento, mas, com um olhar para Elene, resolveu fazê-la apaixonar-se por ele. Atingiu-a com uma de suas flechas e ela se apaixonou no mesmo instante, seguindo-o por toda parte e lhe oferecendo presentes. Mas Apolo acabou tendo que seguir em frente e deixou Elene sozinha. Arrasada com a perda do amado, ela emudeceu e, daquele momento em diante, tornou-se incapaz de dizer uma palavra.

Enxuguei uma lágrima intrometida que ameaçava deslizar e continuei:

— Quando sentia fome, ela não podia pedir comida. Quando sentia sede, não podia pedir água. Quando estava só, não podia pedir companhia.

Leo reclinou-se, as mãos imóveis.

— Elene vagou pela floresta, ficando mais magra, mais sedenta e mais infeliz. Até que, certo dia, encontrou uma cadela chamada Cila. Era uma cadela boa e leal, e fez companhia a Elene em sua perambulação pela floresta. Quando Elene tinha fome, Cila latia para os agricultores até eles lhe darem de comer. Quando Elene tinha sede, Cila a conduzia até um rio, para que ela pudesse beber. Quando Elene se sentia solitária, Cila aninhava-se com ela para dormir, à luz do luar. Aos poucos, Elene foi ficando mais forte. Ela e Cila tornaram-se inseparáveis. Mas Ártemis, irmã de Apolo, que observava lá do alto, ficou com ciúmes. Disparou uma flecha para a terra e matou Cila, que morreu nos braços de Elene. No entanto, ao chorar sobre o corpo da cadela, Elene recuperou a voz. Outra deusa que passava, Aquelois, ouviu seu pranto e parou para escutar. — Respirei fundo. — Enfurecida com a crueldade de Ártemis, Aquelois transformou Cila em uma constelação, e, se você olhar para o céu à noite, poderá ver a Estrela do Cão lá em cima, inclusive agora...

Por fim, as pálpebras de Leo começaram a baixar e sua respiração assumiu um ritmo regular, de modo que deixei minha voz ir baixando até ser apenas um zumbido no cosmos. Meu querido Leo, cuja flecha ainda me perpassava o coração, uma ferida com que eu viveria para sempre. E Bobby, minha estrela guia. Ambos sussurravam a melodia do meu coração, como sempre fariam.

Passei algum tempo sentada, vendo-o dormir e escutando lá fora o grande carvalho, cujas folhas suspiravam na brisa. Imaginei que, um dia, o espírito de Leo teceria o caminho para se juntar à força sussurrante e subiria aos céus, enfim livre. Antes que chegassem as lágrimas, retirei-me e retornei pelo corredor, acenando em despedida para Rachel e saindo para a amena noite de verão.

Remexi na bolsa e pesquei o cartão-postal que havia chegado naquela manhã. Sylvie ainda estava cuidando da mãe no sul da França, embora a cirurgia tivesse corrido bem. Ela me convidara para passar uma semana com as duas, e pensei que, depois que Aleksander se mudasse, uma viagem à Provença poderia ser exatamente o tipo de aventura de que eu precisava. Ao pensar nos pães e queijos franceses, senti o estômago roncar e me lembrei que Angela tinha dito que tentaria fazer um assado nessa noite. Era gentil da parte dela, embora a cozinha sempre parecesse ter sofrido um bombardeio quando ela terminava.

Ainda não havíamos arranjado nosso cachorro, embora Angela examinasse regularmente os sites de abrigos para cães e me mostrasse as fotografias daqueles cujo jeito lhe agradava. Nesse ínterim, tínhamos arranjado um gato. Angela o trouxera para casa, uma noite, pouco depois de eles se mudarem. Uma família vizinha estava de mudança para o norte e não podia levá-lo. Um enorme macho ruivo de ferozes olhos amarelos, com uma orelha ligeiramente lascada que tinha muita história para contar, ele se chamava Rabugento e fazia jus ao nome — distante, pouco amistoso e, vez por outra, malvado. Todos o adorávamos. Eu ainda queria meu cachorro, mesmo assim. Não sabíamos direito como Rabugento reagiria a um intruso, mas eles teriam que aprender a se entender.

Subi a entradinha de minha casa — nossa casa — e parei por um segundo para me recompor. "Siga em frente", escrevera Leo em sua carta. "Desprenda-se." *Luó* — desatar, soltar. Eu estava chegando lá.

— Olá, cheguei!

Ao abrir a porta da frente, pude ouvir Otis imitando roncos de motor, tal como Alistar fazia no passado. Os garotinhos são todos iguais. Pendurei o casaco, joguei as chaves na mesa da entrada e fui ver o que eles estavam aprontando. Encontrei-os na sala; meu tapete fora enrolado e encostado num canto, e os dois estavam de quatro, segurando pedaços de giz. O piso de madeira estava coberto de riscas brancas. Ao olhar em volta e entender os rabiscos, percebi que eles haviam desenhado uma enorme pista de corrida, cujo trajeto serpenteava por toda a sala.

— Olha! — gritou Otis. — Desenhamos ruas para os carros.

— Não se preocupe — disse Angela. — Sai com água.

— É uma grande melhora — respondi, arregaçando as mangas. — E então, quem vai me dar um carro, para podermos fazer uma corrida?

—Vrrruum! — fez Otis, empurrando um dos carrinhos na minha direção.

E lá fomos nós.

Agradecimentos

Em 2014, passei o réveillon com alguns velhos amigos, muito queridos, na Baía de Whitley. Ao longo da noite, cada um de nós fez três resoluções de Ano-Novo. As minhas seguiram mais ou menos a linha de (1) comer menos carne, (2) ter um filho e (3) escrever cinquenta mil palavras de um romance. Cumpri a segunda no ano seguinte, mas só cumpri a terceira em 2016. Ainda estou trabalhando na questão da carne. Mas quero agradecer àqueles amigos — e a todos os meus amigos — por me incentivarem. Feito um maratonista quase ao fim da corrida, todo escritor precisa de ajuda para seguir adiante, e tive uma porção de agitadores de bandeirinhas que se empolgaram com a simples ideia de que eu ia tentar. Agradeço a vocês por essa empolgação, esse entusiasmo. Realmente fez diferença.

Aos que passeiam com cachorros no Parque Clissold, benditos sejam vocês, por me abrirem um novo mundo. Antes de termos um cachorro, eu mal sabia da existência do parque. Agora, ele emoldura meus dias e conheci ali inúmeras pessoas interessantes, divertidas e brilhantes, todas com guias penduradas no pescoço e, nos bolsos, saquinhos para coletar fezes. Que grupo fantástico são vocês, embora saibam que sempre vou preferir seus cachorros aos donos deles.

Ao pessoal da creche e da escola primária que cuida de meus filhos enquanto eu trabalho, obrigada por me proporcionarem a segurança que permite que eu me perca numa cafeteria por algum tempo.

Saudações à turma toda da RDF, minha família televisiva e o melhor campo de treinamento que qualquer escritor poderia ter a esperança de encontrar. E a Jack: você me instigou a ir adiante; espero poder fazer o mesmo por você.

Um enorme obrigada a minha ex-orientadora na Newnham, Jean Gooder, que me recebeu em Cambridge, uma manhã, e me deliciou com histórias gloriosas para inspirar a cena da festa da revista *St. Botolph* e a vida na Newnham, em geral. Jean também me apresentou aos fascinantes arquivos da Biblioteca da Newnham College, onde os funcionários tiveram a gentileza de me ajudar em minhas pesquisas.

Marianne Levy, escritora fantástica e excelente amiga, encarregou-se do texto que submeti e me deu conselhos sensatos e enérgicos sobre como vender meu livro. Foi inestimável. E a maravilhosa Meg Rosoff, que eu tinha como ídolo desde que devorei *Minha vida agora*, teve a gentileza de ler alguns dos primeiros capítulos e criticá-los. Seus insights encorajadores e estimulantes foram inspiradores e úteis em igual medida. Agradeço também a Alison Carpenter, que me deixou mandar-lhe mensagens com perguntas aleatórias sobre várias referências clássicas e verbos em latim. Para preservar sua reputação, qualquer erro encontrado terá sido meu e apenas meu.

Tenho uma dívida para com a poeta grega Maria Polydouri, que escreveu o belo poema "Porque você me amou", que Leo pôs em uma bombinha de Natal para Missy traduzir. Espero que ela não se aborreça com as liberdades que tomei em minha tradução.

A minhas maravilhosas editoras de texto, Martha Ashby, na HarperCollins, e Tara Singh Carlson, na Putnam: vocês uniram forças da melhor maneira possível e cada observação que fizeram abriu para mim um facho de luz. Obrigada por sua pressão, sua meticulosidade e suas ocasionais "salvas de palmas tumultuosas", que fizeram do processo de edição uma alegria total. Agradeço também às equipes que estiveram a seu lado — publicitários, copidesques, designers editoriais e os muitos outros que se unem para criar um livro.

E para Madeleine Milburn... Uau. Pessoalmente responsável por dois de meus melhores dias no planeta (depois do dia em que me casei, arranjei um cachorro e tive filhos, mas só isso), você é a imperatriz dos agentes e, muito possivelmente, dotada de poderes sobrenaturais. Muito obrigada a você, Giles,

Alice e todas as pessoas da agência, que dão um duro danado para trazer nossos livros ao mundo. Vocês fazem milagres.

Chegando mais perto de casa, obrigada a minha mãe e meu pai por oferecerem apoio inabalável e dedicação constante a sua mimada filha única. Papai, obrigada por ter lido o manuscrito e feito seus comentários, especialmente aquele dizendo para deixar de lado o último capítulo. Você tinha toda razão.

É claro que eu não poderia chegar ao final disto sem mencionar Polly. A minha garota favorita, a menina dos meus olhos, minha musa e estrela guia, obrigada por ser a melhor cadela do mundo. E aos meus meninos favoritos, Wilfred e Edmund — os meninos mais barulhentos, mais birutas, mais engraçados e melhores que há —, obrigada por me manterem presente e por tornarem nossos momentos totalmente fantásticos.

Por fim, a meu marido, Tom: não o digo com frequência suficiente, mas você também é o máximo. Em termos muito simples, este livro não teria sido escrito, não fosse por você. Não só por você ter me ajudado a fazê-lo acontecer, dando-me confiança e a oportunidade de ir à luta, mas também porque, quando a pessoa corre uma maratona, precisa ter alguém em casa para quem voltar, alguém que lhe massageie os pés e diga quanto ela foi bem. Não há ninguém com quem eu prefira fazer isso mais do que com você.

intrinseca.com.br

@intrinseca

editoraintrinseca

@intrinseca

1ª EDIÇÃO

PAPEL DE MIOLO
Pólen® Soft 80g/m²

TIPOGRAFIA
Bembo

IMPRESSÃO
Geográfica